Marie-Chantal Guilmin

I0563268

Elsa Z.

tant à raconter...

Éditions Dédicaces

ELSA Z., TANT À RACONTER...

Dépôt légal :
Bibliothèque et Archives Canada
Bibliothèque et Archives nationales du Québec

Un exemplaire de cet ouvrage a été remis
à la Bibliothèque d'Alexandrie, en Egypte

ÉDITIONS DÉDICACES INC
6285, rue De Jumonville
Montréal (Québec) H1M 1R7
Canada

Téléphone : + 1 (514) 375-1042

www.dedicaces.ca | www.dedicaces.info
Courriel : info@dedicaces.ca

Marie-Chantal Guilmin

Elsa Z.

tant à raconter...

Remerciements

- Cécile Peltier (Célinka, sœur d'Elsa)
- Marie-Thérèse Rouanet (Mimi)
- Philippe Benguigui (Président de ZAKHOR pour la Mémoire)
- Ginette et Georges Rajcham
- Marianne Revah (amie d'Elsa)
- Simone Marty
- Syndicat d'Initiative de Labruguière
- M.Perillous (archives de Labruguière)
- Didier Serres
- Nicolas Dunyach
- La Dépêche du Midi (quotidien régional), Gérard Lalbat

- À Elsa Zilberbogen...
- À ceux qui ont mis leur vie en péril pour sauver des Juifs...

*« L'histoire du monde n'est pas le lieu
de la félicité. Les périodes de bonheur
y sont ses pages blanches ».*

(Hegel)

J'ai rencontré Elsa Zilberbogen le 24 juin 1991 sur le quai de la gare de Mazamet (Tarn, France). J'étais venue là pour un reportage parmi tant d'autres. Une Juive Polonaise revenait sur les lieux où elle avait été cachée pendant la Seconde Guerre Mondiale. Cela aurait pu se terminer après mon interview et le passage de l'article dans la presse.

Ce fut un coup de foudre amical, une puissance qui m'envahit si fortement que plus jamais elle ne me lâchât. Je la rencontrai deux fois et elle repartit au Canada où elle vivait depuis des années. Nous nous sommes écrits, puis un jour, elle m'a proposé de raconter son histoire. Trop loin, elle ne put se déplacer et pour des raisons familiales, moi non plus. Les années ont passé. Les courriers continuèrent. J'ai écrit quelques pages et puis plus rien. Le tourbillon de la vie nous a entraînées chacune de notre côté. Mais je savais au fond de moi que j'avais cette histoire à raconter, qu'elle dormait quelque part dans ma mémoire et qu'il faudrait bien qu'elle finisse par sortir un jour.

Il y a un an, je pris ma décision, une force m'y poussait. Je commençai alors des recherches afin de la retrouver par tous les moyens. C'est ainsi que, par un simple message sur mon ordinateur, j'appris qu'elle n'était plus. Au chagrin s'ensuivit une envie très forte de me lancer enfin dans ce projet qui nous tenait tant à coeur toutes les deux, et ce, depuis tant d'années.

Aidée dans ma tâche par certaines de ses amies françaises et de nombreuses associations axées sur la Shoah, je réunissais la plupart des morceaux du puzzle qui constituaient son existence de Varsovie au Canada, en passant bien sûr par la France. C'est en cours d'écriture que j'eus le bonheur de recevoir un e-mail de Cécile, la petite sœur d'Elsa, vivant au Canada, qui m'a aidée au long de l'élaboration de ce roman, avec ses souvenirs. Une amie d'université, Marianne, m'a aussi donné des détails sur la vie d'Elsa. Elles sont tombées toutes les deux sur moi, par hasard, mais était-ce vraiment le hasard ?

Mon seul regret, Elsa ne lira jamais ce livre, mais à chaque mot, à chaque phrase, je l'ai sentie près de moi. Une enfance brisée et un certain orgueil à relever la tête, voilà à travers Elsa Zilberbogen, les terribles épreuves que connurent de nombreux enfants juifs durant cette période de notre histoire : la Seconde Guerre Mondiale.

L'auteur

Première époque

La Pologne

La petite fille est de dos. Les yeux bleus de Martin ne détaillent que la chevelure, d'une blondeur de blé, comme seule la nature en pourvoit les enfants. Les boucles virevoltent, à gauche, puis à droite, laissant de temps en temps découvrir la petite nuque blanche d'Elzbieta.

Les rires se confondent, cascades mélodieuses, subissant soudain de légers soubresauts. Les voilà partis, gambadant dans la plaine que le soleil inonde. L'été les enveloppe de sa douce chaleur, de sa moiteur aussi dont il charge les êtres, subterfuge malin qui rafraîchit leurs corps. Voilà que les cheveux lui collent au visage, de sa petite main, tout aussi humide, elle tente d'un revers de les diriger vers leur place initiale. En vain, elle abandonne, pour courir à nouveau, bravant ce voile doux qui lui cache la vue. Elle ne tombe pas, elle est bien plus tenace, ce n'est pas cela qui va la ralentir.

Quand Martin la rejoint, la petite fille émet des petits souffles hachés et répétés. Les mains sur les hanches, la tête baissée sur son ventre, elle hasarde un regard vers ce gaillard qui la suit partout. Ne serait-il pas amoureux ? Se dit-elle.

Amoureux, quelle idée ! Les enfants ne sont pas amoureux, ils sont attirés comme des mouches par ceux qui pensent comme eux, qui vivent comme eux, qui aiment les mêmes choses qu'eux. Il n'y a que les « grandes personnes » qui pensent que les enfants sont amoureux, peut-être parce qu'eux ne le sont pas si souvent, ou du moins pas autant qu'ils le voudraient.

Non, Martin n'est pas amoureux d'Elzbieta, et même s'il l'était, la belle affaire ! Elzbieta est son ombre, sa pensée secrète, son recours quand tout va mal, si cela ressemble de près ou de loin à l'amour, alors oui, il est amoureux.

Les nuages émergeant de l'ouest montrent une face des plus sombres.

- Il faut rentrer, Elzbieta, viens !

- Déjà, oh non ! Chaque fois c'est la même chose, quand on est bien, il faut rentrer, pourquoi les maisons existent-elles ?

- Parce que c'est comme ça, quand l'orage va éclater, tu seras bien heureuse d'avoir une maison.

- Le premier arrivé a gagné, souffle-t-elle, s'élançant telle une torpille au milieu de l'océan.

Martin prend son élan pour rattraper cette ombre blonde dont la chevelure flotte au vent, bravant le roi Eole sans aucun scrupule. Elzbieta est belle. Elzbieta ne peut jamais mourir, elle est la vie. C'est du moins ce qu'il pense à cet instant précis.

La soirée est calme, presque austère. Maman Lora astique le magnifique piano, celui du maître de maison et papa d'Elzbieta.

- Moi ! Je ne passerai pas le chiffon sur tous les meubles de la maison comme tu le fais tout le temps, s'hasarde la fillette, regrettant aussitôt les mots qui sortent de sa bouche. Maman Lora la regarde, attendrie, quel animal étrange est sa petite fille, si espiègle, mais si intelligente.

- Tu feras ce que bon te semblera, ma chérie ! Rien n'est obligatoire, j'émets pourtant le voeux qu'un jour tu puisses jouer du piano à la perfection, papa fait tout pour cela en te payant tes cours, ne le déçois pas !

- Le piano, quel instrument merveilleux ! Mais ici, il y a beaucoup d'enfants très très pauvres, maman, et je ne veux que mes camarades de classe me délaissent. Elle regarde sa mère d'un air interrogatif.

- En voilà une idée, pourquoi te délaisseraient-elles ? Tu te perfectionneras au piano, nous le voulons tant, ton père et moi. Il n'a pu réaliser ce rêve, toi, tu le pourras. En prononçant ces mots, Lora sent bien qu'elle va trop loin, les projets avortés des parents ne doivent pas devenir ceux des enfants.

- Oh ! Et puis, dit-elle, désabusée, tu feras ce que tu voudras.

Elzbieta regarde sa mère d'un air empli de compassion.

- Je continuerai le piano, maman, c'est entendu…mais à l'école, elles disent que j'ai tout ce que je veux, comme elles le font avec Marika.

Ne voulant pas envenimer outre mesure la conversation, Maman Lora se replonge sur sa besogne, en pensant à la gentille petite qu'elle avait mise au monde six ans et demi plus tôt. Maman Lora, c'est comme ça qu'Elzbieta l'appelle, depuis qu'elle sait parler… Et puis, sa fillette était si petite, les cours de piano l'ennuyaient aussi parfois

Printemps 1939, Varsovie resplendit. La Vistule, qui traverse la ville, découvre ses méandres comme de longs tentacules, essayant d'atteindre le plus grand nombre de prairies possible afin de les hydrater de son eau si claire. La vie n'a jamais été aussi belle pour les petites Zilberbogen, Elzbieta et Célinka grandissent, entourées de parents aimants.

Ce jour-là, la rue Nalewki, très commerçante, grouille de monde. Les marchés extérieurs attirent toujours autant de visiteurs. Maman Lora regarde de près les légumes et les fruits, elle veut de la qualité, elle tient à mettre sur la table des denrées fraîches et de saison.

- Il faut toujours acheter les légumes et les fruits de saison, tambourine de ses cordes vocales le maraîcher, elle le connaît bien, celui-là, c'est un vrai de vrai, un qui sait ce qu'il cultive et aussi ce qu'il vend. Yossef lui présente ses plus beaux spécimens, et comme d'habitude, elle lui fait confiance.

- Ce sera des oranges, celles-là, presque rouges, les préférées de ma petite Elzbieta, choisit-elle avec un large sourire qui aurait fait craquer n'importe quel homme normalement constitué. Le sourire de Lora, c'était comme une oasis en plein désert, comme une porte sur le paradis.

Yossef lui rend son sourire et doit à contre cœur laisser partir la belle. La cuisine la passionne et cela depuis toujours, son mari, Abraham, ingénieur en électricité, gagne suffisamment sa vie pour qu'elle puisse s'occuper de sa petite famille. Elle a pris l'habitude de régaler tout ce petit monde. Le père Zilberbogen ne rentre pas tous les soirs, souvent en déplacement. Elle s'organise alors pour que les petites ne soient pas trop en manque. Elle a placé sur le mur de leurs chambres un petit mot écrit de la main de leur père, juste pour qu'elles pensent à lui en faisant leurs prières du soir inspirées par le patriarche Jacob, rite familial que Lora n'aurait su perdre. La pratique du Talmud* *(discussions rabbiniques se rapportant à la législation et à l'éthique, aux coutumes-minhag - et à l'histoire des Juifs. Le Talmud était traditionnellement appelé le Sha''s)* était bien ancrée dans les habitudes familiales.

Quant à Lora, elle avait eu son heure de gloire, très belle, mince, elle avait vécu en Belgique depuis l'âge de 2 ans, date à laquelle sa famille polonaise avait émigré dans ce pays et quitté la Pologne. Elle exerçait en tant que mannequin à Anvers quand Abraham l'avait rencontrée quelques années auparavant. Il tomba immédiatement sous le charme de la magnifique jeune fille qu'elle était et la ramena en Pologne afin de fonder leur propre famille. Le coup de foudre avait été réciproque.

La vie filait ainsi et les trois femmes s'en accommodaient bien volontiers car le maître de maison était assez vindicatif, notamment avec la petite Elzbieta, dont il souhaitait une éducation exemplaire.

- Elle est trop jeune pour être toujours derrière elle comme tu le fais, Ab, tentait de lui expliquer quelquefois Lora.

- Ne prends pas sa défense, tu lui passes tout à cette petite », répondait Abraham.

Lora n'insistait pas, il était comme ça, mais après, si dévoué pour elles, il travaillait sans relâche pour que personne ne manquât de quoi que ce soit à la maison. Surtout que depuis quelques semaines, des rumeurs circulaient çà et là comme quoi la guerre n'était qu'une question de jours.

Les Zilberbogen, comme la plupart des familles juives de la ville, ne voulaient porter quelque intérêt à ces ragots qui fusaient à tous les coins de rues. Quand Lora tentait une approche sur le sujet, son mari lui coupait net la parole, comme si l'hypothèse d'une guerre le traumatisait. Il n'oubliait pas qu'ils étaient Juifs, et l'antisémitisme qui montait en Allemagne ne présageait rien de bon. En effet, depuis toujours les Juifs furent pourchassés. D'ailleurs, Abraham avait entendu parler des pogromes* *(soulèvement, émeute contre les Juifs, au cours desquels ont lieu des pillages, des meurtres, etc.)* qui avaient eu lieu en Pologne en 1937, notamment celui de Brzesc Kujawski, une ville de Pologne Centrale près de Wloclawek où vivait Samuel Wajcblum, son ami d'enfance. Il lui avait dit les bombes qui détruisaient les magasins juifs et les synagogues, mais de là en arriver à une véritable guerre, non, Abraham ne voulait même pas y penser, avec les petites, si jeunes encore…

Abraham Zilberbogen préférait de loin penser à la musique et aux cours de piano qu'il offrait à sa fille aînée. En Pologne, il n'y avait pas école l'après-midi, sa fille pouvait donc étudier la musique à ce moment-là. Pas tous les jours bien sûr, les cours étant onéreux et puis, Elzbieta n'aurait pas supporté autant de pression. Il l'imaginait jouant du Chopin pour toute la famille, installée autour du beau piano qu'il s'était procuré, pas une première main, mais un bel outil tout de même. Chopin, le Maître, le grand compositeur, celui qui lui avait fait aimer la musique jusqu'à en devenir une obsession. Abraham pouvait passer des heures à écouter les musiciens de l'opéra de Varsovie jouer Chopin. Que la musique lui était bénéfique et combien elle lui ôtait toute anxiété quand les soucis se faisaient trop lourds pour ses épaules !

Chopin, un historien écrivait à son sujet qu'il avait d'étonnantes capacités, qu'il était un génie musical, à dix-neuf ans, il était considéré comme le plus célèbre pianiste polonais. Pourquoi est-il parti en exil en France en 1830 pour ne plus revenir dans sa Pologne natale ? Après avoir donné plusieurs concerts en Angleterre, il s'est éteint loin, trop loin de son pays le 17 octobre 1849. Abraham avait du mal à concevoir cela, combien de fois il en avait parlé avec Lora, et combien de fois celle-ci l'avait réconforté en lui précisant que le cœur de Chopin était à Varsovie, chez lui, en l'église Sainte-Croix de Varsovie.

- Le cœur c'est la vie, c'est l'organe le plus important chez un être humain, et il est chez nous.

- Je sais, mais son corps est à Paris, au cimetière du Père-Lachaise.

La stupidité de cette conversation sur le cœur de Chopin les surprit au même moment et se termina dans un grand éclat de rire. Très complices, ces deux-là ne faisaient qu'un. Les Zilberbogen parlaient souvent de Chopin et c'était de cette passion commune qu'était née l'idée de faire apprendre le piano à Elzbieta.

Ce soir-là, Abraham et Lora se rendirent à l'Opéra National de Pologne, on l'appelait aussi le Théâtre.

- Ce soir, lui avait-il dit, nous allons écouter le dernier lauréat du grand prix Frédéric Chopin, le Maître Malcuzynski.

En effet, depuis 1927, un prix de piano portant le nom du grand Maestro était remis chaque cinq ans à Varsovie. Lora ne s'était pas faite priée pour l'accompagner, elle adorait la grande musique. Elle en profita pour passer une de ses plus jolies robes, qui lui cintrait bien la taille, qu'elle avait encore fine malgré ses deux grossesses. Elle était blonde et le rouge carmen lui seyait à ravir. Et surtout, Abraham adorait cette robe qu'elle ne sortait que pour les grandes occasions, s'en était une. Ce fut une soirée mémorable et le désir de voir sa petite fille continuer à apprendre le piano ne fit que se préciser.

Très proches, presque à se toucher, ils savourent les notes de Mazurka avec délice, leur union est palpable, ils communient ensemble leur amour de la musique et leur amour tout court. Puis le programme s'oriente vers les Polonaises.

- Chut ! Ecoute, souffle Abraham à son épouse, c'est le début de la Polonaise opus 61 en « la bémol majeur, Polonaise Fantaisie », quel bonheur ! Elle a été jouée pour la première fois en 1846, tu te rends compte !

Lora l'observe du coin de l'œil, il ne fait qu'un avec la musique. Il connaît Chopin sur le bout des doigts et l'écoute du grand virtuose le met à chaque fois dans des états d'extase suprêmes. Elle détourne ses yeux pour admirer le pianiste, sa longue queue de pie qui balaie le sol telle une traîne. Quel moment merveilleux ! Pense-t-elle, un léger sourire au bord des lèvres. Elle ne sait pas que dans quelque temps, tout cela paraîtra si dérisoire…

Malgré toutes les menaces, la famille, comme tant d'autres, continuait à vivre, libre, comme si de rien n'était. Comme si aucun bruit de bottes ne se faisait entendre dans les villes voisines, les contrées juives déjà persécutées par les nazis.

L'été 1939 débutait et la famille Zilberbogen comptait bien en profiter. Lora avait beaucoup de travail avec Célinka, qui commençait déjà à être très expansive du haut de ses deux ans. C'était la fierté d'Abraham, quand arrivèrent, l'une après l'autre, les demoiselles de la maison. Son père, parti trop tôt, le fait d'avoir deux frères, avait peut-être contribué à ce souhait si cher de fonder sa propre famille. La vie fait toujours ce qu'elle veut, Elzbieta et Célinka étaient venues au monde pour son plus grand bonheur.

Chaque année, la famille partait à Cracovie pour les vacances, destination très prisée par les varsoviens. Les Brustman les recevaient dans leur demeure non loin de la grande place Rynek Glowny, la plus grande d'Europe. Il s'y passait toujours des choses très intéressantes, cette vie mouvementée les changeait quelque peu du calme de leur quartier à Varsovie. Surtout les filles et leur mère, car Abraham préférait rester avec Elie Brustman, à discuter, et refaire le monde comme on le fait souvent entre amis.

Les filles, surtout l'aînée, adorait la colline de Wawel où le château du même nom régnait en maître depuis l'an XI. Elle harcelait sa mère dès leur arrivée, et comme chaque année, il fallut que Lora se dévoue pour l'emmener sur les hauteurs de Cracovie où se trouvait notamment la Basilique-Cathédrale Saints Stanislas et Venceslas. Cette basilique était un chef d'œuvre d'architecture, le roi Jean III Sobieski y été enterré. Lora, passionnée d'histoire, aimait souvent à le rappeler à qui voulait s'instruire un peu.

Même si la famille Brustman résidait dans une partie plutôt catholique de la ville, elle se rendait régulièrement dans le quartier juif de Kazimierz, mais aussi dans la rue Szeroka, à la synagogue Remuh, construction magnifique au sein de cet éminent lieu de la culture Yiddish d'Europe Centrale.

Elzbieta jubilait. Ces jours de vacances étaient pour elle des plus bénéfiques, elle oubliait tout, son école et surtout son professeur de piano, ce charognard nocturne à lorgnon, qui l'horripilait. Il ne pouvait plus envahir son espace de ses croassements gras et fétides qui la répugnaient. Mais foi de petite mésange, elle n'en dirait mot à son père, lui qui croyait que ce gras personnage était un messie initiant l'art musical comme personne, et ce, de part la réputation tentaculaire que ce professeur détenait sur la ville de Varsovie. La petite était bien servie, lui du moins il le pensait, et il avait raison si l'on s'en tenait aux grands virtuoses sortis de ses enseignements.

Ce matin, elle prendrait le tramway en bas de la rue avec sa mère, Célinka resterait à la maison, tant mieux, marmonnait-elle entre ses dents, elle pleurniche tout le temps et nous empêche de faire ce que l'on veut.

- Célinka ne vient pas avec nous, dis, maman Lora ! Se voulant dans la bouche de la fillette une affirmation plutôt qu'une question.

- Non, sois tranquille, elle ne vient pas, Lala, répond Lora avec un sou-rire d'acquiescement qui en disait long. Lala était le surnom d'Elzbieta, il lui était resté de fait qu'étant plus petite, elle prononçait lala à la place de lalka, qui signifiait poupée.

Ces petites virées à deux remplissaient la petite fille de bonheur. Ces moments, seule à seule avec sa mère, étaient des enchantements, la demoiselle supportait mal les demandes d'affection incessantes faites à leur mère de la part de la benjamine de la famille.

- C'est bien de la laisser, on est si bien toutes les deux, rétorque Elzbieta avec une certaine bonhomie.

- Lala, voyons, comment parles-tu de ta sœur ! Si je la laisse, c'est pour ne pas la fatiguer car nous allons marcher un peu après avoir laissé le tramway à la synagogue Isaac, répond avec un calme déconcertant Lora, qui était incapable de se mettre véritablement en colère à l'encontre de ses deux petites. Etat de fait que lui reprochait d'ailleurs son mari qui aurait souhaité un peu plus de rigueur de sa part dans l'éducation de ses filles.

Célinka n'avait que deux ans et ne pouvait suivre sa grande soeur si intrépide parfois. Elzbieta, en âge de la découverte, n'avait nulle envie de s'encombrer d'un poids pareil. Bref, Célinka devrait rester à la maison, aujourd'hui et toujours…C'est là que doit être la place des petites sœurs du monde entier, pensait-elle.

La matinée est agréable, le soleil étincelant de juillet caresse les épaules nues d'Elzbieta, qui transpire, même sous son petit caraco blanc, cousu de main de maître par sa mère, qui habille les fillettes pratiquement de la tête aux pieds. Le passé de mannequin de la maîtresse de maison avait aiguisé son amour pour les belles toilettes et les beaux tissus. Après quelques aller-retour sur la grande place où les marchands étalent leurs trésors, elles s'hasardèrent sur les hauteurs, l'endroit préféré de la fillette, qui admirait chaque année les tours du château, les trouvant toujours différentes.

- Les tours ne changent pas, Lala, c'est toi qui grandis, c'est différent.

- Si, elles changent, man, mais toi, tu ne peux les voir vraiment, ce ne sont que les enfants qui les voient se transformer.

- Ah bon ! C'est nouveau, ça, tiens, et pourquoi donc ?

- Les enfants ont une façon différente de voir le monde, c'est mon professeur de piano qui me l'a dit.

- Je croyais que ce que disait cet horrible personnage n'était que balivernes. Voyant qu'elle perd le combat, Elzbieta virevolte dans tous les sens, et comme elle sait si bien le faire, change de sujet.

L'heure du repas approchait et au grand dam d'Elzbieta, il fallait rejoindre les autres, les convenances, les politesses et… les ennuis.

Les journées, toutes aussi merveilleuses les unes que les autres s'ensuivaient, dans la chaleur de cet été qui malheureusement finirait bien par se terminer. Les Brusman et les Zilberbogen se connaissaient de longue date et une familiarité, due aux souvenirs lointains, faisait en sorte que la vie de groupe n'était pas une contrainte mais semblable à une vie de colonie de vacance.

Retiré à l'extérieur, en dessous de la terrasse, Abraham, quelque peu pensif, s'interroge sur ces bruits de guerre et des réelles menaces pour les Juifs de Pologne.

- Tu médites, cher ami, l'interpelle Elie apportant quelques rafraîchissements plutôt bienvenus. Malgré l'heure tardive de cette douce soirée d'été, une espèce de chaleur moite subsiste, impliquant une petite soif qu'il était bon de satisfaire.

- Je pensais à .....
- À quoi, tu m'inquiètes, là ?
- À... la guerre. Et si c'était vrai, Elie, et s'ils arrivaient jusqu'à nous, regarde ce qui s'est passé depuis deux ans, les pogromes, et Hitler en Allemagne qui hurle sa haine pour le peuple Juif. Ce type me fait peur, détournant légèrement la tête, pas toi ?

- J'essaie de ne pas y penser, si le danger survenait, je pense que les beaux jours seraient terminés pour quelque temps. Il faudrait alors faire place à la guerre, mais de là à ce qu'ils nous pourchassent rien que parce que nous sommes Juifs, ça je n'y crois pas trop. Tu sais combien il y a de Juifs en Pologne, près de trois millions, que feraient-ils de nous ces pauvres allemands ? Allez va, bois un petit coup et regarde ce ciel rempli d'étoiles et... ne pense pas tant, il sera toujours temps de voir venir au moment présent, nous n'y sommes pas encore, non !

- Et les pogromes alors, ils sont bien dirigés contre les Juifs. Hitler parle toujours de cette fameuse race aryenne, il faut être blond aux yeux bleus, tu nous imagines, dit Abraham en souriant, avec nos cheveux bruns et nos yeux noirs. Levant les bras au ciel, heureusement, Lora a les cheveux clairs et les petites sont blondes.

- Bon, tu veux que cette magnifique soirée soit un fiasco ou quoi, regarde, on est là tous les deux, tranquilles, un verre à la main, les filles sont là-haut qui s'amusent dans leurs chambres avec ma petite Sarah, nos épouses discutent sur la terrasse de devant.

- Oui, tu as raison, je voudrais que cette soirée ne finisse jamais.

Les vacances à Cracovie se terminèrent pourtant, et début août, la famille Zilberbogen rentra chez elle à Varsovie. Les échos du côté de la Russie et de l'Allemagne n'étaient pas bons, Abraham craignait bien d'avoir vu juste. Il n'eut pas à attendre la fin du mois pour réaliser que le meilleur de leur vie était derrière eux. Les jours sombres arrivaient et il fallait s'y préparer dans l'attente, une terrible attente, et attendre quoi ?

Le polonais espérait, espérait encore, que les nouvelles annoncées par les radios, que rien de la rumeur qui circulait, ne fussent vraies, que la paix restât invulnérable…. Foutaise que tout cela, pour ainsi dire, ceux qui savaient ne faisaient pas de détails, la guerre était imminente, les Allemands n'étaient pas loin et avec eux la fin des jours heureux. Les Juifs Polonais étaient visés, la radio était formelle, c'est à eux et à eux seuls que les nazis en voulaient, trop riches, soit disant, trop maîtres des affaires, trop investis dans les milieux financiers, et ceux de la rue, ceux qui travaillent dans les fabriques, ceux qui usent leurs muscles jours après jours derrière des machines en usine, ceux qui obéissent aux ordres, ceux-là aussi, en danger, clair comme de l'eau de roche, en danger, parce que Juifs, Juden* (*Juif en allemand*), le mot maudit.

Lora est enroulée comme un fœtus dans ce grand lit qu'il a quitté deux heures plus tôt. Elle rêve, à qui, à quoi ! Pourquoi la réveiller ? Comment la réveiller ? Comment lui dire que la guerre est sur le point d'être déclarée, que plus rien ne sera comme avant ? Dors, mon amour, dors encore un peu, le regard empli d'un amour infini pour cette femme qui dort. Il aurait voulu qu'elle dorme ainsi encore si longtemps, peut-être aussi longtemps que pourrait durer cette guerre qui s'annonce, et comme il serait bon de la réveiller alors quand tout serait fini, quand les armes seraient bien rangées…

- Qu'y a-t-il Chéri ? Demande-t-elle, s'étirant comme un chat bienheureux.

Il fallait parler, dire, pour que ce moment soit le début de la fin, pour que l'attente cède le pas à l'espoir, pour que l'espoir prenne le dessus sur la peur.

- Bonjour ma douce, aujourd'hui c'est la guerre, veux-tu du café ?

- Oui, un bon café noir, dit-elle, d'un ton identique, un dernier revers à cette vérité, un doux échange, encore.

Dire naturellement pour minimiser, et faire accepter l'inacceptable. Elle esquisse un sourire, il le lui rend. Maintenant, ils vont se battre ensemble. Ils savent qu'ils ont un autre combat à mener, la Pologne est sur le point d'être envahie, mais eux, ils sont Juifs, l'antisémitisme montant les épouvante. Ne rien dire à l'aînée de leur fille, peine perdue, à l'école, le travail du bouche à oreille opère de manière incoercible et les déformations sont bien souvent pires que la vérité elle-même.

- Crois-tu qu'il faille déménager ? Tu veux que nous partions pour la Belgique, ce pays est neutre et c'est la patrie de ma famille, nous serons à l'abri là-bas. Le visage fermé d'Abraham parut touché par un rayon lumineux, une sorte de fulguration, son cœur remonta dans sa poitrine, son poing se serra.

- Ce n'est pas une mauvaise idée, en effet, toi, tu vas partir avec les enfants par le train le plus tôt possible tant qu'il n'y a pas trop de contrôles d'identités. C'est même une merveilleuse idée, nous allons organiser votre départ très rapidement, il faut prévenir ta mère, je vais lui écrire tout de suite.

Lora le regarde bizarrement, tout va trop vite pour elle, cette maison qu'elle aime, ses habitudes, tout ça allait finir en deux, trois mouvements, non, pas possible.

- Tu viens avec nous Ab, je ne partirai pas sans toi, déjà qu'il est très dur de tout quitter, si en plus tu n'es pas là, avec moi. Les larmes montent dans son regard bleu, non, pas sans toi, supplie-t-elle.

- Je te rejoindrai dès que possible, dès que j'aurai obtenu des papiers pour rejoindre les USA. Là-bas, nous serons vraiment à l'abri pour la durée de la guerre, la Belgique est trop près de l'Allemagne et ce fou d'Hitler veut l'Europe toute entière, nous ne serons pas en sécurité bien longtemps là-bas, mais cela peut nous faire gagner du temps.

Lora allait se rebiffer, Abraham lui mit la main devant la bouche

- Ce sera ainsi, nous allons tout préparer, une fois ta mère au courant vous filez, compris ! Il avait mis la manière et elle savait qu'il n'y avait rien à faire, elle allait donc partir avec Elzbieta et Celinka, ses fillettes adorées. Ensuite, il les rejoindrait, et après la guerre, ils reviendraient tous à Varsovie. Il fallait tenir la distance, pour lui et pour les petites.

Abraham est dégoûté, la guerre est imminente, devant eux, Juifs de Pologne, qui n'ont rien demandé, des enfants, des familles entières qui vont payer le prix fort, juste parce qu'elles sont juives. Désabusé, voilà l'état dans lequel Abraham Zilberbogen se trouve, les bras ballants, le regard vide, accroché à ce morceau de ferraille et de bois qui parle, qui chante aussi parfois, comme pour exorciser le moment qu'ils sont en train de vivre, une voix dans la nuit qui chante... Pour quoi, pour qui ?
    - Laisse tomber ce poste, Ab, éteins-le, nous n'y changerons rien, si les Allemands arrivent jusqu'ici, que vas-tu faire ? Qu'allons-nous faire ? Et les petites ?
    Lora ne pleure pas, elle parle calmement, comme si l'une des petites avait faim ou soif et qu'il fallait se lever pour aller chercher un verre d'eau fraîche. La seule différence, c'est que là, la vie même est remise en cause, comme un cauchemar qui commence...

Une semaine plus tard, ce fut le jour du départ, un ami d'Abraham avait prévenu la mère de Lora qui les attendait avec impatience, le souci la tourmentant fortement. Après des adieux douloureux et un voyage périlleux, elles arrivèrent à Anvers. La Belgique qui maintenait une neutralité volontaire était un véritable abri pour les Juifs réfugiés, pour le moment, la question juive ne se posait pas.

    - Que c'est bon de vous voir ici, mes petites ! Serrant contre elle les trois réfugiées, la mère de Lora sentait bien qu'à ce moment précis, elles étaient en communion totale. Les craintes de Lora, qui l'empêchaient de dormir depuis déjà quelques semaines, semblaient s'amenuiser un peu dans les bras de cette mère, présente et aimante, qu'elle ne croyait pas revoir dans de pareilles circonstances.
    - Maman ! Ce mot comme extirpé du temps jadis, où elle n'était qu'une petite fille innocente, lui paraissait renaître de ses cendres. Soudain, Elle prit conscience que l'on ne grandit pas, que ce mot reste

le seul que l'on emploie quand tous les malheurs du monde s'abattent sur soi. Ce mot qui reste universel et si particulier, maman.

Abraham écoute la radio, entrecoupée de parasites, la voix émet des sons imperceptibles parfois et puis plus audibles. Nous sommes le 28 août 1939, un pacte vient d'être signé entre les Allemands et les Russes, entre le Ministre nazi des affaires étrangères Joachim Von Ribbentrop, le dirigeant soviétique Joseph Staline et le Ministre des affaires étrangères soviétiques, Viatcheslav Molotov.

Les analyses politiques de l'époque ne se trompent pas, elles révèlent la supercherie, l'anguille sous roche, les Allemands avaient tout prévu, ainsi, l'invasion de la Pologne devient facile, les Russes feront la sourde oreille aux bruits des envahisseurs. Quel gâchis ! Les Polonais à la portée d'un peuple qui ne pense qu'à les envahir.

Heureusement pour Abraham, sa famille était déjà loin. À l'heure qu'il est, le premier matin, l'aube d'une autre vie, la Pologne s'apprête à se réveiller et ce sera dans la douleur. Abraham se lève très tôt, le travail n'est plus à l'ordre du jour, plus rien n'est à l'ordre du jour, tout est décalé, invraisemblable. Les tentacules envahissants sont là, ils frappent à la porte avec leurs ventouses poisseuses, ce matin, le 1er septembre 1939, ils ont enveloppé le pays, ils vont étouffer l'ennemi

Abraham, assis devant son poste de radio, ne peut rien faire, il est las et perdu, les larmes qu'il retient depuis des jours glissent sur son visage. Heureusement, il est seul, à l'abri des regards indiscrets, il pleure, il pleure sur son destin, il pleure sur ses fillettes, il pleure sur Elzbieta qui n'aura plus ses cours de piano, il va falloir supporter tout ça, et pour combien de temps ? La lueur du jour se fait plus violente au travers des volets fermés de la salle à manger. Maintenant, Abraham doit affronter une réalité dont il ne veut pas, il faut se déplier de sur cette chaise et affronter…l'impensable.

La radio vocifère les hurlements du Führer. Sa fierté d'envahir la Pologne, ses cinq armées allemandes, fortes d'un million cinq cent mille hommes, veulent tout écraser, emporter ce pays vers le néant pour mieux le dominer par la suite. Et la France ? Et la Grande-Bretagne ? Obligées d'entrer en opposition à l'Allemagne, en protecteurs officiels de la Pologne, ils ont le dos au mur. Mais où va-t-on ? N'importe qui de sensé, avec un petit brin d'intelligence, ne peut que trembler devant ce fléau qui s'abat sur leur pays. Abraham, pour la première fois de sa vie, tremble de peur. J'avais vu juste, pense-t-il, Elie ne me croyait pas, il a reçu ma menace et ma crainte comme des paroles en l'air, j'avais vu juste, bon sens, j'avais vu juste.

Resté donc à Varsovie, Abraham, avait finalement demandé des papiers pour émigrer vers les USA avec sa famille, papiers qu'il devait recevoir d'un ami, lui-même émigré aux USA. En attendant, il espérait encore un miracle avec quelques amis et les familles de ses deux frères, mais les Allemands, aux dernières nouvelles, étaient à soixante kilomètres au sud de la ville. Deux semaines après, la Pologne capitulait. Le 27 septembre 1939 fut un jour noir en Pologne. À partir de là, une certaine résistance s'organisa, il fallait trouver de la nourriture et les Juifs commençaient à être dénoncés par la population non juive, pour limiter les denrées. L'esprit de survie et la peur modifiaient complètement les comportements humains, les amis d'hier devenaient des ennemis potentiels, la confiance n'existait plus, même les voisins devenaient des traîtres en puissance.
- Ça me fait de la peine de vous laisser là, explique Abraham à ses deux frères.
- Ne t'inquiète pas pour nous, jamais nous ne quitterons notre pays, et puis, tu verras, on s'en sortira, ils ne vont tout de même pas nous faire tous disparaître quand même, ironise l'un deux.
- Ces gens sont prêts à tout, ils veulent nous écraser.
Abraham savait que rien n'y ferait, les racines de la famille étaient trop ancrées en Pologne et elles y resteraient, lui, pensait tant à ses enfants partis là-bas, loin, en sécurité. Il bénissait le fait que ses petites filles soient loin de cette guerre. Il était si fier d'avoir pensé à ça, ou du moins d'avoir pris au vol la perche que lui avait tendue Lora, si fier, et si seul aussi, malgré tout. Il ne vivait que pour le moment où il serrerait sa Lora et ses fillettes dans ses bras.
Les jours et les semaines passaient, rien ne venait, les papiers salvateurs ne viendraient plus. Les Allemands vérifiaient tout, il fallait imaginer tous les subterfuges pour ne pas se faire prendre. Il commençait à manquer cruellement de nourriture, on mangeait chez l'un, chez l'autre, comme on pouvait. Les Juifs étaient très solidaires entre eux. Le danger était partout.
Abraham commençait sérieusement à regretter de ne pas être parti avec sa famille, et si Lora avait eu raison, et s'il ne les revoyait plus jamais. Cette idée le torturait nuit et jour, comme la faim et la fatigue. Il avait tant attendu son Affidavit* (*papier de déclaration sous serment faisant foi devant les autorités concernées*) qu'il en avait laissé de côté toute recherche de travail, et maintenant, cela n'était vraiment plus nécessaire,

maintenant, il fallait survivre, manger et surtout ne pas se faire prendre. Qu'il était loin le temps du bonheur, quand il se rendait au théâtre de Varsovie écouter Chopin. Les bombardements avaient eu raison de nombreux monuments et l'architecture polonaise souffrait jours après jours de cette invasion inhumaine. Ce n'était plus le même monde, il aurait tant voulu que tout ça ne soit qu'un rêve. Mais la réalité qui lui semblait si sombre, allait prendre bientôt les couleurs de l'enfer.

En Belgique, bien que la menace d'envahissement n'était pas à exclure, pour l'instant les Juifs n'étaient pas en ligne de mire comme en Pologne. Le voyage s'était bien déroulé, et c'est la mort de l'âme que Lora s'était enfin résolue à franchir le cap de la séparation. Depuis leur mariage, c'était la première fois qu'ils se trouvaient aussi loin l'un de l'autre. La haine qu'elle portait à Hitler et à cette Allemagne qui voulait étaler sa puissance à toute l'Europe montait en elle un peu plus de jours en jours. Pour qui se prenait-il ? Pensait-elle. Certains jeunes Allemands se laissaient hypnotiser par ce ramassis de paroles qui se voulait d'un concetti subtil, dont le Führer et l'idéologie nazi les abrutissaient. Les nazis avaient fait de la vie des Juifs un quotidien au lendemain spolié, où tout projet tenait de l'irréel.

- Je suis si heureuse de vous voir ici, mes petites, les serrant contre elle, la maman de Lora ressentait tout le soulagement du monde à les avoir là, tout près d'elle.
- Tu sais, quand la guerre sera finie, nous repartirons en Pologne, je veux revoir Jolenta et Marianna, précise Elzbieta avec un tel naturel que sa grand-mère n'a pas le courage de la contrarier.
- Oui, Lala, l'embrassant dans le cou, sentant le doux et chaud contact de sa peau d'enfant, bien sûr que tu les reverras.

La conversation prit une autre tournure, la grand-mère ne voulant pas s'embarquer dans une discussion dont le sujet la peinait terriblement. Les enfants disparurent soudain dans un vacarme tonitruant de cris et de rires, l'insouciance à l'état pur, pense Lora.

Seules, l'une en face de l'autre, les deux femmes savent bien que Marianna est juive et que son sort en Pologne paraît très délicat. Lora repensa à ses amies laissées en Pologne, ces jeunes femmes qu'elle côtoyait à l'école, dans la rue, dans les magasins, dont certaines, plus intimes, avec qui elle discutait de temps à autre. Toutes ces questions qu'elle se posait sans cesse l'abrutissaient et l'épuisaient.

Pourvu qu'Ab obtienne ces papiers au plus vite, je n'en peux plus de ne rien savoir, où est-il ? Mange-t-il à sa faim ? Voilà qu'elle recommençait. Lora prend alors sa tête dans ses mains, et les larmes si longtemps retenues, coulèrent bientôt, mouillant dans un sanglot le journal étalé sur ses genoux. Les nouvelles qui parviennent par les radios ou les journaux n'annoncent rien de bon, la guerre, la guerre et encore la guerre et avec elle, le désespoir et la peur. Elle affecte de s'intéresser à autre chose, peine perdue, l'essence de sa pensée ne brûle plus que pour cet homme, là-bas, loin, à qui elle doit son nom.

Plus les jours passent, plus Lora désespère de revoir son mari vivant. Le manque est si cruel que la nuit la rassure, elle peut le voir, le deviner dans ses rêves. Il est là, devant elle, beau, magnifique, aimant, il n'y a pas de guerre, il n'y a que le bonheur retrouvé. Elzbieta, quant à elle, n'ose pas aborder le sujet, Lora le sent bien, l'enfant préférant rester dans le doute. Ne pas demander pour ne pas recevoir une réponse qu'elle redoute. Son incertitude se transforme ainsi en espoir, un fol espoir pour son papa chéri, voilà l'état d'esprit d'Elzbieta aujourd'hui. De ce fait, Lora ne s'aventure pas non plus, elle laisse sa fille s'accrocher à cette branche qui lui permet, pour l'instant, de tenir le coup.

À Varsovie, il n'était plus question ni de papiers ni de nouvelles. Depuis novembre 1939, il était interdit de voyager en train, et pour les Juifs, n'en parlons pas, même si Abraham avait reçu ces fameux papiers, il n'aurait jamais pu quitter la Pologne. Il s'était fait prendre au piège, telle une souris, il avait trop attendu, le regret et le remord le rendaient encore plus triste chaque jour. Ah ! S'il était parti avec Lora, il aurait pu s'échapper encore, il aurait eu encore cette dernière chance. Son entêtement n'avait pas payé, son opinion qui s'avérait toujours juste jusque-là avait failli, il avait eu tort, pour la première fois, il s'était trompé. Il regarde, assis parterre, avec d'autres Juifs de sa famille, ces espèces de brassards rehaussés de l'étoile de David que les bourreaux leur font porter.

- Ils nous traitent comme du bétail, Mélèkh, comment pouvons-nous supporter ça ? Je n'en peux plus, hurle-t-il. L'écho de sa douleur reten-tit sur les murs, indifférents.

- Cela ne pourra durer, le reste du monde ne restera insensible à notre sort, il faut espérer, on nous entendra...

Au dehors, rien ne présageait quelque bonne issue possible, les magasins juifs devaient afficher une identification sur la vitrine, et le comble depuis trois jours, tous les Juifs devaient rendre les radios. On leur confisquait même le droit de savoir ce qui se passait, l'ignorance pour mieux avilir l'ennemi. Certains en cachaient sous des trappes, dans les caves des immeubles, ou dans les placards, dans un double fond fabriqué à la hâte. Abraham et ses frères en possédaient une, mais à chaque fois qu'ils l'écoutaient, l'un deux faisait le guet, car avec le bruit des ondes, ils auraient pu être surpris. Il fallait se méfier de tout le monde, même des Polonais eux-mêmes, qui quelquefois, dénonçaient leurs compatriotes, espérant une faveur particulière des Allemands en retour. La suspicion était partout.

Ils avaient appris la formation de ghettos, notamment celui de Lodz, les Allemands groupaient la vermine, appellation des Juifs par les nazis, leur ôtant toute dignité et liberté. Ils avaient eu cette idée de créer le Judenrat* (*Regroupements de dirigeants juifs qui devaient faire régner l'ordre au sein même de la communauté*). Abraham connaissait certains membres, certains même, très bien.

Toujours sans nouvelle des siens, Abraham Zilberbogen survivait. Tout comme Lora et les enfants survivaient de l'autre côté, là-bas, plus à l'Ouest de l'Europe, en terre promise. Les lettres qu'ils avaient échangées au tout début les aidaient à vivre. Puis, du jour au lendemain, plus rien, plus aucune nouvelle. Ab restait muet.

L'avancée des Allemands faisait trembler la Belgique. Nous étions au mois de mai 1940, dès le 10 du mois, l'Allemagne envahissait la Belgique. La question juive ne se posant pas, du moins pas encore, les Zilberbogen continuaient à vivre, mais tout de même avec la peur au ventre. Les évènements s'accélérèrent aux alentours du 14 mai, des divisions blindées de la Wehrmacht ratissèrent le pays et des parachutistes allemands furent lâchés sur Liège. Il aura fallu un petit mois à Hitler pour faire capituler la Belgique, pays qui se voulait neutre ; en effet, le 28 mai 1940, le roi Léopold III signait la capitulation. C'est là que les Juifs commencèrent à s'inquiéter vraiment, ils savaient ce qui se passait en Pologne et en Russie, et leur eldorado était en train de fondre en miettes.

Le quotidien en Pologne n'avait plus rien à voir avec une vie normale. Certaines familles vivaient à une dizaine dans un tout petit appartement. Le début de la fin commença pour le peuple Juif polonais. Le 12 octobre 1940, jour du Yom Kippour, jour choisi par les Allemands pour parquer les Juifs de la ville dans des quartiers leur étant strictement réservés. Ce jour, très significatif dans la religion juive, synonyme de repentance, avait été volontairement choisi, pour démontrer une certaine suprématie. Un mur de trois mètres de haut fut construit avec des barbelés tout autour de plusieurs quartiers. Les Allemands avaient décidé de réunir les Juifs dans un même endroit pour pouvoir les humilier à leur guise et laisser ensuite la maladie, la faim et l'isolement les tuer à petits feux. Un peuple entier aux mains de barbares, sans aucune sorte d'échappatoire, un régime frustratoire imposé dans un but bien précis : la déchéance et la mort.

Lora et les fillettes ne reçurent plus jamais de nouvelles d'Abraham. Il devait plus tard disparaître avec la masse, dans une Pologne saccagée par la guerre et l'antisémitisme...

Deuxième époque

L'Exil

(Luchon, Brens, Rivesaltes...)

En Belgique, la famille Zilberbogen est loin d'imaginer la vie d'Abraham en Pologne et son destin tragique. Dès 1940, les Juifs de Belgique commencent à connaître les ordonnances antijuives, la discrimination avec l'obligation de porter un brassard blanc, les groupuscules belges d'extrême droite, qui mènent eux aussi, à leur façon, la chasse aux Juifs pour le compte des SS.

Des Juifs sont menacés, mais la solidarité d'une grande majorité des Belges de souche joue un rôle primordial dans la survie de nombreux d'entre eux. À Bruxelles, l'administration Belge refuse de coopérer au nom de la dignité de la race humaine, ce qui donne lieu à l'élaboration de réseaux clandestins dirigés vers les familles juives et surtout les enfants. Nombreux d'entre eux sont ainsi sauvés et expatriés dans le sud de la France, en zone dite libre, bien que les Juifs, à partir de ce moment-là, aient perdu toute idée de liberté.

- L'air va devenir irrespirable ici, il faut partir, je vais essayer de contacter un réseau qui s'occupe de passer des familles juives en France en zone libre. Tu vas partir avec les petites vers la France, tu ne dois pas rester en Belgique, cela devient de plus en plus dangereux.

Lora regarde sa mère, d'un air dépité.

- Encore, cela ne va pas recommencer, nous avons déjà fui la Pologne, maintenant nous devons fuir la Belgique, mais où cela va-t-il s'arrêter ? Elle se prend la tête entre les mains, la balançant de gauche à droite telle une pendule.

- Je sais que c'est très dur, Lora, mais pense aux enfants...

- Parce que tu crois que je ne pense pas aux enfants, crie-t-elle de douleur et de dépit. C'est pour eux que je suis partie de Varsovie, sinon je serais restée avec Ab, et lui, qu'est-il devenu ? Pourquoi tout ça, on n'a rien demandé, nous les Juifs, mais qu'a-t-on fait pour mériter une telle persécution ?

25

- Viens là, murmure Boumama, c'était son petit nom familier, ouvrant les bras à sa fille, exhalant une impression de quiétude, mais en fait pétrifiée de l'intérieur, prenant sur elle pour ne pas la traumatiser davantage.

Longtemps, les deux femmes restèrent enlacées. Lora était redevenue, l'espace d'un court instant, cette petite fille qui pleurait dans les bras maternels au moindre petit souci.

- Si vous restez ici, c'est trop risqué.

- Et toi, tu ne vas pas venir avec nous ? S'étonne Lora, écarquillant ses yeux magnifiques.

- Moi… esquissant un sourire qui en disait long, je suis trop vieille.

- Tais-toi donc ! S'entend crier Lora, réalisant tout à coup qu'elle n'a jamais parlé à sa mère sur un ton aussi dur, mais là, c'en était trop, elles partiraient ensemble ou pas du tout.

- Si je pars avec vous, ce sera avec tes sœur, du moins celles qui voudront bien venir, Dora et son bébé Boris, peut-être Milly avec son fils et sa fille. Mais je crains que cela ne fasse trop de monde pour un seul voyage, je vais m'en occuper, c'est bien trop dangereux ici. Les hommes voudront rester ici, c'est sûr.

Lora éclate soudain en sanglots, un trop plein, trop de chagrin accumulé.

- Pleure ma fille, pleure, ça soulage le cœur.

Implorant sa mère d'un regard suppliant.

- Viens maman, j'ai besoin de toi, je ne veux pas me battre seule, je n'en ai plus la force.

Essayant de détendre l'atmosphère, la mère de Lora, forçant son sourire.

- Mais alors, où est cette petite fille si courageuse qui n'a jamais eu peur de braver vents et marées pour obtenir ce qu'elle voulait ? Quand tu as décidé de devenir mannequin, rien ni personne n'aurait pu t'en empêcher, tu as foncé, bille en tête, c'est ce que je veux que tu fasses aujourd'hui, fonce, mon petit, tu as deux petites filles qui comptent sur toi. Je veux qu'elles soient fières de leur mère comme moi j'ai été fière de toi tout au long de ta vie.

La discussion tourne court à l'arrivée d'Elzbieta, qui, en nage, traverse la cuisine, manquant de renverser au passage la panière de linge sur la table.

- Lala, fais donc attention, quand même, arrête de courir comme ça, et où est ta sœur ?

- Justement je la cherche, on joue à se cacher et à se retrouver.

- Mais elle est trop petite pour faire ça et si elle se fait mal, écoute, quelquefois, tu es impossible, peste Lora, excédée.

- Laisse-les jouer, ma chérie, elles sont si naïves de tout ce qui se passe à l'extérieur, renchérit Boumama, essayant, comme à l'accoutumée, de calmer les esprits échauffés.

Luchon (Haute-Garonne)

Quelques jours après, les bonnes relations de Boumama avaient abouti, il avait été organisé un départ pour la France. Un train partait en direction du sud et notamment pour Luchon, et ils pouvaient tous embarquer. Tout laisser était un crève-cœur pour Boumama, comme il l'avait été quelques semaines auparavant pour Lora en quittant la Pologne et son Abraham, elle ne savait même plus si elle le reverrait ou non.

L'arrivée à Luchon fut périlleuse, le froid glacial qui régnait en cette fin d'année 1940, était amplifié dans les montagnes des Pyrénées. De nombreux centres avaient été réquisitionnés par les différentes associations d'aides aux Juifs, tous étaient envahis de réfugiés venant de l'Europe entière.

- Vous venez d'où ? S'essaye Ila Stern.

- Nous venons de Belgique, murmure doucement Boumama, épuisée par le voyage.

- Vous avez emporté tout ça, s'exclame Ila, à la vue des valises et des baluchons encombrant la chambrée.

- Il faut bien se vêtir, répond-elle d'un ton plus sec, mais de quoi se mêle-t-elle ? Pense Boumama, et puis, elles sont quatre femmes avec cinq enfants, il faut bien habiller tout ce petit monde.

- Oui c'est ça, c'est ça, habillez-vous, on verra si vous prendrez tout ça quand il faudra s'enfuir d'ici, vous n'êtes pas dans un centre de vacances, rétorque Ila, ricanant sous cape.

- Ça suffit ! S'écrie Lora, assise sur un lit, les genoux serrés et les pieds rentrés en dedans, la tête avachie, tenant toute la misère du monde.

- Moi, ce que j'en dis.

- Mais elle va la fermer ! Cette fois, Lora se lève et empoigne cette femme corpulente, la poussant dans ses retranchements.

Boumama tente de calmer les esprits, les enfants jouent, insouciants de leur condition et des attentes terribles que la famille tout entière va endurer, dans l'incertitude et l'angoisse.

- Nous allons nous organiser, nous avons trois lits, chaque adulte prendra deux enfants, sauf Dora qui ne prendra que le petit Boris. Il faudra y mettre du sien pour ne pas faire trop de bruit et permettre à chacun de se reposer au maximum. Les repas, je crois que nous les prendrons ensemble à la cantine du Centre. Maintenant prions pour que les Allemands ne viennent pas nous chercher jusqu'ici.

Epuisés, ils ne défirent même pas les bagages et restèrent plus ou moins recroquevillés dans des coins, loin de leur chez eux, loin de tout. Les premiers jours furent très durs car il fallait prendre ses marques et tenter de garder le moral. Tous priaient, imploraient le ciel que cette situation se termine au plus vite et que chacun rentrât chez soi. Loin de toute réalité, certains Juifs pensaient encore que les jours heureux reviendraient très vite, la haine allemande ne dévoilant pas encore toutes ses formes et chacun ne pouvant même imaginer le sort qui serait réservé aux Juifs pendant cette période sombre de l'Histoire.

Chacun imaginait le pire et en fait réalisait qu'à Luchon, les autorités avaient encore une marge et une main mise sur la liberté des Juifs. Lora, Dora et Milly ne regrettaient pas le départ, vu les échos qui parvenaient par bribes de Belgique, les Juifs étaient de plus en plus menacés et devaient décliner leur identité sur des fichiers.

Les enfants n'étaient pas malheureux ici, ils mangeaient à leur faim, jouaient pendant des heures. La nouvelle famille n'était pas très appréciée des autres locataires, de trop beaux habits, de bonnes manières, que certaines tournaient d'ailleurs en dérision.

- Attention, Madame ne peut pas laver son linge avec notre savon, elle a apporté le sien. Madame ne mélange pas son linge sale avec le nôtre, ricane une certaine Daniella, juive très vulgaire qui cohabitait avec son mari, une loque humaine, qui avait dû être ivrogne dans une autre vie, mais qui, du fait même des privations, avait connu une désintoxication obligatoire. Lui, répondant au prénom de Hadour, semblait aimer tout le monde et peu à peu, il fit parti du paysage, assis en tailleur, toujours au même endroit, quémandant à tout bout de champ un verre de vin aux responsables du Centre.

Lora portait vraiment de beaux vêtements, datant de sa période de mannequinât à Anvers, et du fait de la bonne situation de son mari, qui éprouvait une certaine fierté à ce que sa belle soit bien mise. Les petites zilberbogen possédaient aussi de belles robes, taillées dans de beaux tissus de taffetas et d'organdi ou bien des broderies des meilleurs effets, de quoi être jalousées. C'est pour cette raison que Boumama laissa les plus belles robes dans les malles, lavant toujours les mêmes robes des petites pour ne pas trop attirer l'attention. Ce n'était ni le lieu, ni le moment pour se faire remarquer, pensait-elle, toujours avec la même sagesse qui était sienne.

Brens (Tarn)

Luchon ne fut qu'une étape puisque quelques semaines à peine après leur arrivée, certaines familles juives furent évacuées dans des zones plus ou moins sécurisées. C'est ainsi que tous les membres de cet exode forcé furent déplacés à Brens dans le Tarn, juste à côté de Gaillac. Plus le temps passait, moins de bagages, trop envahissants et puis les vêtements s'abîmaient énormément, les souillures diverses ne leur laissant que très peu de chance de garder l'aspect du neuf. Brens était déjà un autre monde, là, la faim, le froid de décembre, la maladie commencèrent à faire leurs effets. C'était un camp d'internement, où s'entassaient des familles entières de Juifs, expatriées de tous les recoins de l'Europe.

Le mois de janvier 1941 commençait et l'hiver était très rigoureux, ce qui ajoutait, avec l'exode, des moments encore plus durs à supporter pour la famille. L'entrée du camp ouvrait sur deux rangées de baraques avec des fenêtres. Les baraques étaient assez basses, sans âme, couleur grisâtre. C'est par là qu'elles pénétrèrent à l'intérieur de leur nouveau domaine. Le camp de Brens comportait une vingtaine de baraques, les meilleures étant déjà prises, celles dont les fenêtres fermaient correctement. Certaines baraques étaient traversées par des courants d'air terribles. Il y avait des trous béants dans les portes et les fenêtres que les femmes et les internés ne pouvaient colmater, de plus, aucun matériel de récupération n'était disponible à l'intérieur du camp.

C'est dans cette ambiance de désolation et de tristesse que la famille s'installa, quelques cent mètres plus loin dans une voie de gauche. Un morceau de baraque pour une dizaine de personnes, l'eau potable était distribuée au compte-gouttes, il fallait se rendre au lavoir situé à une cinquantaine de mètres plus loin. On leur distribua du savon. Boumama commençait à s'organiser, comme elle le faisait d'habitude à chaque nouvelle situation rencontrée.

Elles purent récolter deux chambres, séparées par un panneau de bois, juste au niveau des lits. Celui des petites Zilberbogen était assez moelleux, malgré les crissements aigus qui s'en échappaient à chaque fois que l'une s'asseyait ou se relevait. Elzbieta accrocha au mur, juste à côté de la fenêtre, un dessin qu'elle avait emporté de Pologne, montrant une jolie ville éclairée par un beau soleil, elle aimait à dire qu'il s'agissait de Varsovie. Celinka, elle, ne se rendait pas compte de tout ça, elle suivait les pérégrinations, pour une petite fille de trois ans, le monde se cantonnait à sa mère et aussi à sa sœur, tant qu'elle les avait près d'elle, les jours s'écoulaient…

Le premier soir à Brens, Elzbieta rôde à l'extérieur, cherchant dans les allées poussiéreuses du camp une petite amie avec qui partager. Elle tombe sur Martha, qui est là avec sa mère depuis une dizaine de jours déjà.

- Tu es là depuis longtemps ? S'hasarde Elzbieta.
- Quelques jours seulement.
- Et toi ?
- Je suis arrivée aujourd'hui avec toute la troupe, ma mère, mes tantes, ma grand-mère, et mes cousins.
- Tout ça ! S'exclame l'enfant, dévisageant cette jeune fille blonde, si belle, tu as de si beaux cheveux, lui dit-elle.
- Là, ils sont un peu sales, il faut que maman me les lave, mais on n'a plus de shampoing, et le savon me pique trop les yeux, alors je les garde sales, après tout, tant que l'on ne me dit rien.
- Ici, il y a beaucoup de personnes sales, là-bas, en lui montrant l'un des grands lavoirs, les femmes lavent le linge et vont chercher l'eau pour boire et se laver, mais certaines n'y vont jamais.
- Boumama, c'est ma grand-mère, elle est allée en chercher tout à l'heure, pourvu que ce ne soit pas pour laver les cheveux, dit la fillette, implorant le ciel.
- Tu as un papa, toi, quelque part ? Demande Martha.
- Oui, il est resté à Varsovie, bientôt, il viendra nous rejoindre, après la guerre, quand les Allemands ne nous voudront plus de mal, à nous les Juifs. Se levant d'un bond, Martha se hâte vers sa baraque.
- Je m'en vais, il faut aller au réfectoire, c'est pas très bon, mais là je commence à avoir très faim. Tu sais où il est, là-bas, lui montrant une grande baraque, tu verras, il est très long, il y a des rangées de tables et de bancs de bois.

Elzbieta rebrousse chemin en lui criant :
- À bientôt, Martha.

Les bras en l'air, les petites se renvoient leurs gestes d'affection comme elles l'auraient fait à la sortie de l'école, elles possédaient encore ce bien si précieux, l'insouciance.

Au réfectoire, les habitués prenaient les meilleures places et certains allaient même voir dans l'assiette du voisin. Les nouveaux faisaient pâles figures et mangeaient ce qu'ils pouvaient récupérer, bien que des rations soient servies tous les jours venant de la grande cuisine. Certains internés avaient instauré leurs propres lois, comme dans une grande prison où les plus forts ont le dessus d'un point de vue psychologique. Ce soir-là, manger n'était pas la première préoccupation des nouveaux venus, ils étaient trop déracinés, trop tristes pour avoir de l'appétit. Leur première nuit à Brens les effrayait, l'inconnu les traumatisait, mais chacun tentait de garder pour lui la peur intérieure qui le glaçait.

- Boumama, tu avais des bougies dans ton sac, en as-tu encore ?
- Pourquoi ? Chuchote Boumama, remontant la couverture jusqu'au cou de la fillette, essaie de dormir maintenant.
- J'ai peur dans le noir, se tournant vers sa mère, maman, je veux une bougie.
- Chut ! Il ne faut pas se faire remarquer, de plus, il est vingt-deux heures trente, dors ! Il n'y a plus de lumière à l'extérieur.

Durant quelques minutes, aucun bruit ne se fit entendre, jusqu'à des petits sanglots qui montèrent dans le silence.
- Viens dans mes bras, Lala, viens contre maman.

Boumama se lève d'un bond et fouille dans son sac, cherchant une bougie et les allumettes.
- Que fais-tu ? Questionne Lora.
- Je cherche une bougie, je ne vais pas laisser cette petite pétrifiée par la peur.
- Mais ils vont nous voir, et ils viendront nous la faire éteindre.
- On va essayer de la cacher derrière quelque chose.
- Mais ce n'est pas raisonnable, voyons, maman.

Boumama ne voulut rien entendre, elle alluma avec une allumette une bougie qu'elle fit tenir dans un verre.
- Je vais la mettre à terre, ils verront moins la lueur et quand la petite dormira, je l'éteindrai, je me servirai d'un vieux dé à coudre que je garde toujours dans mon sac en guise d'éteignoir.
- Je me demande si tu as toute ta tête, maugrée Lora qui n'est pas tranquille du tout, et si on met le feu, pense-t-elle.

Après quelques minutes seulement, Elzbieta dormait à poings fermés, Boumama apposa le dé et la pénombre revint dans une nuit plutôt calme.

Le premier soir à Brens s'était bien passé, mais les jours qui suivirent, il fallut s'habituer à la promiscuité des autres familles, l'emplacement pour étendre le linge, les tours de passage au lavoir, les places qu'il fallait prendre d'assaut au réfectoire, supporter les humeurs des autres qui se plaignaient à longueur de journée, et ceux qui pleuraient, prostrés par la peur des autorités et des descentes dans le camp. Avoir des enfants dans le camp aidait à garder une certaine vie normale. Craquer signifiait les faire craquer aussi. La guerre avait détruit leurs vies, leurs projets, avait mis à terre jusqu'à leur honneur et toute idée d'être libre. On ne leur donnait même pas le droit d'espérer à une autre vie, le néant, partout le néant. Survivre à tout prix.

Sur place, les réfugiés Juifs ne savent pas, ne savent rien et cette ignorance les tient dans un état de crainte permanente. Au bout de quelques jours, la saleté commençait en envahir les baraques, les souillures des enfants, dont les besoins naturels n'étaient pas contrôlés. Les journées entières passées à ne rien faire abrutissaient les internés. Cependant, quelques activités furent organisées au sein du camp comme la couture ou la cordonnerie…

- Des animaux en cage, voilà ce que nous sommes devenus, murmurait Lora à sa mère. Les deux femmes, assises par terre, ne prenaient même plus la peine d'espérer. Pour faire passer le temps à Elzbieba, qui tournait en rond toute la journée, Lora lui apprenait les rudiments culturels. Elle lui parlait de la Pologne, des musiciens, de tout ce qui pouvait la rapprocher d'un monde civilisé et humain.

Elle lève les yeux sur sa mère.

- Quand je pense aux soirées que nous passions avec Ab, nous étions allés au Théâtre de Varsovie quelques jours avant notre départ, entendre le dernier lauréat du Prix Frédéric Chopin, une soirée inoubliable, pleine de délicatesse, de douceur et de musique. J'ai peine à croire aujourd'hui que cela ait vraiment existé, c'est comme si nous étions dans un autre monde. Se recroquevillant sur elle-même, elle se met en boule, il fait si froid le soir. Tu imagines, maman, comment allons-nous tenir ?

- Si nous sommes encore là, va-t-en voir où ils vont nous emmener ? Le plus dur, c'est de ne pas comprendre, nous sommes là seulement pour une question de discrimination, c'est aberrant !

- J'ai peine pour les enfants, ils n'ont pas mérité ça…avalant difficilement sa salive…et nous, non plus.

- Se plaindre ne sert à rien, tentons de sauver le plus important, l'envie de vivre et de s'en sortir, vivre jusqu'au lendemain est déjà une victoire, attachons-nous à ça.

Ce soir-là, tous s'endormirent en entendant les filles de la baraque d'à côté faire un chahut de tous les diables. Il faut dire qu'au camp, les internés étaient très différents, on trouvait sur la place des Juifs étrangers de toutes nationalités. Certaines jeunes femmes sans enfant, pour oublier leur détresse, chantaient, huaient à tue-tête des insanités envers la Police Française, qu'il était vraiment très difficile de supporter la nuit, déjà que les rats qui logeaient sous les lattes du plancher des baraques épouvantaient les occupants. Boumama avait relevé les couches des enfants pour qu'ils soient éloignés des rongeurs au maximum, mais le va et vient des petits mammifères devenait un calvaire. Une femme dans la baraque avait la phobie des rats et hurlait pendant des heures. Lora, à la suite de maintes demandes incessantes auprès du responsable, obtint gain de cause et la pauvre fille fut transférée à quelques baraques de là, où elle causait d'ailleurs les mêmes préjudices à ses voisins de chambrée.

Ce matin-là, après une nuit agitée, Elzbieta se plaignit de ses jambes qui la démangeaient.

- Maman, sanglote-t-elle, en implorant sa mère de faire quelque chose, j'ai mal, ça me gratte trop.

Soulevant le pantalon de sa fille, Lora aperçut des piqûres assez importantes avec des ronds rouges tout autour.

- Ce sont des punaises, dit une femme, à moitié couchée sur le plancher, au début c'est terrible, après tu t'habitues, lance-t-elle d'une voix résignée.

- Quoi, tu t'habitues à ça ! Se tournant vers l'enfant, viens là ma chérie, je vais mettre un peu d'eau sur tes plaies.

- Non ! Hurle la femme toujours avachie sur le sol, l'eau, on la boit, allez ailleurs pour soigner ses plaies.

- Je n'irai nulle part, s'indigne Lora, et disant cela, elle prend le peu d'eau dans un récipient et commence à tamponner les rougeurs avec un morceau de chiffon, c'était la seule chose qu'elle avait trouvée. La femme se soulève d'un bond et passant à côté d'Elzbieta, donne un grand coup de pied dans le récipient, que Lora attrape au vol.

- Comment pouvez-vous être aussi désagréable, qu'est-ce que l'on vous a fait ?

- Rien, vous êtes là, c'est tout et ça me dérange.

Ces altercations avaient souvent lieu entre internées, celles qui se trouvaient déjà dans la place supportaient mal l'arrivée de nouvelles, déjà que les portions étaient justes, elles craignaient des restrictions supplémentaires. Malgré tout, le plus dur à supporter était la poussière, elle envahissait tout, les baraques, la nourriture, les affaires posées à même le sol et quand il pleuvait, c'était la boue qui s'imposait, partout. L'épée de Damoclès planait en permanence sur leur tête à toutes et à tous, ils savaient qu'ils étaient les « en sursis ». Ils le sentaient bien et l'un des gardiens ne manquait jamais une occasion de le leur faire bien comprendre.

Les gendarmes appliquaient sur place la politique de Vichy, donc aussi dangereuse pour les Juifs que celle des Allemands. À tout moment, on pouvait venir les chercher et les emmener dans un autre camp d'internement. Aucune personne normalement constituée ne pourrait être indifférente à ça, dans ce centre où se côtoient toutes ces souffrances physiques et morales qui leur étaient infligées. Et pourtant, la petite famille survivait, survivre était le mot juste, les conditions ne pouvaient permettre que de survivre.

Milly et Dora vivaient plus à l'intérieur du camp, entassées avec leurs enfants et une dizaine d'autres femmes et enfants, qui étant là depuis plus longtemps, avaient déjà abandonné toutes sortes de lavages du corps, l'odeur qui émanait de ces êtres humains était infecte. À plusieurs reprises, Milly tenta de leur faire entendre raison et leur proposa même du savon pour qu'elles se lavent un peu. Mais le niveau atteint de ras le bol et de résignation avait fait son effet, certaines étaient devenues des êtres transparents, vidées de leur essence humaine, revenues à un état primitif.

Pourtant, il y a toujours un petit tunnel dans la nuit, et c'est Dora, une autre sœur de Lora, qui réussit par on ne sait quel tour de force à les faire chanter. Le mélange des voix espagnoles, belges et polonaises, ressemblait plus à un tintamarre qu'à de la belle mélodie, mais chacune y allait d'une chansonnette de son pays d'origine et certaines retrouvaient un peu de joie de vivre, malgré les conditions d'enfermement. Seulement, le retour à la propreté, quand on a vécu de longues semaines dans la crasse, est un chemin difficile à retrouver.

Certaines y parvinrent, les autres s'engouffrèrent dans un état de saleté indescriptible, dont elles n'avaient même plus envie de sortir. Ce faisant, le temps et l'habitude accomplirent leur travail, les odeurs s'installèrent dans le lot quotidien, Milly et Dora ne manquaient pas une occasion de fuir à l'extérieur. Le froid hivernal rendait cette échappatoire assez difficile. La température, très basse, était déjà si dure à supporter à l'intérieur des baraques non chauffées, il fallait faire avec les voisines de chambrée, et avec leur saleté.

La famille de Lora, dans son ensemble, glissait peu à peu dans cet enfer, il est si dur de se laver correctement avec de l'eau froide et de plus par des températures négatives, elles vivaient toutes un véritable calvaire. Comment expliquer aux enfants qui avaient connu la chaleur d'une maison, les draps propres d'un lit et les repas copieux, comment leur faire comprendre la bêtise humaine ? Des gens avaient décidé qu'ils ne méritaient pas de vivre convenablement. Depuis octobre 1940, la Police Française appliquaient les ordonnances allemandes dans la zone occupée concernant la dénomination « Juifs » sur leur carte d'identité, resserrant ainsi la marge de manœuvre de cette partie de la population.

- Nous n'êtes pas trop mal ici, les Allemands sont loin, hasarde un gardien.
- Mais vous, vous êtes Français, vous, et nous sommes en zone libre encore, s'indigne Lora.
- Je suis avant tout un gardien de ce camp.
- Et vous trouvez normal de nous enfermer simplement parce que nous sommes Juifs, hurle-t-elle, nous sommes en zone libre ici encore !
- On ne me demande pas de juger mais d'obéir, madame, et il tourna les talons, légèrement agacé par cette déferlante d'incompréhension, qui l'avait gêné, probablement.
- Voilà l'autre qui arrive là-bas, tiens, il ne manquait plus que celle-là, viens Milly, on se sauve, je ne veux pas la voir.
- J'en ai rien à faire, je ne vais pas bouger parce que cette femme s'avance vers nous, renchérit Lora, le visage déformé par la colère.

Une espèce d'harengère, légèrement poilue, détail physique qui fit hurler de rire Elzieta et Martha, s'approche d'un pas décidé et d'allure vulgaire.

- Va-t-en, s'emballe Lora, la mitraillant du regard.

- Laisse tomber, lance sa sœur, voyons ce qu'elle veut.

- Que des problèmes avec elle, elle nous a déjà volé des pantalons que j'avais mis à sécher sur la fenêtre.

- T'es sûre que c'est elle ?

- Sûre, les petites l'ont vue, et son fils, le grand, avec des cheveux roux, il en portait un il y a quelques jours.

S'adressant directement à la fautive.

- C'est vrai ça, tu nous a volé des pantalons ?

- Je n'ai rien volé moi, je suis bien éduquée, moi, madame.

- Bien éduquée, sans blague, tu t'es vue, avec tes mauvaises manières.

Milly sentit bien que la discussion devait en finir sous peine de se transformer en bagarre générale, les curieuses commençant à s'approcher des investigations afin de mieux profiter du spectacle. Les diverses altercations entre les internées engendraient un ralliement presque immédiat des femmes du camp en manque de distractions.

- File avant que cela ne tourne mal.

La femme, dont personne ne savait le nom, s'en retourna et ne tenta rien pour envenimer la situation.

- À quoi en sommes-nous restreintes, supporter des personnes pareilles, que nous sommes tombées bien bas, Milly !

- Nous relèverons la tête, tu verras, et nous leur montrerons qui nous sommes.

- Tu parles, on va tous rester ici et y croupir comme de vulgaires rats.

Milly regarda Lora, la prit dans ses bras et elles restèrent là, enlacées, avec leur seul amour pour les aider à tenir debout. Tenir, c'était ça la clé d'un avenir possible, tenir, coûte que coûte, et tout faire pour que les enfants ne soient pas traumatisés par ce mauvais passage de leurs jeunes vies.

- Un mauvais rêve, dit Milly, il faut que cela ne soit qu'un mauvais rêve pour les enfants. Ils sont jeunes, ils oublieront, pour nous c'est différent, les coups portés seront indélébiles.

Les autres réfugiées avaient déserté la scène, pour traîner ailleurs dans le camp, s'occuper en fait. L'oisiveté est un état terrible dans un camp, elle vous renferme sur vous-même, vous ôte toute dignité, vous ne servez à rien, vous êtes inutile. Toutes ces femmes, Lora, Milly et les autres, en faisaient l'expérience tous les jours, même si certaines tentaient de s'impliquer dans des distractions plus culturelles proposées au camp.

L'hiver imposait ses températures négatives la nuit. Ce mois de janvier fut très dur à vivre pour les internées qui, ne pouvant laver les seules couvertures qu'elles possédaient, et que certaines tentaient même de dérober, devaient supporter les punaises qui infestaient les baraques. C'était à croire que le froid avait eu un impact sur leur prolifération, l'abri des baraques, somme toute, les attirait, ainsi que les rats et autres rongeurs qui cherchaient refuge auprès des humains.

Le froid accentuait aussi toute la misère du camp, les chaussures commençaient à manquer cruellement, surtout pour les enfants dont les pieds grandissaient. Certains enfants avaient carrément ouvert leurs chaussures sur le devant, malgré le froid pour pouvoir entrer dedans. Les orteils étaient meurtris par le sol et râpés par les cailloux. Le moral dégringolait chez les internés, la vie était plutôt dure. L'eau potable manquait, et Boumama avait trouvé la parade au manque d'eau, elle avait déniché un vieux récipient dans les cuisines, qu'elle avait placé juste devant la fenêtre. Ainsi, l'eau de pluie pouvait être accumulée, malheureusement de nombreuses femmes venaient se servir, se disputer même devant la fenêtre. Comme cet après-midi-là, deux jours avant Noël, quand Dora voulut prendre un peu d'eau pour mélanger avec le lait afin de donner un biberon à son petit Boris.

- N'approche pas tant que je ne me suis pas servie, ton mioche peut attendre, ordonne une femme en compagnie de sa fille d'une dizaine d'années.
- Non mais, c'est vous qui n'avez pas à vous servir ici, c'est la réserve de ma sœur et de ma mère, poussez-vous, insiste Dora, bousculant légèrement la femme.
- Mais c'est qu'elle insiste, la gamine, si tu recommences, je te mets mon poing dans la gueule, t'as compris !

Devant autant d'agressivité, Dora préféra attendre que cette rombière se soit servie et soit partie avant d'oser s'approcher du récipient. Surtout que la neige tombée la veille avait permis de remplir un peu la réserve.

À l'intérieur, Elzbieta et Célinka, seules à ce moment-là, étaient restées figées contre le mur, effrayées par un tel tapage et ramassis d'injures. Une fois la furie s'étant éloignée, Dora aperçut, s'élevant doucement à hauteur de la planche horizontale de la fenêtre, deux petites têtes blondes qui osaient enfin montrer le bout du nez.

- Cette femme est vraiment très désagréable, lance Elzbieta avec son aplomb naturel.

- Ici, chacun se croit tout permis. Ils savent que personne ne viendra défendre qui que ce soit, ainsi donc, c'est la porte ouverte à tous les débordements. Ne t'en fais pas, Lala, l'eau du ciel est intarissable et nous n'avons pas atterri dans un désert, tu sais, explique Dora se voulant rassurante envers les deux petites.

Elzbieta s'empressa de tout raconter à sa mère et à sa grand-mère quand elles revinrent du lavoir, où, avec des petits morceaux de savon qu'elles avaient enfermés dans un tissu bien serré, elles essayaient de rendre un peu de dignité aux vêtements de la famille. Le problème sanitaire prenait de plus en plus d'ampleur dans le camp. Le froid glacial n'arrangeait pas les choses. Il n'y avait pratiquement pas de médicaments et les autorités avaient stoppé les allers et venus à l'extérieur du camp.

Depuis quelques jours, Esther, la fille de Milly, souffrait d'une otite, la pauvre petite ne dormait plus et souffrait beaucoup. Plusieurs fois, les femmes de la baraque avaient demandé des médicaments. Au bout de trois jours, un gardien du camp en amena une boîte, qui permit à Esther, pratiquement du même âge qu'Elzbieta, de sortir de sa douleur.

- Je ne supporterai pas de rester ici encore longtemps, mais qu'attendent-ils de nous, bon sens ? Demande Lora à sa sœur Milly, montrant une lassitude et un épuisement qui en disaient long sur son état psychique et physique.

- Tiens le coup, Lora, pour maman et les enfants.

- Je n'en peux plus, dit-elle entre deux quintes de toux qui inquiétaient toute la famille depuis quelques jours.

- Je m'inquiète pour toi aussi, poursuit Milly en caressant les magnifiques cheveux de sa sœur, même si ceux-ci n'étaient pas très bien coiffés et pas très propres non plus d'ailleurs.

- Cette toux incessante m'épuise, je ne dors plus, j'empêche surtout les autres de s'assoupir un peu, car il y a longtemps que le mot dormir ne veut plus rien dire ici.

Implorant le ciel, elle demandait un lit, une nuit, rien qu'une nuit, un vrai lit avec des draps propres qui sentiraient l'odeur du linge séché en plein air, une douceur pour la peau et les narines. Revenant à la réalité, elle se demanda si cela existait encore.

Sa voix était éteinte, comme si on l'avait tout doucement compressée, comme si ses cordes vocales s'étaient rétrécies en peau de chagrin. Boumama regarde sa fille, elle sait qu'elle est très malade, elle craint qu'elle ne sorte pas vivante de cet enfer. Moi, ce n'est pas grave, pense-t-elle, j'ai vécu, mais mes filles…les petites et le petit Boris. Le plus dur, ne pouvoir rien faire, parqués comme des animaux et ne rien dire, ne rien tenter, vivre une fatalité, peut-être mourir à petits feux. Même si nous nous en sortons, la blessure sera profonde, elle ressassait encore et encore dans sa tête la situation qu'elle sentait irréversible.

À la mi-janvier, une femme d'une baraque proche de celle de Boumama et Lora, chante à tue tête, là, dehors, dans la neige, il est cinq heures du matin.

- Tu vas la fermer, s'élève une voix dans la nuit.
- On veut dormir, va chanter ailleurs, répond une autre.

Rien n'y fait, la femme continue de plus belle. Elzbieta pleure sous sa laine, ankylosée par le froid, qui a aujourd'hui une odeur, une odeur de neige. La neige sent, elle n'avait jamais réalisé ça, mais la neige a une odeur, tapie, elle ne veut surtout pas bouger, le moindre geste la glace, une ouverture minuscule et un peu de cet hiver s'engouffre et lui single la peau. Elle en veut à cette femme de l'avoir réveillée, de lui ôter ces doux moments, quand elle n'est plus là, quand elle peut voguer, quand la vie est belle, là-bas de l'autre côté des nuages, loin, sur les tours d'un château à Cracovie. Elle sent dans sa bouche un goût de sel, elle avale ses larmes.
- Essaie de te rendormir, souffle Lora, elle prend sa Lala dans ses bras, qui ne sont pas assez grands pour contenir ses deux petites, qu'elle voudrait à mille lieux de cet endroit maudit. Dans le noir, dans le froid, elle pense à Abraham, le reverrait-elle, où et quand ?

Le jour se lève enfin, les corps engourdis tentent de se réchauffer. Les estomacs vides commencent à s'inquiéter de leur sort car les bonnes denrées alimentaires deviennent de plus en plus difficiles à être distribuées en grande quantité et les soupes servies sont de plus en plus claires.

- J'ai perdu le goût des aliments, maman, ce n'est pas normal, questionne Lora.
- Tu le dois à l'effet de te nourrir si peu et si mal, ton corps réclame tant de la nourriture qu'il ne prête plus attention au goût de celle-ci. Tu remarqueras qu'un affamé aime tout, le goût des aliments n'a plus sa place, juste la consistance de ceux-ci est importante pour l'estomac.
- Comment fais-tu pour avoir toujours le mot juste, pour nous réconforter quand on est au plus mal, sans jamais te plaindre, toi aussi ? Tu devrais avoir le droit de craquer, de pleurer.
Boumama la regarde fixement.
- Mais, ne t'en fais pas pour ça… je pleure aussi.

Milly apparut, pétrifiée de froid, elle aussi.
- Elle s'est calmée, la voisine, demande-t-elle, elle avait aussi entendu de sa baraque les chants matinaux de cette femme.
- Elle aurait pu se taire, elle a réveillé Elzbieta et j'ai eu du mal à la réconforter.
En début d'après-midi, Milly revint et reparla de cette femme, c'était vraiment la discussion du jour dans les baraques.
- Lora, tu sais pourquoi elle chantait si fort ce matin ?
- Je n'en sais rien, répond-elle, se moquant totalement de la raison qui avait conduit ce rossignol nocturne à pousser la chansonnette.
- Elle est devenue folle, c'est une vieille dame, à deux baraques au-dessus, qui me l'a dit, il paraît que sa fille ne parle plus, elle a une forte fièvre, je crois. Alors elle s'est mise à chanter. Les gardiens l'ont prise, mais personne ne sait où ils l'ont emmenée.

Boumama, qui avait entendu la fin de la conversation, ajoute :
- Elle va leur peser celle-là, ils vont la faire partir. Tu crois qu'il existe des camps où la vie est plus dure qu'ici ?
- Plus dure qu'ici ! S'exclame Lora.
- Rien n'est impossible, répond Boumama, le regard dans le vide.

Le fait de rester en vie primait sur tout le reste, pas le temps de s'apitoyer sur le sort des autres, aucune place pour les sentiments. Chaque internée oublia l'incident, le classant dans leur for intérieur comme un épisode de plus dans cette guerre qui vraiment n'avait jamais de fin. C'est la peur au ventre que chacun s'endormait chaque soir. S'endormir tenait du tour de force au camp. Un autre fléau régnait dans ce milieu hostile : les cris de certains internés la nuit. En effet, certaines personnes ne supportaient pas l'enfermement et cette vie si difficile. Elles s'exprimaient comme elles pouvaient.

- Où veulent-ils que nous allions ? Questionne Boumama, ils ont tout fermé, l'évasion est pratiquement impossible, tu nous vois Milly, partir en courant avec notre tribu sous les bras, ajoute-t-elle avec un léger sourire, tout ceci est si idiot.
- Mais où irions-nous Maman ? Rétorque Milly d'un air désabusé, puis se redressant, adossée contre le mur, je ne te cache pas que j'y ai déjà pensé.
- À quoi, à t'évader ?
- Oui, pourquoi pas.
- Tu es folle, les récalcitrants, ce n'est pas ce qu'ils préfèrent ici, ton sort serait vite résolu s'ils te reprenaient, un camp encore plus disciplinaire...
- Arrête ! Crie Milly la stoppant net, alors tu trouves normal de rester là, à souffrir, de froid, de faim, d'ennui au point de ne plus savoir pourquoi on est sur cette terre. Si aucune chance de partir d'ici n'existe, je préfère mourir avec mes enfants et très vite. Le triste sort qui leur était réservé venait à bout de leur patience, les altercations étaient courantes dans les baraques.
Boumama ne répond pas, elle prend sa fille dans ses bras, toujours le même scénario, la colère et l'apaisement, mais jusqu'à quand ?
Au bout de quelques instants, Milly se reprend et s'en retourne dans sa baraque s'occuper de ses enfants. Boumama reste là, plantée, le regard livide, pensant, combien de temps encore le ciel me donnera le force de les protéger ? Petit à petit, les voix et les bruits extérieurs s'estompèrent.

Chère Maman,

Je t'écris ce petit mot, le cœur plein de joie, je suis enceinte, nous sommes si heureux avec Abraham. Je voulais que tu le saches au plus vite. Nous comptons nous rendre en Belgique dans peu de temps, Ab a une affaire à régler de la plus haute importance à Bruxelles. J'en profiterai pour passer quelques jours avec toi et voir mes sœurs qui me manquent beaucoup.
Je t'embrasse du plus profond de mon cœur.
Je suis si heureuse, que le ciel te garde en bonne santé.
Ta fille qui t'aime.

Lora

- Milly, ta sœur attend un enfant, elle va venir nous voir prochainement. Son mari doit régler des affaires en Belgique. Je suis si heureuse de la voir. Elle voulait tant devenir maman, quel bonheur !

Milly, en visite chez sa mère, se trouve à la salle à manger, elle se rapproche, les yeux ronds et vifs de sa joie soudaine.

- Comme c'est merveilleux, ma sœurette va venir nous voir, il faudra que nous allions dans les magasins, voir les articles pour jeunes mamans, il faut lui faire des cadeaux, tu sais si c'est une fille ou un garçon ? Est-ce qu'elle a mal au cœur comme toutes les femmes enceintes ?...

- Hop hop hop ! Souffle un peu, calme-toi, elle n'est pas encore là et peut-être elle sera un peu fatiguée. Tu devras t'occuper d'elle plutôt que la traîner dans toutes les boutiques de la ville à la recherche de merveilles pour son bébé. Un garçon ou une fille, nous prendrons ce qui viendra, il ou elle, qu'importe.

- Maman ! Crie Lora, secouant sa mère, complètement amorphe sur la paillasse. Ça ne va pas, dis ?

Le brouillard se dégagea, la réalité revint à petits pas dans son rêve éveillé.

- Quoi, qu'y a-t-il ? Demande Boumama, la bouche pâteuse et l'air tellement ailleurs.

Lora caresse le visage de sa mère avec le revers de sa main, une main glacée mais réconfortante. Elle écarte une mèche, retombant de son semblant de chignon, elle, si apprêtée autrefois, si élégante, réduite à porter des haillons et le comble, la saleté.

- Les jours heureux reviendront, man, un jour ils reviendront.

Boumama la regarde dans les yeux, livrant toute son âme.

- Oui, chérie, ils reviendront, c'est ça.

Lora laissa sa mère à sa rêverie, partir avec son âme, voilà la solution, partir quand même, là où il n'existe pas de barbelés, dans le souvenir.

Lora, accompagnée parfois de Milly, aimait à se rendre dans les ateliers qui avaient lieu dans une grande baraque. Il s'y pratiquait la couture ou autres activités manuelles afin de s'occuper et créer des vêtements, du tissu étant livré régulièrement avec le matériel nécessaire. Ce genre d'activité maintenait tout de même une certaine vie dans le camp et le travail manuel aidait à ne pas tomber dans l'abîme de la solitude et de l'isolement, et même parfois, pour certaines des internées, de la folie.

C'était une initiative de l'O.R.T* (*Institution Juive d'Education et de Formation créée en 1921 au niveau mondial*). Cette organisation se voulait apolitique, à la croisée des idéologies. Comme l'avait précisé l'un de ces membres des plus remarquables, Aron Syngalowski : du pain, de la satisfaction et de la dignité. Ce biélorusse pensait que le travail était la seule et unique voie d'intégration, valorisant plus précisément le travail manuel.

Milly et Lora profitaient à fond de cette aubaine, elles sentaient moins le temps qui s'étirait et cela leur permettait de se confectionner une robe ou des vêtements pour les enfants. Elles avaient même fabriqué des chaussures avec des bouts de tissus tassés et serrés très fort les uns contre les autres, accrochés par un lien. Quand les tissus étaient trop usés et humides, à force de traîner sur les sols imbibés, ils étaient remplacés. On peut dire que ce travail à la grande baraque les aidait à surmonter les privations et l'internement.

Comme dans toutes les communautés et à priori un camp d'internement apparenté à une prison, certaines avaient pris le pouvoir, et faisaient régner la loi. Milly et Lora, peu aventurières, durent parfois céder, que ce soit pour les choix des tissus ou dans le choix du matériel, souvent défectueux et attribué toujours aux plus faibles d'entre elles. Elles avaient trouvé une parade, quand elles le pouvaient, elles mettaient de côté du petit matériel, comme des aiguilles ou du fil neuf, le cachaient, durant plusieurs jours pour éviter les soupçons et après le ressortaient comme s'il était déjà usagé. Ainsi, il intéressait beaucoup moins les autres. Boumama, quant à elle, préférait s'occuper dans sa baraque et veiller à ce que personne ne vînt voler quelque chose, ce qui arrivait de temps en temps dans le camp.

Le mois de janvier fut très froid et les organismes souffrirent beaucoup. L'espérance d'une sortie du camp comme l'arrêt de la guerre, les rêves les plus fous étaient permis. Rester debout, rester vivant, pour renaître encore après, nombre d'entre eux continuaient à espérer une issue positive. Jamais l'adage qui reconnaît un pouvoir de vie à l'espoir ne fut plus vrai pour Boumama, ses filles et petits-enfants, qu'à ce moment-là.

Cela peut paraître bien dérisoire, l'espoir, mais vivre nuit et jour dans un camp, par un vent violent et glacial, pour les internés, qui à part quelques garçons en bas âges, étaient une majorité de femmes, semblait la seule échappatoire.

Beaucoup de femmes en âge de procréer étaient atteinte d'aménorrhée, un symptôme très courant dans les situations d'internement, de souffrances physiques et morales. L'arrêt des règles est une façon pour le corps de mettre en marche la sonnette d'alarme. Milly en souffrait mais irrégulièrement. Le manque d'hygiène n'arrangeait pas la situation pour ces femmes dont la toilette intime tenait d'un tour de force.

Les priorités devenaient autres, manger, boire, se protéger du froid. Pour certaines, l'absence de règles était presque une délivrance. Le printemps était encore loin, et quelques jours plus cléments auraient été les bienvenus.

Le mouvement est souple et régulier, Elzbieta peigne et peigne sans fin les cheveux longs, d'un noir magnifique, de Boumama. Elzbieta passait des heures à s'occuper de la chevelure de sa grand-mère. Elle trouvait là un passe-temps et Boumama la laissait faire avec une grande patience, sachant que ce geste faisait un peu oublier à la fillette où elle se trouvait.

- Ne bouge pas, sinon après tu seras mal coiffée.
- Je ne bouge pas, je veux rester élégante et ce grâce à toi, ma chérie.
- Là, je ne fais que les peigner, après je te ferai ta belle tresse, Maman n'a plus besoin de m'aider, maintenant je sais la faire seule et elle est jolie, hé, Boumama ?
- Je te fais entièrement confiance, un jour, tu pourras être coiffeuse et apprendre le métier quand nous sortirons d'ici.

Le regard de la petite fille perdit sa petite étincelle, juste un instant, le temps de se rappeler où elle était, perdue dans ce camp, loin de sa maison, de sa chambre, de ses petites amies, surtout de Marieta qui lui manquait terriblement. Puis, le pouvoir de rebondir que possèdent les enfants, prenait le dessus et elle se remettait à la tâche avec une ardeur des plus démonstratives.

- Ça va là, je crois, tu peux arrêter et commencer la tresse.
- Je veux que tu sois la plus belle grand-mère du camp, pour mettre la tresse en chignon, j'attends maman, je ne sais pas encore le faire, mais bientôt, tu me permettras, dis ?
- Bien sûr, tu as tellement de goût, tu tiens ça de ta mère.

Quelques minutes plus tard, Lora tourne d'un geste précis et délicat la magnifique tresse noire de Boumama en un chignon du meilleur effet. Elle est belle, Boumama, ah ! Ça, oui !
- Tu as une patience énorme avec elle, maman, chuchote Lora, tout près de sa mère.
- C'est bien normal, la vie est si dure ici, elle n'est pas digne pour des enfants, c'est pour cela qu'il faut les protéger, tu sais, et cela passe par les occuper au maximum, comme nous, pour que la vie leur soit plus douce, si on peut employer le mot douceur.

Elzbieta était déjà partie à la recherche de ses nouvelles petites amies qui rôdaient dans le camp comme des âmes en peine. Elle traînait de plus en plus le long des baraques, chacun, en fait, tuait le temps comme il le pouvait.

Certains déblatéraient à longueur de journée sur les uns, les autres, jamais autant l'oisiveté n'avait attisé le feu des médisances. La voisine de chambrée de Lora et Boumama, personne loquace, dont les épanchements insanes finissaient pas abrutir tout le monde, se trouva là, juste au moment où Lora, prise d'une quinte de toux très violente, se mit à cracher du sang. Lora fut plutôt gênée de devoir exposer son mal à une inconnue, d'autant plus une inconnue très antipathique. Bon sens, pensa Lora, prise d'une peur subite, sans connaître les raisons de ce sang qui surgissait soudain de sa bouche, elle va le raconter à tout le monde. De la main, elle faisait signe à l'intruse de déguerpir, mais l'effrontée, impassible, semblait bien curieuse de savoir de quoi il en retournait. Des taches de sang tapissaient le plancher de la baraque. C'est ainsi que la trouva Milly qui franchissait la porte avec les enfants.

- Lora, Lora, crie-t-elle, que se passe-t-il ?

- Ça va mieux, murmure doucement Lora à sa sœur qui la regarde très inquiète. J'ai craché du sang en toussant mais cela peut arriver quand on est pris des poumons comme je le suis en ce moment, avec ce froid aussi. Aide-moi, suggère-t-elle à sa sœur, on va nettoyer avant que Boumama ne revienne, sinon elle va s'affoler, tu la connais.

Prononçant ces mots, elle tendit à sa sœur des morceaux de tissus, sales, qui traînaient par terre, commençant elle-même à récurer les planches usées en se méfiant des échardes, qui, si elles s'enfonçaient dans la chair faisaient un mal de chien, cela lui étant arrivé à plusieurs reprises.

- Quoi ! Marmonne Milly, tout en s'agenouillant près de sa sœur pour tenter de faire disparaître toutes les traces du délit, tu ne vas pas le dire à maman ?

- Bien sûr que non ! Par miracle, elle n'était pas là.

- Je lui dirai moi, il faut te soigner, il n'y a pas d'infirmerie, cela fait des mois soi-disant qu'ils doivent en ouvrir une, maintenant, ils l'annoncent pour juin, je crois. Il faut trouver un gardien et on lui dira...

- Mais tu es folle, ils vont se débarrasser de moi, m'envoyer je ne sais où, loin de mes filles, Lora hurle, morte de peur.

Boumama atterrit comme une fusée au milieu de ces élucubrations fraternelles.

- Ah maman ! C'est toi ! Lora crache du sang, regarde, montrant encore une trace sur le sol.

Boumama prit sa fille par les épaules et la regardant bien en face.

- C'est la première fois que tu craches du sang ou tu nous le caches depuis longtemps ?

- C'est la première fois, je te le promets, sanglote Lora, au bord de la crise de larmes.

- Bien, on va te soigner, on va te faire chauffer de l'eau et te trouver du lait, mais déjà, il est rare pour les enfants, alors ça ne va pas être facile.

- Laisse le lait aux enfants, cela va passer, affirme Lora, qui doucement se calmait. Je ne veux pas que les gardiens le sachent, ils vont....

- Ils n'en sauront rien, rassure Boumama.

- Mais maman, hasarde Milly, il faut leur dire, comment va-t-elle guérir sinon ?

- Tu ne diras rien. La phrase était sèche, sans appel. L'air était connu de Milly, pas de discours possible. Personne ne dira rien, on va la soigner nous même, avec des médicaments que nous allons essayer d'obtenir comme s'il s'agissait de quelqu'un d'autre.

- Mais comment vas-tu faire ? Ils nous demanderont pour qui, voyons ! Questionne Milly.

- Laissez-moi faire.

La discussion s'en tint là, bien que Boumama fût très inquiète pour sa fille, il était hors de question de le dire, il fallait garder l'évènement caché, sinon, Lora risquait de disparaître.

Ce que Boumama, ni personne dans la baraque n'avait prévu, c'est que les quintes de toux reprirent et dès le lendemain, Lora cracha du sang, alors même qu'elle buvait un verre d'eau. Elzbieta écarquilla des yeux comme David devant Goliath, tant la scène la traumatisa.

- C'est rien Lala, ça va passer.

Mais la crise s'amplifia et une bonne femme se mit à crier.

- Venez voir, la Lora qui crache le sang maintenant, elle est peut-être contagieuse.

- C'est rien, balbutie Lora, c'est rien, arrêtez !

Devant un tel tapage, le gardien vint voir de plus près de quoi il s'agissait.

- Que se passe-t-il ici ? Questionne-t-il d'une voix qui ne laissait présager rien de bon.

- C'est la Lora de la baraque quatre qui crache le sang, je suis sûre que ce n'est pas la première fois, elle va toutes nous contaminer.

- Mais non, c'est rien, monsieur, déclare Boumama, se voulant rassurante envers ce personnage qui ne lui inspirait aucune confiance.

Contre toute attente, le gardien tourna les talons sans mot dire.

- C'est pas juste, monsieur, monsieur, hurle la bonne femme d'à côté, revenez, elle va nous contaminer, tous.

- Vous allez vous taire, menace Milly, faisant mine de lever la main sur elle, ma sœur n'a rien de grave, allez-vous-en dans votre baraque, on ne veut plus vous voir ici.

- Ah oui, je m'en vais, je n'ai pas envie d'attraper son mal, il faut qu'elle sorte du camp.

La méchanceté était à son paroxysme, les corps étaient tellement usés par la vie dure de ces camps d'internement que chacun ne pensait qu'à sa propre personne, le seul mot d'ordre étant la survie.

- Cela ne me dit rien de bon, marmonne Boumama, il va revenir, à mon avis, il est allé prévenir les autres.

- Que vont-ils faire de moi ? S'apitoie Lora, serrant ses deux fillettes dans ses bras.

- Maman, je ne veux pas que tu partes, sanglote Elzbieta.

- Non, je ne partirai pas, ne t'inquiète pas.

Cependant, Lora commençait déjà à imaginer son départ, heureusement, pense-t-elle, Boumama, Milly et Dora sont là pour les enfants. De la soirée, on ne vit personne revenir chercher Lora.

La nuit fut agitée et chacun tremblait à l'idée de la voir partir du camp, et pour quelle destination ?

Ce n'est qu'au petit matin, en entendant les bavardages autour de la baraque, que les occupantes comprirent qu'il se passait quelque chose de grave, à l'extérieur.

- Emmenez-la loin d'ici, qu'elle ne nous donne pas son mal, hurle une femme.

- Que se passe-t-il dehors ? Demande fébrilement Lora, pressentant le pire.

- Ne t'inquiète pas, je vais voir, répondit Boumama, tout en s'enveloppant dans une vieille couverture de laine.

Tous étaient pétrifiés de peur et de froid dans la baraque, n'osant bouger, ni même respirer. Le cœur tapait dans la poitrine d'Elzbieta, qui ne pensait qu'à s'accrocher à sa mère. Célinka, beaucoup plus jeune, ne réalisait pas vraiment le drame qui se déroulait, là devant ses yeux, et qui allait changer leur destin.

L'attente fut de courte durée, déjà, un homme entrait et demandait à Lora de prendre quelques affaires.

- Venez madame, on va s'occuper de vous et vous soigner, ailleurs.

Lora fit ce qu'il disait, sans broncher, le calme était palpable, plus rien ne bougeait, un ange passait sur leurs têtes. Seule, Elzbieta tenta une approche et tira quelque peu sur les vêtements de sa mère, puis le silence, puis plus rien, le chaos. Lora s'en était allée comme dans un rêve, comme si elle s'était envolée tout à coup vers un monde imaginaire.

C'est dans cette torpeur indéfinissable que la même femme qui avait réveillé tout le monde s'écrie.

48

- Ça, c'est bien, maintenant, on peut dormir tranquille.

Milly, qui s'était approchée tout doucement de sa mère et de sa jeune sœur Dora, se lève d'un bond, les yeux s'évadant de ses propres orbites.

- Je vais lui faire regretter ses paroles à cette mégère.

Boumama la retint de justesse par le bras.

- Laisse tomber, je ne sais pas où ils l'ont emmenée, mais ici, elle serait morte, avec ce froid et ce que je suppose être une tuberculose, j'ose espérer que cet homme vient de lui sauver la vie. Maintenant, nous allons nous battre ensemble et espérer le meilleur pour notre Lora.

- C'était pas assez avec papa, ils m'ont pris aussi maman, sanglote Elzbieta, qui avait tout gardé pour elle depuis la séparation forcée d'avec son père qu'elle adorait.

- Tu la reverras, ma chérie, console Boumama, passant sa main sur le joli visage amaigri de l'aînée des filles de Lora.

Ils restèrent là, tous, les uns contre les autres, résignés de ce sort qu'on leur réservait ici, dans un camp, au Sud de la France, loin, si loin de chez eux. Boumama fut la première à prendre le dessus.

- Milly et Dora, en plus des vôtres, il faudra vous occuper des deux petites de Lora, elles auront tellement besoin de vous.

- Mais toi aussi, tu es là, voyons, tu es si prévenante pour elles.

- Oui, mais moi, je ne suis pas toute jeune, et qui sait, ils viendront peut-être me chercher moi aussi, pourquoi nourriraient-ils des vieux ? Si on peut appeler nourriture ce qu'ils mettent dans nos assiettes. Qu'est-ce que je donnerais pour une belle table, avec une nappe bien propre, en dentelle, avec des assiettes fabriquées dans de superbes faïences, et le contenu, oh oui ! Avec de la viande, bien épaisse, des légumes bien frais.

- Arrête, crie Milly, mais tu veux nous rendre folles ou quoi ?

- Excuse-moi, Milly, je rêve tout haut, mais je veux croire que cela n'est pas qu'un rêve, nous revivrons tout cela, je vous le promets.

- Ne promets pas, pas ça, s'énerve Dora, qui, de part son jeune âge, n'osait jamais imposer son avis à ses sœurs, mais là, l'émotion était trop forte. Cette journée serait marquée dans son cœur à jamais, ce jour maudit où Lora avait disparu dans la nature, aux mains d'inconnus qui lui faisaient si peur.

La vie finit par reprendre au camp, sans Lora. Depuis quelques jours, Elzbieta se cloîtrait dans un mutisme dont elle ne sortait que très rarement. Ce qui tourmenta Boumama.

- Elzbieta m'inquiète, confie-t-elle à Dora.
- Cela va lui passer, son père, puis sa mère, cela fait beaucoup pour une si jeune enfant.
- Surtout que l'avenir est des plus incertains, soupire Boumama.

À force d'amour et de compréhension, la nature optimiste d'Elzbieta reprit le dessus et elle recommença à parler comme avant.

- Tu sais pourquoi je reprends goût à la vie ?
- Non, répond Boumama, avec un sourire.
- Parce que tu m'as dit que si on était venu chercher maman, c'était pour la soigner, je l'imagine dans un hôpital où l'on s'occupe bien d'elle et je me sens beaucoup mieux.
- C'est ça, imagine ta mère en train de se soigner et pense très fort à elle.

Le soulagement de Boumama était immense. Elle venait de retrouver sa petite fille, comme elle l'aimait, vivante et tournée vers l'avenir.

Février apporta plus de clémence côté température. Le froid glacial avait fait place à un temps beaucoup plus clément pour les internés. Les enfants jouaient dehors, enfin, s'occuper à l'extérieur des baraques était le mot juste.

- Regarde-la, dit Boumama à Milly, lui montrant du doigt Elzbieta qui s'amusait avec une autre fillette du camp à faire des dessins à même la terre. Elle est tellement en manque, de sa maman, de son papa, et aussi de l'école, elle, qui aimait tant apprendre, tout ce retard, le rattrapera-t-elle un jour ? Elle aura huit ans cette année, quel anniversaire !
- Comme ta petite Esther, dans quel état sortira-t-elle de cette descente aux enfers ?
- Je ne sais pas, elle est si différente d'Elzbieta, elles ont quasiment le même âge et elles sont si lointaines. Esther ne dit jamais rien, ne joue plus, elle est si fragile. Elzbieta est une force de la nature, mais ma petit Esther est si faible, j'ai peur de la perdre ici, fixant sa mère avec des yeux emplis d'une telle haine envers cet enfermement obligatoire, si elle meurt, je mourrai aussi, je ne survivrai pas à ma fille et à mon fils.

- Et Dora alors, et son petit Boris, si faible lui aussi, qu'allons-nous devenir ? Mais qu'allons-nous devenir ?

Les mouvements incessants de la route cahoteuse berçaient les pensées de Lora. Un temps, elle crut partir pour un autre camp, où se trouveraient d'autres malades, comme elle, et qu'on la laisserait sans soin. Maintenant, la boule qui lui serrait l'estomac amorçait une descente lente et apaisante. Son processus digestif se dépliait pour laisser à nouveau passer l'oxygène nécessaire à la vie de ses poumons. On allait la soigner vraiment, le médecin de la Croix-Rouge, assis à ses côtés la confortait dans son optimisme.

- Nous allons à Mazamet, une ville située dans le sud du département, nous nous rapprochons de la mer, hasarde-t-il avec un léger sourire, destiné à effacer la pellicule de douleur qui collait à la peau de Lora. Là-bas, il y a un sanatorium, où l'on va soigner vos poumons, Madame Zilberbogen.

Zilberbogen, un mot qui ressortait du passé, il y avait si longtemps, presque une éternité pour elle, qu'on ne l'avait plus appelée ainsi. Dans le camp, c'était Lora, et le nom de son Abraham adoré semblait dater de l'antiquité. Le visage d'Ab lui apparut, avec son large sourire, qui prenait toute la place. Elle savait qu'il ne fallait surtout pas ouvrir la porte des souvenirs, sinon elle était perdue. Il fallait qu'elle s'accroche à cette réalité, son mari en Pologne, si loin, mais peut-être encore en vie, qu'elle retrouverait à la fin de ce cauchemar. Ses deux fillettes, enfermées avec ses sœurs, neveux et nièces dans ce camp où on les avait parqués comme des animaux. Elle les reverrait bientôt, ça ne pouvait pas finir comme ça, c'était tellement idiot, cette guerre et ces séparations forcées. S'accrocher à cette réalité, argument sine qua non afin de rester debout, et vivante. Entre deux quintes de toux, la voix était là, présente dans son for intérieur : vivante, vivante !

Le médecin lui parlait, la réconfortait.
- C'est presque une chance que vous soyez malade, vous serez à l'abri pendant quelque temps.

Elle ne comprenait pas trop le français, mais acquiesçait de la tête, elle comprenait qu'elle venait peut-être d'échapper à un sort tragique. Ses filles n'auraient peut-être pas cette chance. Elle aurait donné sa vie, sur le champ, pour pouvoir changer sa place avec ses enfants, mais s'en était ainsi.

- Nous arrivons, lance le médecin à Lora, en regardant par la fenêtre de la voiture.

Se penchant légèrement, Lora aperçoit la pancarte Mazamet. Ici, elle allait pouvoir souffler, se régénérer en quelque sorte. Le convoi traverse la ville, en montant vers l'allée centrale pour parvenir juste devant l'entrée de l'Hôpital-Sanatorium.

La construction de l'Hôpital-Sanatorium de Mazamet avait été mise à l'étude par la Commission Administrative dès l'année 1924. M. le docteur Bonneville avait reçu pour mission, à cette époque, de se documenter spécialement sur les questions d'hygiène et de soins à donner aux malades. M. Fabre, architecte, fut chargé alors de dresser les plans et devis estimatifs des travaux. Après avoir visité plusieurs sanatoriums dont celui de Montpellier, il avait obtenu du professeur Calmette de l'Institut Pasteur à Paris, l'autorisation de visiter dans ses plus petits détails, le sanatorium des Hôpitaux de Lille. Aujourd'hui, l'Hôpital-Sanatorium de Mazamet recevait Lora.

Elle descend de l'embarcation et se tient debout, droite et intimidée, accrochée à son maigre baluchon comme à un rocher.

Devant elle, s'étendent les deux pavillons placés sur une même ligne de construction et séparés par un autre pavillon, plus central celui-là, réservé au service et à l'Administration. L'ensemble l'impressionne, presque trois mille mètres carrés. Les hommes et les femmes sont séparés, leurs deux pavillons respectifs étant identiques.

Elle aurait pu penser à des tas de choses à ce moment précis, comment va-t-elle être soignée ? Les gens qui travaillent à l'intérieur seront-ils aimables ? Elle ne pense présentement qu'à une chose, laver ses cheveux, ils ne volent même plus au vent tant la saleté les maintient collés entre eux. Le fait de se présenter devant des personnes inconnues dans un tel aspect extérieur la faisait mourir de honte, elle, si fière, si bien mise au naturel.

On la fait entrer, elle s'assoit sur une chaise dans le bureau des admissions. Le médecin est toujours là, près d'elle. Quelle épaule il fut durant tout le voyage et encore là, dans ce hall froid et vide !

- Je ne peux pas payer, commence-t-elle à expliquer en faisant des gestes.

- Ce n'est pas grave, ils vont vous soigner quand même.

Une Fille de la Charité de Saint-Vincent de Paul, qui avait compris ce que voulait dire Lora, s'interpose.

- Vous êtes là, on va s'occuper de vous, et puis, nous sommes en temps de guerre, c'est bien normal, ne vous inquiétez pas.

Lora ne répond pas, elle se contente d'exécuter un léger hochement de tête en signe d'approbation.

Le médecin se lève à l'arrivée d'une sœur assez corpulente et vraisemblablement plus âgée et plus haut placée dans l'établissement que la première.

- Bonjour, prononce-t-elle, d'un ton assez sec mais non agressif.
- Bonjour, rétorque le médecin, en présentant Lora à la Sœur. Cette dame est Juive, ma Révérende, elle est atteinte de tuberculose, elle a été transférée du camp d'internement de Brens, où elle était avec ses enfants et plusieurs membres de sa famille.

Lora reste imperturbable, comme s'il s'agissait d'une autre personne, le trop plein d'émotions vécues en si peu de temps, l'avait rendue complètement amorphe. S'adressant directement à Lora, la Révérende Sœur Maria, qui dirigeait la congrégation Saint-Vincent de Paul, lui caresse amicalement l'épaule.

- Vous serez bien ici, on va vous soigner et tenter aussi de vous donner des nouvelles de votre famille.

Lora eut un petit sursaut d'intérêt, mais alors, il y avait encore des personnes qui avaient du cœur, qui pouvaient se soucier de sa famille, de ses chères petites, perdues là-bas, dans ce camp.
Elle renvoie un sourire à la Révérende, et la suit dans les couloirs qui mènent aux chambres. Elle est installée dans une chambre à un lit. Le pavillon comportait aussi des chambres à trois lits, séparées par une cloison vitrée. Afin d'éviter une propagation des microbes de personnes contaminées par une maladie infectieuse, les malades étaient placés au départ dans des chambres à un lit.

Lora pose son baluchon, sans même prendre le temps de le défaire, elle est partie si hâtivement du camp, qu'elle n'a même pas choisi son contenu, elle a fait main basse sur ce qui se trouvait à sa portée. La Révérende et le médecin s'étant absentés momentanément, elle s'assoit sur le matelas posé sur un sommier en métal, regarde la petite table de nuit, tout aussi métallique, la chaise et le tabouret. En d'autres temps, cela aurait pu ressembler à une prison, ce jour-là, la chambre prenait des airs de palace.

Une sœur entre dans la chambre, lui demande de défaire son baluchon, et devant le peu d'affaires qu'il contient, lui sourit.

- Nous allons vous donner de quoi vous habiller, deux robes, des maillots de corps, des sous-vêtements et deux paires de chaussettes. S'attardant devant les pieds pratiquement dénudés de Lora, elle rajoute, et une paire de chaussures. Après lui avoir demandé sa pointure, elle rebroussa chemin. Lora l'interpelle, une main dans les cheveux, le regard suppliant. La soeur comprend immédiatement ce qu'elle désire.

- En sortant de votre chambre, juste à gauche, vous avez une douche, je vais vous apporter du savon et des serviettes. Quand vous serez propre, je viendrai vous chercher pour vous emmener à l'infirmerie où un médecin va vous examiner, et après, vous prendrez votre repas en chambre, il sera acheminé par le remonte charge dans le couloir.

Décelant un manque de compréhension de la totalité du propos qu'elle venait de débiter, la soeur lui sourit et s'approchant d'elle.

- Ne vous inquiétez pas, vous serez bien ici.

Elle sort, Lora laisse aller les larmes qu'elle retient depuis si longtemps, le paradis, pense-t-elle, je suis au paradis.

Au Camp de Brens, la vie est dure mais chacun survit, puisant dans ses forces intérieures.

- Milly, tu crois que maman est en vie, dis-moi, Milly, j'ai besoin de savoir ?

- Malheureusement, je n'en sais pas plus que toi, Lala, il faut prier et espérer que ta maman soit dans un endroit où l'on prend bien soin d'elle.

- Il faut garder espoir, ma petite, marmonne Boumama, avachie dans un coin de la baraque, même si ce monde est bien trop noir pour espérer un coin de ciel bleu.

- Maman ! S'écrie Milly en direction de sa mère, se tournant vers Elzbieta arborant un large sourire.

- Ne t'en fais pas, tu la reverras ta maman, nous prions tous pour elle et nos prières seront entendues.

Milly jette un regard dur vers sa mère et une fois la fillette éloignée.

- Tu ne devrais pas dire ça devant les petites, elles viennent de perdre leur mère, la seule chose qui les rattachait à la Pologne et à leur vie d'avant. Si tu baisses les bras, baisse-les toute seule et n'entraîne pas les autres avec toi.

- Quelqu'un me disait le contraire il n'y a pas quelques jours, que je tenais le moral des troupes et maintenant, tu viens me dire…

- Justement, pas toi, si toi tu sombres, elles sombreront aussi, elles suivent tous tes faits et gestes et comptent tellement sur toi.

Boumama ne répond pas, elle se tourne, s'affaisse et commence une petite somnolence, comme elle en a l'habitude après avoir mangé, tant soit peu que bien manger ait ici encore un sens.

Les enfants étaient maigres, Elzbieta, Célinka, Esther, son frère Noah, Boris, le petit de Dora, qui avait un an de plus de Célinka. Milly les regardait en pensant à son mari, dont personne n'avait plus de nouvelles.

- Abraham ne reconnaîtrait pas ses filles, elles sont si amaigries, avec le peu de nourriture qu'elles avalent ici, et en plus les carences qu'elles accusent, je crains pour leur santé dans l'avenir.

- Si nous avons un avenir, répond Dora, grattant son œil rougi par une démangeaison qui durait maintenant depuis plusieurs jours.

- Arrête de te gratter, essaie de te retenir, mets des compresses avec de l'eau.

- Des compresses ! Se moque Dora, il est vrai qu'ici, nous avons un confort des plus au point, tiens, je vais aller me faire poser un bandage chez le médecin…

- Ça suffit, impose Milly, je ne comprends pas que tu puisses ironiser de cette situation.

- J'ironise ou je pleure, que préfères-tu, ma chère soeur ?

- C'est bon.

- Oui, c'est mieux ainsi, n'en parlons plus, d'ailleurs ils vont peut-être me faire partir du camp moi aussi, comme Lora.

- Toi, tu n'es pas contagieuse, enfin, du moins, je ne crois pas.

- Je ne voudrais pas partir sans mes enfants, Lora, comment vit-elle ça là-bas, où elle est partie, la pauvre, la pauvre ? Sanglote Dora.

Il ne se passait pas un jour à Brens sans que Dora ne pleurât, même les petits tentaient de lui remonter le moral. Sa santé mentale en prenait un si grand coup que Milly craignait beaucoup pour elle, si seulement, elles pouvaient toutes sortir d'ici.

C'était un jour de février ensoleillé. On avait du mal à croire que juste un mois avant, le froid glacial de janvier frigorifiait les corps qui tremblaient comme des feuilles, plantés dans la boue et le froid. De tous les côtés, on voyait s'activer les gardiens, crier des femmes, mais comme c'était monnaie courante dans le camp, plus personne ne s'en inquiétait vraiment. Le silence faisait plus peur encore, car il pouvait emprisonner toutes sortes de surprises inquiétantes.

Il y avait celles qui ne se lavaient plus depuis longtemps, envahies de poux, celles qui tous les jours faisaient une toilette des plus méticuleuses, se servant en majorité de l'eau de pluie. Dans la famille d'Elzbieta, c'était les enfants qui ressemblaient le plus à de petits gavroches, des mannequins d'osier auxquels on aurait ajouté des jambes, taillées comme des allumettes.

- Ils font le tri des familles juives, remarque Boumama, un pied hors de la baraque, ç'est pas bon, ça, moi je vous le dis. Depuis ce matin, je sens que quelque chose se prépare.

Dora, Milly et les enfants s'étaient tous regroupés dans la baraque à Boumama, celle où vivaient Elzbieta, Célinka, et Lora avant d'être arrachée aux siens.

- Ils arrivent, ne vous lâchez pas, on part tous ou aucun, enchaîne Boumama qui avait, avec l'aide de ses filles, préparé des baluchons pour chacune. Les enfants suivraient le mouvement.

- Débarrassez-nous de cette vermine, crient deux femmes, qui ne devaient pas être juives.

- Partout, nous sommes pourchassés, nous les Juifs, c'est votre lot aussi les enfants, explique Boumama à ceux en âge de comprendre, puis regardant Célinka, voilà ce que t'offre ta famille pour ton anniversaire, le néant et la haine.

Ce fut la dernière parole que Boumama prononça ce jour-là à l'encontre de Célinka. Ils arrivèrent, sans brusquerie, et ordonnèrent à une partie de la famille de sortir. Ils firent sortir Boumama, puis Dora.

- Vous avez des enfants ici ? Questionne le gardien du camp.

- Oui, un, balbutie Dora, pétrifiée de partir sans son fils.

- Où est-il ? Demande l'homme, très propre sur lui, en pénétrant dans la baraque.

- Il est là, bégaye Dora en montrant le petit garçon, petite ombre frêle appuyée au bois de la baraque.

- Bien, viens ici toi, s'adressant aimablement à l'enfant.

Se tournant vers un gardien, accompagné d'une dame en tenue militaire, bien mise, qui souriait, un sourire qui sécurisa Boumama, on ne peut sourire de telle façon si l'on est mauvais, pensa-t-elle. Cette dame devait appartenir à une des organisations humanitaires ou d'aides aux Juifs internés, qui intervenaient dans les camps, comme certains médecins qui venaient en aide, eux aussi. Le fait que Boumama soit une personne âgée allait peut-être faire pencher la balance en vue d'une hypothétique sortie de ce camp.

Il avance sa main en avant comme pour avertir que le compte est bon.
- Je ne peux vous en donner plus, madame, l'autre moitié de la famille reste ici.
- Je peux…. en prendre encore… deux ou trois… S'il vous plaît ?
- Non, c'est assez et il tourne les talons, demandant l'exécution des ordres.
- Allez, on se dépêche !

Boumama savait que là où elle allait, elle serait sauvée, du moins pour le moment, cette femme, ce regard plein de grâce, une sainte, elle la voyait comme une sainte femme. Comme elle aurait voulu que tous partent avec elle, le quota avait été atteint, le quota, du bétail, du bétail, voilà ce que nous sommes, du bétail, pense-t-elle.

- Que le ciel vous protège mes enfants, murmure Boumama, serrant Milly, Esther, Noah et les fillettes de Lora.
- Elzbieta, je t'attendrai, où que nous allions, je t'attendrai et nous irons chercher ta mère.
- Tu promets, dis, tu promets.
Dora regarde sa mère avec insistance, d'un air de dire, non, ne promets pas ce que tu ne peux tenir.
- Je te le promets, sourit Boumama, en sortant de la baraque.
- Tu veux la tuer ou quoi ? Chuchote-t-elle à Dora, l'espoir, c'est la seule chose qui tienne un être humain debout quand il n'a plus rien.

Dora ne dit mot. Encore une fois, l'âge avait parlé et l'âge avait raison. Elles s'éloignèrent jusqu'à devenir de petits points mourants à l'horizon. Adieu, Adieu, pense Elzbieta, son petit bras levé qu'elle ne veut pas baisser, le geste d'une enfant qui dit adieu, adieu à sa grand-mère, adieu à son enfance.

Boumama, le pilier depuis que sa mère était partie, le pilier avait cédé, maintenant, Elzbieta était infirme, combien de temps va durer la chute qui la mettra à terre ? Boumama s'en est allée, avec Dora et le petit Boris, où sont-ils partis eux, où ? Sa mère, où ? Sa grand-mère, où ? Et elle, demain, où ?

Le fameux jour du départ plus ou moins annoncé arriva peu de temps après le départ de Boumama et de Dora. Même si personne, à l'intérieur du camp ne savait rien, l'inconnu s'apparentait à l'espoir. Le temps de Brens était fini, il fallait passer à autre chose, même si ce changement devait les menait au diable. Ce ne fut que le surlendemain matin que la plupart des juives du camp furent contraintes à partir, et pourtant, jamais une contrainte ne fut aussi bien acceptée, fuir cet endroit maudit, pour peut-être un autre endroit, encore plus maudit, mais nouveau, donc ouvert à toutes les hypothèses.

À quoi la vie va ressembler dans cet autre camp, tu le sais toi, peut-être pire qu'ici ? Ils nous transportent comme du bétail que l'on changerait de prairies pour brouter de nouvelles herbes. Notre destination sera-t-elle plus fertile ? Personne ici ne peut nous le préciser. Nous n'avons qu'à attendre, attendre, marmonne Milly, se parlant à elle-même.

Milly est seule avec les deux fillettes de Lora, son fils Noah, sa fille Esther et une lourde responsabilité dont elle ignore si elle pourra l'assumer. Dora et Boumama étaient des adultes avec qui elle pouvait parler, se confier, ne pas tricher. Les enfants, eux, devaient être protégés, même si Elzbieta et Esther, âgées de huit et neuf ans, étaient plus dans la réalité que les plus petits. La réalité, dure, amère, celle qui fait grandir trop vite, celle qui n'est pas faite pour les enfants.

- Que vont-ils faire de nous, Milly ? Demande d'une petite voix Elzbieta, complètement perdue.
- Je n'en sais rien, répond Milly, les yeux dans le vide, comme ailleurs.

Elles sont prêtes, les dernières familles juives se suivent, les unes derrière les autres, comme dans un exode involontaire, traînant leurs pieds dans leurs chaussures usées à travers la fraîcheur matinale.

Des camions les amènent à la gare de Gaillac, où les familles sont installées dans un train, dans des wagons aux sièges usés jusqu'à la corde. Tous s'entassent à l'intérieur du train, les enfants bien souvent sur les genoux des adultes. Milly tient dans ses bras très fortement son petit garçon, Célinka, assise juste à côté, la tête appuyée sur l'épaule de sa tante, Elzbieta et Esther leur faisant face. Elzbieta serre son petit baluchon que lui avait préparé Boumama, comme un trésor qu'aucun pirate au monde n'aurait su lui dérober.

- On va peut-être retrouver Boumama, hasarde Esther.
- Si seulement tu pouvais dire vrai, ma chérie.
- Moi, je crois qu'on va la retrouver, pas toi, Lala, interrogeant Elzbieta.
- Je ne sais pas, susurre la fillette du bout des lèvres alors que lentement le train s'ébranle vers une destination inconnue.

Un suc bizarre remonte dans sa bouche, la faisant saliver comme lorsque l'on va vomir. Milly regarde autour d'elle, cette misère physique, psychique, lui donne la nausée, elle se retourne juste à temps pour éviter les enfants, et laisse s'exprimer ses entrailles, d'où sort un liquide blanc légèrement mousseux.

- Milly, Milly, tu es malade ? Lance Elzbieta.
- Non, non, ça va aller, lui répond Milly, la bouche encore empreinte de ce liquide qui, comme la situation présente, avait un goût de pourriture.
- Nous allons à Rivesaltes, dans les Pyrénées Orientales, déclare un employé des chemins de fer, qui opère à bord du train.
- Que vont-ils faire de nous ? Demande Milly, anxieuse.
- Ça, madame, je ne sais pas, il y a un camp de réfugiés là-bas, pour les familles, vous êtes tous juifs dans ce train, non ?
- Heu… Je crois que oui.
- J'ai entendu parlé de ce camp, mais je ne peux rien vous dire, les gens ne sont pas très bavards à ce sujet, leur dit-il, comme pour les rassurer en continuant à parcourir les wagons, bondés.

Rivesaltes (Pyrénées Orientales)

- Et si le camp de Rivesaltes est pire que celui de Brens ? Questionne Milly.

- Et bien, on est mal barré, rétorque une femme avachie sur son siège, la jupe relevée à mi-cuisse, laissant apparaître des jambes sales et poilues.

- C'est vrai, demande Elzbieta, qui avait entendu la conversation, à sa tante.

- N'écoute pas, ce ne sont que des ragots, nous verrons bien et qui sait, nous allons y retrouver Dora et Boris.

Les yeux d'Elzbieta s'éclairèrent soudain.

- Et peut-être maman...

- N'y compte pas trop, ta maman était malade, à mon avis, elle est dans un hôpital, il faut l'espérer pour elle, dans un camp, elle serait en danger.

La conversation stoppe net. Le crissement des freins qui a commencé doucement s'amplifie afin que le train puisse entrer en gare et amorcer son arrêt total. Ce n'est pas une douceur pour les tympans, d'ailleurs Elzbieta, Esther et Célinka, ont bouché leurs oreilles avec la paume de leurs mains pour ne plus entendre, elles rient, prenant cela comme un jeu. La descente du train se fait calmement, entrecoupée de sifflets stridents, émanant des poumons de deux cheminots attelés à maintenir un certain ordre sur le quai de la gare de Rivesaltes.

La magnifique marquise, construite en 1903, même brisée à plusieurs endroits, filtre le peu de soleil qui tente une timide percée, mais au combien bénéfique pour ces corps sans âme, qui déambulent, conscients d'écrire une autre page de leurs destins. Rivesaltes, nous voilà ! Enthousiastes certains, pas tous, ça non ! Mais tant pis, les plus jeunes se réunissent, se prennent par le bras, esquissent même une danse improvisée, salutaire pour eux, déplacée pour d'autres.

- Rivesaltes, nous voilà ! Toi, Chante ! Chante, petite, Rivesaltes, nous voilà...

- Fermez-là ! Vous croyez que c'est le paradis ici, attendez de voir, idiotes que vous êtes! Clame une vieille femme, la peau sillonnée de rides profondes, une longue vie, des années qui avaient découpé l'optimisme en pointillés autour de son visage amaigri. Ils sont fous, ils sont devenus fous, marmonne-t-elle entre ses dents.

Fou ! Ce monde est fou, oui, pense Milly, seule responsable aujourd'hui de quatre enfants, les siens et ceux de Lora. La route nous mènera où elle voudra, mais nous resterons debout jusqu'à la fin, qu'elle soit heureuse ou pas, debout, je, nous resterons debout.

Le bras droit est douloureux, Milly demande à Célinka de marcher.

- Je n'en peux plus, essaie de te débrouiller seule un petit peu, j'ai trop mal, esquissant une grimace, exprimant toute sa souffrance, Célinka n'avait pas quitté les bras de Milly, le sommeil de l'enfant à l'intérieur du wagon avait conforté la décision de ne pas bouger, mais là, la douleur était trop forte. Elle ne pouvait pas la porter.

Elles s'avancent vers la sortie de la gare, montent dans des camions, qui se dirigent vers le camp Joffre de Rivesaltes, l'un des plus importants de la Zone Sud. Des centaines de blocs à perte de vue. À leur arrivée, il est visiblement sensible que le camp n'est pas plus sympathique que celui qu'elles viennent de quitter.

Milly et les enfants avancent d'un pas rapide. Ils rejoignent un groupe, dirigé par deux hommes, attachés au service administratif du camp. L'antipathie se lit dans les regards.

- Vous êtes Juifs, vous, questionne l'un d'eux en direction d'un groupe de deux femmes et deux enfants.
- Non, Espagnols.
- Alors venez ici... ordonne-t-il en montrant du doigt le bas côté de l'entrée du camp, avec une voix somme toute normale.
- Et vous ? Fixant Milly et les enfants.
- Heu... o..ui, répond Milly, sachant déjà qu'elle a prononcé le mot maudit, oui, nous sommes Juifs, ce mot interdit, ce mot qui semble faire peur.
- Venez ici, précise-t-il, changeant tout à fait l'aspect de sa voix, montrant un autre endroit, où il invite tous les Juifs à se diriger.

C'était clair, la vie serait difficile ici, pas de doute dans la tête de Milly, qui se retint pour ne pas pleurer, pas devant les enfants. Boumama lui avait toujours dit : enfant, quand tu étais triste ou inquiète, je faisais mine de banaliser le problème, un enfant qui voit ses parents ne pas prendre au sérieux un souci, efface par là même l'anxiété liée directement à celui-ci. Elle entendait la voix caressante de sa mère, ne pleure pas Milly, ne pleure pas, si tu as le moral, les enfants l'auront. Mais les conditions agissent aussi sur ce sage conseil, comment dire à un enfant qui a faim, qui a l'estomac en cavale ? Non, ce n'est rien, c'est bien ainsi, ce n'est pas grave. Oh ! Maman, pense-t-elle, tu n'aurais jamais imaginé ça, jamais, dans ce cas présent, tu ne penserais pas ça, maman.

La faim les tenaillait déjà depuis plusieurs semaines, ils se nourrissaient insuffisamment. À Brens, Ils avaient déjà connu la faim, même si de la nourriture était distribuée aux internés. Ici, depuis deux jours, pas grand-chose à se mettre sous la dent. On les avait parqués ici, les filles et le petit garçon de Milly, dans un endroit perdu au milieu de la plaine terminal d'une voie ferrée, un lieu où ils avaient été forcés de venir sans que personne ne les accueille vraiment.

Milly, ne crie pas, retiens-toi, pense aux enfants, non, non, je ne peux pas me retenir, se dit-elle, je ne peux pas et elle hurle, comme font les loups, longuement, un cri aigu qui ne reçoit aucun écho.

Ils ont étalé de la paille fraîche dans un bloc. La famille s'y installe, se chevauchant avec d'autres familles dont la paille est déjà souillée.

- Mais qu'est-ce que vous faites ? Hurle Milly voyant les autres personnes lui prendre la paille.

Personne ne répond, le silence, voilà, la conversation n'existe pas ici, chacun pour soi, seuls des yeux ronds, vides de tout sentiment humain, la regardent. Elle tente de ramasser un peu de paille fraîche, y couche les deux plus petits, Célinka est amaigrie, elle souffre d'une dysenterie depuis plusieurs jours car elle boit n'importe quoi, comme les autres d'ailleurs, mais son petit corps résiste moins bien. Pour le petit, Milly a réussi à cacher sous son manteau endommagé des boîtes de lait en poudre, qu'elle mélange avec de l'eau. Elle s'éloigne toujours pour donner le lait au petit garçon, ce qui amène des réflexions dans le bloc.

- Pourquoi elle s'en va toujours ta mère avec le petit ? Demande d'un air hautain une femme très peu sympathique.

- Ce n'est pas ma mère, c'est ma tante, répond Elzbieta, très amaigrie elle aussi, qui tousse sans arrêt, le vent balayant cette plaine du sud à longueur de journée.

- Et alors, pourquoi ta... tante s'en va se cacher avec le gosse ?

- Je ne sais pas, elle a sûrement envie de ne plus vous voir, si nous n'étions pas en guerre, vous ne seriez avec nous, ça non, vous semblez trop méchante.

Elzbieta en voulait au monde entier, son père, sa mère, sa grand-mère, et tant de repaires à sa jeune vie, piétinés, écrasés, ruinés à néant. Sa maison de Pologne, ses amies, son piano, elle pense si fort à son passé qu'elle en vient même à aimer son vieux professeur, comme elle aimerait l'entendre grogner à nouveau quand une note était fausse ! Jamais on ne lui rendrait tout ça, elle avait huit ans, un an de plus, dans un monde cruel, elle avait mûri tellement vite depuis quelques mois qu'elle avait l'impression de crouler sous les ans.

Depuis la veille, une dent lui fait mal, elle en a parlé à Milly, qui a demandé des médicaments, aucune réponse, ici, on se moque qu'un interné ait mal ou pas, les préoccupations sont ailleurs, qu'allait-on faire de tout ce monde ? Voilà l'une des vraies questions, voilà l'intérêt des responsables, un camp de regroupement familial, voilà la nouvelle appellation. Le camp était immense, avec des baraques faites de briques et de fibrociment, à perte de vue, séparées en îlots.

Le seul mot d'ordre, survivre. Ici, ce n'est plus la vraie vie, ici, un autre monde, un cauchemar sans réveil, sans la délivrance du petit matin. Le sommeil durable est très difficile à obtenir, de brèves moments où la nuque s'effondre, pliant sous la fatigue. La population qui s'amassait là de jours en jours était formée de multiples nationalités différentes, des Tziganes, des Espagnols, des Juifs.

Le soir, à travers la plaine, des ombres errent, sans but, à la recherche d'un peu de chaleur humaine, d'un rien du tout qui rappellerait la vie. Mais plus de place pour les sentiments, survivre, survivre, à tout prix. Devant cette situation très difficile pour les internés, des associations caritatives eurent le droit de venir en aide à ces pauvres gens, obtenant même la permission de faire évacuer du camp les femmes enceintes et quelques enfants, qui connurent grâce à ces personnes de bonne volonté des moments plus agréables.

La mère supérieure se tient en face de Lora.

- Lora, vous m'aviez parlé dès votre arrivée ici de vos deux petites filles internées avec votre sœur au camp de Brens, je me suis renseignée avec l'aide de Sœur Saint-Jean, supérieure à l'Hôpital, elles n'y sont plus.

Le visage de Lora change de couleur.

- Mais, où sont-elles alors ?

- Personne ne le sait, pour le moment, puis s'approchant de cette mère au bord du désespoir, je vais les retrouver, je vais tout faire pour cela, mais les familles juives ont été transférées vers des camps de la Zone Sud. Je vais faire appel à l'Archevêque de Toulouse, Mrs Jules Saliège, qui lutte contre le sort tragique des Juifs dans notre pays. Nous allons tenter de les retrouver et nous les installerons à l'école Notre-Dame, avec les autres enfants catholiques. Il faudra les cacher, vous comprenez bien, dès qu'elles seront là, nous changerons leurs noms, elles seront pour tous des petites catholiques, il faut se méfier en ces temps de guerre. Mais je ne vous promets rien, que ce soit clair, Lora.

Lora regarde cette femme, dont le visage enveloppé dans un voile au liseré blanc, vient de lui redonner l'espoir, l'illusion que ce monde n'est pas complètement pourri.

- Vous y croyez, vous ?
- Oui ! Il faut croire, croire et prier.
- Je ne sais pas prier comme vous.
- Tenez, lui dit la sœur, sortant de sa poche un petit chapelet en corne. Vous n'avez qu'à invoquer notre Dame, la mère de Jésus, et à chaque fois, vous égrainerez une petite perle.
- Bien, je vais le faire, si c'est pour mes petites, mes toutes petites, mes bébés, Lora sombre à nouveau dans le désespoir. Sœur Maria lui relève la tête avec douceur et un si grand sourire illumine son visage que Lora ne peut que saisir cette perche d'espoir, tendue par cette sœur qu'elle ne connaissait même pas il y a trois mois.

Elle s'assoit sur le rebord du petit lit métallique, et commence à prier, pour ses fillettes, que cette Mère si bonne, dont la statue trône dans plusieurs coins de l'Hôpital, l'entende et exécute ce merveilleux miracle, retrouver Elzbieta et Célinka. Une pensée traverse son esprit, son mari, si loin, qui ne sait rien de leur triste sort, qui lui manque tant, à tous les instants.

Ce matin, en regardant la mousse du savon dégouliner sur sa peau, comme jamais auparavant elle ne l'avait fait, la mousse de savon, c'est tellement naturel, pourquoi s'attarder sur ces petites traînées blanches, qui explorent son corps, ou la chair reprend peu à peu ses droits après tant de privations. Son corps était en sommeil, ne demandant qu'une chose pour le moment, de la nourriture. Les autres plaisirs, comme le fait de se laver, sont vécus comme un plus, les gestes les plus simples deviennent des moments si forts, il fallait pratiquement qu'elle réinvente la vie quotidienne la plus normale.

Lora va donc se résoudre à prier et à attendre que l'impensable se produise, la libération des petites de leur prison, où qu'elles soient.

Il était en effet impensable que l'on puisse sortir de ce lieu nommé Rivesaltes-Joffre.

- Milly, Milly, vite, viens voir Célinka, elle ne bouge plus.
Milly s'approche de la petite tête blonde qui émerge d'un chandail qui n'en a que le nom, les yeux creusés par la faim et la fatigue, l'épuisement de la fillette fait redouter le pire à Milly.

Elzbieta, malgré son propre épuisement, s'acharne à mouiller le petit front en sueur de sa petite sœur. Le cœur gros, elle pense à tout ce qu'elle a dit et pensé sur elle, qu'elle ne la supportait pas.

- Célinka, Célinka, sanglote sa sœur aînée, ayant tout à coup l'impression d'être sa mère.
- Attends je reviens, triomphe Milly, sortant du bloc sans autre explication. Elle revint avec un broc de soupe tiède.
- On va la lui faire boire tout doucement.

La petite arrivait à peine à avaler le breuvage, gardé comme un trésor par la famille, car, déjà, d'autres personnes lorgnaient sur le butin précieux. Avant la fin du bol, Milly proposa une gorgée à Elzbieta, Esther et au petit Noah.

- Et toi, maman, demande Esther, qui s'inquiète de la maigreur de sa mère.
- Ne t'inquiète pas pour moi, par contre, vous, vous devez manger pour grandir. Elle les regroupe à tous, et leur explique la conduite à tenir.
- Je vous ai toujours obligés à tous de vous laver, d'être polis, de bien se tenir, de bien parler aux autres personnes. Et bien ici, nous allons faire comme si je ne vous avais rien dit, on repart à zéro, quand vous voyez de la nourriture, vous la mangez, ne tenez pas compte de ce que l'on vous a appris, car ici, mes petits, ce n'est pas le monde normal, nous sommes ailleurs, d'accord, vous avez bien compris.
- Oui, Milly, acquiesce Elzbieta, nous allons manger, manger, même si la nourriture appartient à quelqu'un d'autre.

Milly hésite un court instant, pensant à quel point ce comportement était malsain et pervers, puis détourne la tête et ne dit rien.

La vie au camp devint un combat quotidien pour la nourriture. On leur donnait à manger, mais pas assez, le camp se remplissant de plus en plus, les rations n'étaient plus suffisantes. Elzbieta et Esther qui rôdaient partout, avaient du mal à accepter la situation, elles voyaient souffrir les mamans avec leurs bébés, souffrant d'hypothrepsie, dû à un état d'affaiblissement provoqué par la dénutrition chez le nourrisson. Ces mères craignaient beaucoup pour la survie de leurs enfants, si faibles et si petits.

Les petits yeux bleus d'Elzbieta sont rivés au plafond du bloc. Au travers des trous, elle entrevoit le ciel. Là-bas, en Pologne, pense-t-elle, le ciel, il y est aussi, presque le même. Tous les jouets qui sont restés à Varsovie, dans sa chambre d'enfant, où sont-ils aujourd'hui ? Peut-être une autre petite fille joue avec sa poupée, sa belle poupée avec des cheveux blonds, très longs, qu'elle roulait en chignon, comme ceux de sa Boumama, qu'elle tressait à volonté, dans l'autre camp. Il était mieux l'autre camp, pense-t-elle, les gens étaient moins méchants et puis, il y avait beaucoup plus de soupe, et surtout il y avait maman, Boumama, et Dora.

Rien n'était plus terrible pour elle que d'être séparée de toute la famille, sa belle famille, éclatée, les uns ici, les autres là, pourvu que maman soit encore vivante, je ne veux pas que les hommes méchants la tuent. Elle rêve, les yeux ouverts sur ce plafond, de temps en temps, d'un geste sec de sa main, elle chasse les moustiques qui prolifèrent en cette saison. La chaleur si forte déjà en ce mois de mai, est encore plus suffocante dans les blocs. Celui-là, avec ses trous béants laisse entrer les rayons de soleil, la pluie ou bien le vent, le vent, quel fléau, Elzbieta ne le supporte plus, il lui tourne la tête et assèche sa gorge.

Avec Esther, elles creusent souvent des trous dans le sol très sec, quand il pleut, les trous se remplissent, elles vont boire dans les flaques. À certains endroits, l'eau stagne plus longtemps dans les trous. Satisfaites de leur trouvaille, elles l'ont même sophistiquée. Depuis quelques jours, elles ont trouvé une plaque de fer, à moitié rouillée, assez plate.

- En la plaçant au fond d'un trou, l'eau ne pourra pas s'évacuer, assure Elzbieta, fière de sa découverte.

- Tu crois ? Questionne Esther.

- Sûre, j'en suis pratiquement sûre.

Après avoir bien mis au point leur stratagème, leur trou d'eau, elles attendirent la pluie. Celle-ci ne vint que quatre jours plus tard. La nuit était tombée sur le camp, Esther était endormie, complètement épuisée et abattue.

- Viens, Esther, on va boire dehors, dans le trou.

- Vas-y toi, je ne peux plus bouger, je suis trop fatiguée, articule-t-elle.

L'état d'Esther était déplorable, malade, elle ne put accompagner Elzbieta, qui dans un lourd effort, arriva à sortir incognito du bloc. Elle glissa dans la boue, qui se formait à chaque fois que la pluie dévalait les allées du camp, elle trouva son trou, et se mit à boire. Elle aurait tant voulu en prendre pour Esther, Célinka, qui gisait sur la paille, mais n'ayant rien pour la mettre, elle revint se blottir près de Milly, priant pour qu'il en restât le lendemain. Il y avait de l'eau dans le camp, mais elle n'était pas suffisante et les enfants en demandaient beaucoup plus.

Les nuits ne ressemblaient pas à des nuits. Deux heures de sommeil, réveil au milieu des autres. Des animaux auraient été mieux traités, pensait Milly, qui, à bout de force, avait du mal à s'occuper des enfants, livrés plus ou moins à eux-mêmes. Son fils n'était pas mort, elle se demandait encore comment il pouvait survivre avec le peu de nourriture qu'on leur donnait. Les surveillants du camp économisaient sur les rations des internés juifs, ils ne dépensaient qu'une partie infime de l'argent qui était attribué au départ. De plus, la plupart, antisémites, n'en éprouvaient aucun scrupule.

Lora, de son côté, reprenait des forces de jours en jours, même si elle était encore très malade et que le traitement serait long. Elle était contagieuse, ce qui l'éloignait des autres malades de l'Hôpital. Les sœurs préféraient la tenir à l'écart. Malgré tous ces inconvénients, la vie lui paraissait si belle, l'espoir annoncé par Sœur Maria de retrouver ses enfants ajoutait à son bonheur.

- Il faudrait que je vois Sœur Maria ? Demande Lora à une religieuse qui s'occupait à nettoyer la chambre.

- Sœur Maria n'est pas là aujourd'hui, elle est partie sur Toulouse.

La coupant aussitôt.

- Mais alors, elle est allée se renseigner pour mes petites, quel bonheur, je vais les revoir bientôt, quel bonheur ! La joie de Lora faisait plaisir à voir.

- Attendez, je ne sais où elle est allée et si elle va tenter quelque chose en ce sens, il ne faut pas vous réjouir trop vite, imaginez qu'elle échoue, votre désespoir sera si grand.

- Laissez-moi espérer, il y a des semaines que je n'espère plus rien, je ne savais même plus l'effet que cela produisait, espérer !

La jeune sœur lui sourit, finissant de laver le sol de la chambre.

- Ne marchez pas tout de suite, Madame Zilberbogen, le sol est mouillé, et avant de partir, elle enchaîne d'un ton bienveillant, je vais prier pour vos filles.

- Ma Sœur ! Hèle Lora, qui commençait à parler un mauvais français, appelez-moi Lora, cela me ferait plaisir.

- Si c'est là votre souhait, bonne journée…. Lora.

Le mois de mai était sublime cette année, si seulement nous n'étions pas en guerre, le soleil ne tient absolument pas compte de la bêtise humaine, et c'est très bien ainsi, médite Sœur Maria. Elle avait décidé de parler du cas de cette malheureuse et de ces deux petites internées à des autorités influentes pour savoir si il y avait moyen d'agir officieusement. Mgr Saliège, connu pour sa désapprobation face aux lois raciales du gouvernement de Vichy, n'avait donc sûrement pas été étranger à la libération des deux fillettes de Lora.

Maintenant, il fallait attendre, le miracle, car c'en serait un, si cette libération pouvait se faire. Dans quel camp de la Zone Sud était-elle ? Heureusement pour Lora qui ne savait pas encore, Rivesaltes étant le plus important, les recherches promises se dirigèrent dans ce camp en priorité. Une semaine à peine s'était écoulée quand Sœur Maria apprit la bonne nouvelle à Lora.

- Lora, j'ai eu de bons échos qui vont vous réjouir aujourd'hui, nous savons où elles se trouvent. Elles sont à Rivesaltes dans les Pyrénées-Orientales. Nous allons tenter de les faire sortir de cet enfer, car là-bas, la vie est très dure.
Le visage de Lora vira du rouge plaisir au blanc cadavérique.
- Il ne faut pas penser au pire, prions et espérons. Il faut que je vous précise aussi autre chose, nous avons pensé qu'il serait préférable de les diriger directement vers l'orphelinat de Labruguière, c'est dans le Tarn et pas très loin d'ici, une dizaine de kilomètres environ.
- Mais pourquoi ? Supplie Lora.
- À vrai dire, en ce moment, il faut être très prudent, il faut laisser passer le temps et après je vous promets, si nous les retrouvons bien sûr, de les faire venir ici, à notre école, où vous pourrez les voir le plus souvent qu'il sera possible.
- Sortez mes fillettes de là, c'est le plus urgent, il me semble, tant pis si je ne les vois pas tout de suite, le fait qu'elles soient en sécurité demeure ma seule préoccupation. Pourvu qu'il ne soit pas trop tard, pourvu qu'il ne leur soit encore rien arrivé de grave. En principe, elles sont avec ma mère, et d'autres membres de la famille dont Milly, c'est ma sœur, la pauvre fille, avec tous les petits, elle en a deux, précise-t-elle en fixant la sœur dans les yeux. Un petit garçon, Noah, et une petite fille de l'âge de ma Elzbieta, elles s'entendent bien toutes les deux, quoi que très différentes. Ma nièce est plus timide et posée,

Elzbieta est espiègle et plutôt remuante. Elle est adorable, vous verrez quand vous la connaîtrez, elle est si jolie et si gentille, elle...

- Lora ! Lora ! Ne vous emballez pas, elles ne sont pas encore là, calmez votre ardeur, vous pourriez être si déçue dans le cas où...

- Ne parlez pas de malheur, je le sens, ma Sœur, je le sens au plus profond de mon coeur, je vais les revoir, ce serait si injuste tout ça.

- La guerre est dure et injuste, et amène toujours son compte de morts, oui, c'est injuste, Lora, mais c'est comme ça, malheureusement.

Elle lui souhaita le bonsoir et se retira, laissant une Lora emplie de joie, retrouvant une sensation évanouie, les battements, son cœur, il tambourinait, là, tout près, dans sa poitrine.

À Rivesaltes, la résignation avait atteint son paroxysme. Esther avait passé la nuit à déféquer, la dysenterie la tenaillait aussi, presque tout le bloc en souffrait, l'hygiène étant réduite à zéro, la prolifération des bactéries et des virus allait à vitesse grand V. Aucun soin nécessaire n'étant donné, les organismes s'affaiblissaient. Des médicaments étaient demandés, les internés les recevaient au compte-gouttes, quand ils en recevaient. Milly commençait à sentir que cette situation était désespérée, elle n'avait plus une once d'espoir de sortir avec les enfants de ce piège infâme qui s'était refermé sur eux. Elle pensait souvent à sa mère, à Dora, à Lora, où étaient-elles ? Pourvu, pensait-elle, qu'elles s'en soient sorties, qu'elles aient croisé des belles âmes, il devait bien y en avoir encore quelques-unes sur cette pauvre terre qui ne tournait plus rond. Notre sort à nous, nous n'allons quand même pas mourir ici, dans des blocs de briques, quelque part dans le sud de la France.

Cet endroit idyllique dont elle avait entendu parler plusieurs fois par le passé, en Belgique, cette amie d'Anvers, qui lui avait dit : un jour, il te faudrait te rendre dans le sud de la France, les paysages y sont très beaux, le bord de mer est très agréable et enchanteur. Malgré le dramatique de la situation, à travers un fin rideau de larmes, un léger sourire, peut-être l'un des derniers de sa vie. J'y suis, Alicia, je suis dans le sud de la France, mais tu ne devais pas parler du même pays, celui-là, il n'est pas comme tu me le décrivais, celui-là, il est froid et je n'aurais jamais voulu le connaître.

Milly pensait, à part penser, on ne pouvait rien faire, la peur du lendemain, pleurer en pensant aux enfants, qu'allait-il leur arriver, à eux, tiendraient-ils le coup ? Pleurer jusqu'au bout, jusqu'à ce que les yeux ne fabriquent plus de larmes, l'assèchement total, les internés se vidaient de leurs substances humaines. Aujourd'hui, je pleure, demain je pleurerai encore, jusqu'au jour où je ne pleurerai plus.

Ce matin, le vent balaye la plaine, Esther ne parle plus. Elzbieta erre encore à la recherche de nourriture, Célinka et Noah sont encore vivants, ils sont forts ces petits, Milly a de la fièvre, et la bouilloire que représente sa tête lui fait voir les autres comme s'ils dansaient, comme s'ils évoluaient dans un monde parallèle.

Dans l'après-midi, Les surveillants crient à l'extérieur, les voix se rapprochent, de plus en plus près, pour enfin se faire entendre à quelques mètres seulement. Deux gardiens du camp s'avancent. Ils sont suivis par une femme qui semble appartenir à la Croix Rouge ou une organisation de ce genre. Milly exprime un sursaut d'espoir, malgré la fièvre, elle est bien consciente que cette femme vient peut-être à leur secours. C'est alors que des femmes se lèvent, brandissant leurs enfants encore vivants.

- Prenez-les, Madame, s'il vous plait, prenez-les loin d'ici, ils vont mourir.

La dame, assez jeune, avait les yeux qui sortaient de la tête devant tant d'inhumanité.

- Comment pouvez-vous laisser des gens ainsi sans les nourrir convenablement avec un bon coucher ? S'énerve-t-elle bravant dans un bel affront l'un des gardiens.

- Madame, faites ce que vous devez faire et partez immédiatement, ici, ça marche comme ça, et puis c'est tout.

- Ah ! C'est ainsi que vous voyez les choses, vous ?

- Les noms, vite, que l'on sorte d'ici.

- Elzbieta et Célinka Zilberbogen, articule la dame, écoeurée par tant de dureté.

Milly leva la main.

- Elles sont là, nous sommes là, sauvez-nous Madame, vous allez l'air si bonne.

La dame s'avance lentement vers Milly, à moitié couchée à terre.

- Pauvre femme, je ne peux prendre que les deux petites Zilberbogen.

- Et mon petit Noah, ma petite Esther, ils ne prendront pas de place…

Le gardien, dans un geste d'impatience, interpelle Elzbieta.

- C'est toi Elzbieta ?

- Oui, c'est moi et voilà Célinka, montrant un petit bout de fillette cachée derrière Milly, la peur au ventre.

- Allez viens, tirant la fillette des bras de Milly, pleurant de toute ses larmes.

- Milly, Milly, hurle-t-elle, accrochée comme une liane à sa tante.

La dame tend la main à Elzbieta et lui demande de prendre sa petite sœur avec elle, puis se tournant vers Milly.

- Elles sont sauvées…Elles vont revoir leur mère.

- Lora est vivante, merci, merci pour elles, pour les petites. Revenez nous chercher, revenez, supplie Milly, réunissant toutes les forces qu'il lui restait.

- Milly ! Se met à crier Elzbieta, terrorisée de partir seule avec sa sœur.

- Pars Lala, pars avec ta sœur rejoindre ta mère, nous nous reverrons, ne t'en fais pas. La fièvre de Milly lui faisait vivre cet instant comme dans un rêve.

Les deux gardiens, la dame et les deux petites filles sortirent du bloc, Elzbieta et Célinka marchaient, la tête dévissée, pour apercevoir Milly et leurs cousins encore une dernière fois.

Dans la voiture, noire, brillante, elle avait remarqué tout de suite, le clinquant, cette propreté qu'elle avait oubliée depuis si longtemps. Elzbieta regarde, touche de ses doigts le revêtement des sièges, remplissant ses yeux, si vides, de ces nouvelles images, la route ensoleillée, les arbres qui défilent, pas de baraque en vue, pas de bloc, pas de tas de personnes groupées qui attendent une soupe ou un morceau de pain, une belle route sous un beau soleil de mai.

- Vous allez revoir votre mère, Elzbieta, c'est bien votre prénom, Elzbieta.

La petite fille se tournant vers cette bonne fée, qui vient de l'extirper, ainsi que sa sœur, de cet enfer sans nom.

- Oui, je m'appelle Elzbieta, Madame, et vous connaissez maman, elle est très malade et elle crache du sang, des gens sont venus la chercher quand nous étions encore dans l'autre camp.

71

- Non, petite, je ne connais pas ta maman, mais des gens gentils qui ont su que vous étiez là ont permis votre sortie, à toi et ta petite sœur. Votre maman est à Mazamet, c'est une ville du Tarn...

- Non, pas le Tarn, le camp, il était dans le Tarn, je crois...

- Ne t'inquiète pas, la bonne fée venait de tutoyer Elzbieta, après tout, pourquoi tant de bonnes manières, il n'y avait pas lieu de prêter attention aux bonnes manières, cette enfant aurait pu être la sienne, ne t'inquiète pas, répéta-t-elle en souriant au visage d'ange qui la fixait. Ta maman est dans un hôpital et elle va bien mieux, on la soigne, elle a une maladie qui s'appelle la tuberculose.

- C'est grave, Madame, on peut en mourir ? Questionne Elzbieta, gardant un sang froid exemplaire pour une enfant de son âge.

- Oui, on peut en mourir, en effet, mais pas elle, elle a déjà bien remonté la pente, tu sais.

- On va la voir maintenant.

- Non, pas encore, nous allons dans un lieu où il y a beaucoup d'enfants qui ont perdu leurs parents, un orphelinat, c'est à Labruguière, juste à côté de la ville où vit ta maman.

- Pourquoi ?

- Ce serait trop long à t'expliquer et le monde des grandes personnes est souvent un monde trop compliqué pour les enfants. Vous serez bien là-bas, le temps de préparer votre venue à Mazamet. L'important est de vous avoir sorties de là et que votre maman, à toutes les deux, soit en vie, non, Elzbieta, tu ne crois pas.

- Oh oui, quel bonheur de savoir que maman est vivante ! Elle doit être heureuse elle aussi de nous revoir.

- Elle ne connaît pas exactement le jour de votre arrivée, dès que vous serez à l'orphelinat, nous la préviendrons, enfin plutôt la Révérende Mère Saint-Jean, qui est la supérieure de l'Hôpital.

- Vous la verrez, vous ?

- Non, je ne crois pas, ma mission était de venir vous chercher, on va se quitter là, mon petit.

- Merci Madame, je ne vous oublierai jamais, je penserai à vous souvent, et je le dirai à maman. Elle m'avait dit que j'avais un ange gardien... Je crois que c'est vous, mon ange gardien.

L'adulte et l'enfant échangèrent un regard empreint d'une grande émotion, échange surnaturel, là, sur une banquette d'automobile, au beau milieu de la campagne.

Le silence s'imposa. Célinka n'avait pas bougé, pliée en deux, comme pour se faire oublier, petit être si faible, si fort aussi, toujours là malgré les privations, petit bout de vie, si petit, si petit...

Le soleil crie, hurle en silence, frappe la fenêtre fermée de la petite chambre. Une ombre dort sur un lit, quatre bouts de fer montés sur roulettes comme pour s'échapper à la moindre occasion. Mais où pourrait-il faire glisser ce corps de femme, fin, qui dort ? Où pourrait-il l'emmener ? Fin du voyage, un corps, meurtri, enveloppant un cœur, meurtri, presque sans âme. Il faut ouvrir la fenêtre, il faut laisser entrer cette force céleste, cette chaleur qui apporte la bonne nouvelle. Finalement, c'est la porte qui s'ouvre doucement. Une ombre s'avance, sur la pointe des pieds, le mur de la chambre se fait l'écho de cette lente éruption. Le moment est proche, tout proche, enfin, enfin, les mots vont cracher la chose, dire ce qu'ils n'auraient peut-être jamais pu dire, délivrer leur message, mettre le mot fin sur un mauvais film.

- Lora, Loooora ! Réveillez-vous, murmure Sœur Maria à l'oreille du corps, qui dort.

La fine masse bouge, se tourne, ne voit pas qui lui parle. Le soleil est trop fort, puis, elle distingue, Lora voit cette forme, penchée sur son lit, Lora sait…Déjà. Avant les mots salvateurs, avant qu'ils sortent, elle sait que ses petites sont en vie, elle sait que les prières sont arrivées.

Lora sort doucement de son rêve. Elle n'est plus tout à fait endormie ni tout à fait réveillée. Le chant lointain, mélodieux, qui lui caresse l'oreille remonte dans les âges. Son père lui chantait ça quand elle était enfant, la chanson des espoirs déçus, une lamentation qui monte comme le chant des esclaves noirs dans les plantations de coton. Entre rêve et réalité, la voix de son père s'entrechoque dans un chaos délicieux, encore papa, encore cette musique qui s'échappe de tes lèvres, encore…

- Lora, vous avez du mal à vous réveiller aujourd'hui, lui chuchote doucement la sœur.

- Heu ! Oui, je suis très fatiguée, les remèdes antituberculeux me font dormir, je somnole souvent dans la journée, dit-elle avec un bâillement expressif argumentant ses explications.

- Ce que je suis venue vous dire.

- Je le sais, murmure-t-elle avec sur le visage un sourire comme sorti d'un portrait de Vinci. Mes petites…

- Oui, Lora, insiste la sœur avec une excitation non contenue, depuis que je voulais vous annoncer ça, nous avons gagné, elles sont en route vers Labruguière, pas loin d'ici, elles vont vivre quelques temps à l'orphelinat Saint-Dominique.

- Sœur Saint-Jean, la Révérende de l'Hôpital, me l'a déjà dit, est-il possible de les voir, juste une fois, s'il vous plait, ma Sœur ?

- Non ! S'exclame l'interlocutrice, légèrement agacée par le manque de conscience de Lora. Vous vous rendez compte, si certaines personnes le savaient, croyez-moi sur parole, il vaut mieux que personne ne sache, pour elles, comme pour nous d'ailleurs.

- Bien, ma Sœur, c'est tellement merveilleux qu'elles soient en vie et de savoir qu'elles seront bien soignées.

- Ne vous en faites pas, là-bas, elles seront en sécurité, je vais m'entretenir avec l'orphelinat car il faut absolument que ces petites se fondent dans la masse des autres enfants, elles doivent changer de prénoms, du moins endosser des prénoms à consonance française, j'avais pensé à Elisabeth pour Elzbieta et à Cécile pour Célinka, puisque ce sont, je pense, les significations en Polonais, non, Lora ?

- Ce sera parfait, mais comment vont-elles réagir ? La plus grande est très sensée, je vous l'ai dit tant de fois, je m'inquiète plutôt pour la petite, elle, ne va pas assimiler toutes ces directives très déstabilisantes pour une enfant de son âge.

- J'ai confiance, elles vont se débrouiller, Lora, et puis, les enfants ont des capacités que nous, adultes, n'avons plus, l'insouciance de la jeunesse et une faculté d'adaptation.

Déjà, Soeur Maria rebroussait chemin, quand Lora l'interpella, juste avant qu'elle ne quitte la chambre.

- Merci ma Sœur, merci pour tout. Jamais je ne pourrai vous rendre ce que vous faites pour moi aujourd'hui.

- Chut ! Qui vous parle de rendre ? Je ne suis pas toute seule, d'autres personnes ont oeuvré pour la libération de vos fillettes, et puis, levant les yeux vers le crucifix accroché au mur derrière le petit lit, lui aussi, il était là.

Le travail l'attendait, la soeur sortit de la pièce, le cœur chargé de bonheur, en ce jour de grâce, prête pour affronter l'avenir, quel qu'il fût.

Mai s'achevait, la vie avait changé. En un mois, Lora avait retrouvé la paix, savoir ses fillettes si proches, à quelques encablures, lui rendit définitivement le sourire et la force de se sortir de sa terrible maladie, qui faisait un carnage autour d'elle. Plusieurs personnes de sa connaissance, ici, au Sanatorium, étaient décédées depuis son arrivée. Désormais, elle allait se battre, les nazis ne l'avaient pas eue, elle et ses enfants, ce n'est pas un microbe qui aurait sa peau, la déclaration de guerre intra-Lora était déclarée.

Le soleil éclabousse la terrasse, celle où les malades sont volontairement exposés aux rayons pour améliorer leur état. Le soleil, d'après les recherches faites par d'éminents chercheurs, favorise la guérison. Lovée dans un fauteuil, Lora savoure, le printemps, la libération de ses enfants, le bonheur d'être là, même si le cœur fait des bonds dans le temps, s'il va se perdre, au gré des souvenirs, sur les rives de la Vistule, dans les tours d'un château, auprès d'Abraham, là-bas, de l'autre côté du miroir, chez elle.

La vie reprend ses droits. L'été pointe son nez, les premières grosses chaleurs font leur apparition. Lora regarde par la fenêtre, cette ville est belle, digne, je l'aimerai toute ma vie, pense-t-elle, debout, dans une robe fleurie qu'elle a cousue elle-même, avec du tissu acheté sur place, chez une couturière de la ville tarnaise. Puis, soudain, le regard se perd, le visage se fige. Que deviennent Milly et ses enfants, et Dora, et Boumama ? Ont-elles esquivé les menaces nazies ? Elle compte sur le destin, si loyal envers elle, l'a-t-il été pour les autres ? Et Ab, son Ab, son amour resté en Pologne, où est-il ? Ils l'ont mentionné à la TSF, en Pologne, les Allemands avaient ratissé Varsovie, ils chassaient les Juifs jusque dans les caves et les campagnes, comme des rats. Elle sait son mari très malin et débrouillard, mais devant cette machine à tuer, aura-t-il résisté ?

Au réfectoire, l'ambiance est animée en ce jour de juin.

- Elle va bientôt manger avec nous, l'étrangère.
- Ça m'étonnerait, la tuberculose, faut pas plaisanter avec ça, répond Marie, patiente du Sanatorium pour un problème de mauvais rhume qui aurait mal tourné.
- Il paraît qu'elle vient de Pologne, tu ne trouves pas ça bizarre, toi, Marie.
- Paulette, tais-toi, cela ne nous regarde pas, moins on en saura, mieux cela sera.
- Et si elle était juive ?
- Tais-toi donc, malheureuse, on pourrait t'entendre, tu ne sais rien, on ne sait rien, d'accord, appuie Marie, avec un regard qui n'engageait pas une suite à cette conversation.
- Allez, on se dépêche mesdames, les sœurs vont bientôt faire le ménage.

En remontant dans le dortoir, Paulette n'avait toujours pas compris pourquoi cette femme, nouvellement arrivée, était un sujet tabou.

- Pourquoi, on ne peut pas en parler ?

- Paulette, pour la énième fois, nous sommes en guerre, il faut t'adapter à la situation, tu ne sais pas que l'on poursuit les Juifs partout en Europe, articule Marie avec insistance.

- Elle est juive alors ?

- Mais non, enfin, je n'en sais rien et puis je ne veux pas savoir, tu sais quoi ? Tu vois, tu ne dis rien, garde bien ce conseil en mémoire. Paulette était quelque peu naïve, ce faisant, elle avait une parfaite confiance en Marie, elle ne reparlerait plus de l'étrangère.

Elle en provoquait des bavardages, l'étrangère. Les commérages allaient bon train au Sanatorium, certaines pensionnaires étaient persuadées que les sœurs cachaient une juive, mais la grande majorité acceptait ce fait et n'y voyait aucun inconvénient, si ce n'est une poignée, dont la jalousie exacerbée développait un sentiment de rébellion. Il est vrai que les quelques vêtements que Lora avait pu sauver du camp de Brens étaient de la meilleure étoffe et son habilité à coudre lui permettait de se confectionner de belles robes.

D'ailleurs, depuis quelques jours, elle aidait d'autres femmes malades à coudre et à trouver le ou les tissus qui s'adapteraient le mieux à leur personne. Lora revivait. Elle réintégrait le monde des vivants, de la respiration, du je me lève au je me couche, et entre les deux je vis, j'aime et je me bats pour mon avenir. La souffrance, quand elle est démesurée, peut conduire à l'inertie, mais si elle est dépassée, un jour ou l'autre, la souffrance ne tient plus le coup, elle est renversée par ce que l'on pourrait appeler la renaissance. La souffrance, aussi atroce soit-elle, si elle ne tue pas, est suivie d'une période de rémission, une période où la vie est la plus forte, où le cœur ne peut plus s'arrêter de battre, où le moral reprend le dessus. Lora vivait cette période, le soleil après la pluie, le jour après la nuit, la victoire après la défaite.

Ce matin, le soleil brille, encore, qu'importe le passé, la vie, c'est maintenant, et alors, comment choisir entre la vie ou la mort ? Se laisser mourir ou vivre, oublier les envahisseurs ou se laisser mourir, exister, voilà, elle a choisi la vie, celle qui bat, à l'intérieur, celle qui explique le futur, celle qui refuse l'anéantissement. Toujours relever la tête, toujours prête à remplir les poumons, à respirer. Remplir sa cage thoracique, respirer, quel pied de nez, non !

76

À une dizaine de kilomètres, deux petites filles s'endorment, elles ont bien mangé, incroyable, depuis plusieurs mois, bien manger relève de l'impossible. Elles se sont même lavées, elles portent des habits propres, neufs ! Pas la question, propres, l'odeur du linge que tu portes, toi, pour la première fois depuis des semaines, lavé oui, usagé, aucune importance !

À quelques encablures de Mazamet, deux fillettes vont dormir dans des draps propres, au beau milieu d'une belle nuit chaude.

Labruguière (Tarn)

- Viens ici, Lala, viens !

Elzbeita regarde sa petite sœur avec stupeur.

- C'est la première fois que tu m'appelles Lala, que t'arrive-t-il Célinka ?

- Maman t'appelait comme ça, Boumama aussi, il faut bien que quelqu'un t'appelle Lala, tu ne crois pas !

- Cela me rappelle des souvenirs, mais maintenant, on est sorti du camp, et maman aussi.

- Et Esther ? Demande avec un air ingénu la petite fille, les yeux ronds comme des billes.

- Esther, réfléchie Elzbieta, j'espère qu'elle a eu la chance de sortir aussi du camp, sinon, depuis que l'on est parti, elle ...

- Elle est morte, tu crois !

- Mais non, voyons ! Qu'est-ce qui te fait dire ça ?

- On aurait pu mourir là-bas, tu ne te souviens pas ?

- Oui, bien sûr, je m'en souviens, mais peut-être que des personnes leur sont venues en aide, comme à nous.

- Oui, à mon avis, c'est ça, elles sont sorties du camp et on va les revoir bientôt, renchérie Célinka, se persuadant de la véracité des propos de sa soeur, et Boumama, je veux revoir ma Boumama.

- Assez, Célinka ! Déjà on va revoir maman, c'est inespéré après tout ce que nous avons vécu. Il était incroyable de voir avec quelle maturité Elzbieta gérait la situation, même la petite Célinka paraissait avoir mûri si vite, trop vite.

À Varsovie, s'il n'y avait pas eu la guerre, ces enfants n'auraient que huit et quatre ans, ici, après toutes ces douleurs, l'inhumanité avait fait macérer les esprits comme des cornichons dans un mauvais vinaigre. Les fruits de la douleur avaient transformé trop vite les chrysalides en papillons, évoluant dans une vie difficile, armés jusqu'aux dents. Elzbieta et Célinka ne pourraient pas vivre pire, elles ne se rendaient pas compte encore de la force qui les habitait maintenant, et qui ne les quitterait plus jamais.

- Allez, allez ! S'époumone une Sœur de la Charité, sa cornette bravant le vent qui s'était levé en cette journée plus maussade, en rang, par deux, nous allons au réfectoire.

Il était aux alentours de midi et les jeunes pensionnaires de l'orphelinat Saint-Dominique se regroupaient pour le repas. Celui-ci était pris ensemble dans la grande salle de ce petit château aménagé pour recueillir ces pauvres enfants, tous orphelins, la grande majorité orphelins de guerre.

- Venez-là, mes enfants, propose une voix douce, comme les petites n'en avaient plus entendue depuis une éternité, s'opposant à tous ces cris et ces hurlements qu'elles gardaient au plus profond, marqués aux fers.

- Bonjour ma Sœur, répond Elzbieta, lançant un petit coup de coude assez sec à sa petite sœur qui gardait le silence.

- Bonjour Madame, hésite enfin Célinka.

- Ma Sœur, pas Madame, s'énerve Elzbieta, fixant Célinka d'une air assez dur.

- Ma… Sœur, confirme Célinka, de petites mèches blondes voguant légèrement sur son petit visage.

- Bonjour mes petites, avant de manger, allez vous laver les mains avec les autres. Je viendrai vous chercher tout à l'heure pour vous montrer vos lits définitifs, nous allons vous procurer des vêtements, appartenant à certaines pensionnaires qui ont grandi et que nous conservons afin qu'ils puissent servir aux nouvelles arrivantes. Je pense que pour toi, s'adressant directement à Célinka, il y en a suffisamment, quant à toi, levant son regard vers Elzbieta, tu es plus grande, mais ne te fais aucun souci, nous allons trouver de quoi te vêtir.

- Vous savez que ma mère est à Mazamet !

- Oui, je le sais, mais je te conseille de te taire ici, il ne faut pas que tu parles de ton passé, je sais que c'est dur, murmure-t-elle avec un sourire, mais moins tu en diras, mieux cela vaudra, tu n'es plus juive pour le moment, et ta sœur non plus, nous allons changer vos prénoms très bientôt, n'en dis rien à personne, tu as compris ?

- D'accord, balbutie Elzbieta, assez grande pour assimiler depuis déjà quelque temps que le mot juif n'était pas le bienvenu.

Se dirigeant vers le réfectoire, Elzbieta se tient bien droite, elle sait aujourd'hui qu'elle vient de grandir, que son avenir et celui de sa petite sœur pèsent sur ses frêles épaules, mais ce défi ne lui fait pas peur, c'est à ce moment-là, sûrement, qu'est née en elle cette fierté, cette capacité à relever la tête, quoi qu'il arrive.

Nouvelle vie, sans maman, sans la moindre amie, du moins, les vraies, celles qui vivent en Pologne. Caboçharde Elzbieta ! Mais non voyons ! Pourquoi serait-elle caboçharde ? Parce qu'un jour elle s'est défendue dans la cour, parce qu'un jour, elle a crié sur une autre pensionnaire qui la traitait d'étrangère. Elle subissait en fait le même sort que Lora, sa mère, qui était aussi vue comme une étrangère.

- L'étrangère, regardez l'étrangère, lalalalalère !

Et Vlam ! C'est parti, comme ça, d'un coup, la gifle emporte le visage de cette autre, étrangère aussi, pense Elzbieta.

- Etrangère toi-même, je ne te connais pas, donc tu es étrangère pour moi aussi.

- Je vais le dire à la sœur, lance l'autre fillette.

- Vas-y, rapporteuse.

- Je préfère être rapporteuse qu'étrangère.

- Alors là, pas moi, rapporteuse, rapporteuse.

Elzbieta coupa court à cette discussion stérile qui l'agaçait fortement. Elle n'aimait pas les conflits, même si elle partait au quart de tour dès qu'un coup lui était porté, qu'il soit physique ou moral. Depuis toujours, elle était ainsi, la guerre et la lutte pour la survie avaient encore plus affûté ce trait de caractère. C'est ainsi que je m'en sortirai, pensait-elle, Boumama me l'a toujours dit : ne te laisse jamais faire, ne laisse jamais les autres croire qu'ils sont plus forts que toi. Les mots de sa grand-mère résonnaient dans sa petite tête, elle avait une charge à porter, toute une famille qui vivait en elle. Elle était bien décidée à leur faire honneur. Tu as vu, Boumama, comme je l'ai « matée » celle-là ! Et soudain, elle lui manqua, si fort !

Tous les jours, les sœurs regroupaient les fillettes pour une prière, celle-ci se faisait tantôt le matin, avant les cours, tantôt le soir, vers les six heures, juste avant le dîner pris en commun dans le réfectoire. Ce moment était d'une part, agréable pour Elzbiéta, peu habituée aux prières catholiques, mais elle aimait bien les statues de la chapelle de l'orphelinat. Implanté carrément dans la ville, le château des Cardaillac servait d'écrin à cette petite ruche que formaient les sœurs et leurs petites pensionnaires.

Les sœurs avaient toutes une tâche particulière, les unes aux fourneaux, les autres à l'éducation des filles, d'autres encore au jardinage, à la lourde tâche de ramener des victuailles pour les différents repas. De nombreux dons alentours, provenant notamment des agriculteurs, achalandaient les étagères des cuisines. C'était la guerre, les temps étaient durs, même pour ceux qui n'étaient pas juifs. Ce qui étonna Elzbieta au premier abord, persuadée que seuls les Juifs souffraient de l'invasion ennemie.

- Ma Sœur, votre Dieu, s'il est si bon que vous le dites, pourquoi on nous a enfermés dans des camps, et pourquoi...

Sœur Saint-Paul ne lui laisse pas le temps de finir sa phrase

- Ce n'est pas mon Dieu, il est aussi le tien, il est le Dieu universel, celui qui aime tous les hommes sur cette terre. Ce sont les hommes seuls qui sont maîtres d'eux-mêmes.

- Non, ce n'est pas vrai, je n'ai jamais voulu, ni maman, partir de Varsovie, je n'ai jamais voulu que maman soit malade et nous quitte, je n'ai jamais...

- Non, bien sûr que tu n'as jamais voulu cela, mais d'autres hommes l'ont voulu, d'autres qui ont oublié l'existence de Dieu, justement, et qui ont bafoué les règles de l'Humanité, le droit des hommes.

- Pourquoi votre Dieu ne fait rien, alors, il pourrait leur dire que ce n'est pas bien.

- Ils ne l'entendent plus, ils ont dépassé le cap de tout entendement d'ailleurs, et bien ! Que de paroles bien sérieuses, pense à autre chose, ma petite, pense que tu es là, avec des petites camarades et que vous devez vous soutenir les unes et les autres, afin de traverser ce moment difficile.

- Chaque fois que je pose des vraies questions, on me dit de penser à autre chose, mais moi, je ne veux pas penser à autre chose, je veux revoir maman, je veux revoir Boumama, je veux savoir pourquoi les Juifs sont poursuivis, je veux savoir pourquoi... Elzbieta éclata en sanglots, de petites vagues, un flux et un reflux dans le fond de sa gorge, sur sa joue, des larmes emplies de toute la misère du monde. Chaque étincelle humide éclatant sur sa peau de pêche aurait pu égrainer, comme un chapelet, sa terrible souffrance.

La sœur caressa ce visage, séchant cette déferlante de douleur, avec un petit mouchoir blanc, qu'elle abandonna dans la petite main serrée d'Elzbieta.

- Pleure, on n'a jamais rien inventé de plus efficace contre la peine.

Elle laissa la petite fille se ressaisir toute seule, sécher ses larmes, toute seule, grandir, toute seule.

L'unique lueur d'espoir dans ce monde pour Elzbieta, c'était le bonheur de revoir bientôt sa mère, la sœur l'avait promis, elle ne pouvait pas mentir, pas une sœur, voyons ! Célinka, c'était son petit trésor, la seule personne qui la rattachait à son passé. Elles étaient toutes les deux accrochées à un rocher, qui s'était fendu en plusieurs morceaux, qui voguait maintenant, au gré du vent, dans toutes les directions. Je réunirai le rocher, pensait-elle, je reformerai cette famille. Cela lui mit du baume au cœur et le petit papillon put à nouveau virevolter, comme avant.

La vie à l'orphelinat était assez stricte. Lever de bonne heure, travail manuel et le soir après l'école, les tâches ménagères étaient dispatchées selon les compétences de chacune. Les plus petites ne participaient pas aux travaux. Le nom des petites juives ne pouvait être inscrit sur les bordereaux scolaires, il fallait que les sœurs ne notent pas des renseignements compromettants. Tout était dans la tête. D'ailleurs, Elzbieta et Célinka, ne figuraient pas sur les listes des élèves, manque auquel on remédia quelques semaines plus tard. Elles furent inscrites avec leurs prénoms français dans l'hypothèse d'un contrôle.

Les enfants Zilberbogen passèrent l'été au château, à l'orphelinat. L'école ne recommençant qu'en septembre, les sœurs avaient préféré attendre. Le fait que les institutrices soient laïques apportait un certain équilibre pour les orphelines. De plus, le départ des petites pour Mazamet était programmé, mais il fallait encore attendre. Savoir leur mère si près et ne pas pouvoir l'embrasser, les toucher, rendait folle Elzbieta, qui ne passait pas un jour sans parler de Mazamet.

On entrait dans la cour du château par une porte en arc brisé, il datait du 17ème siècle, construit exactement en 1641, avec une tour d'escalier, d'après la tradition des Cardaillac, Louis de Cardaillac était le plus notable de la lignée. Il régnait une ambiance particulière dans la cour, étriquée entre les contreforts de l'église, datant elle du 14ème siècle où fut érigé le clocher en 1314. Sur les escaliers de l'orphelinat, Elzbieta jouait à la châtelaine, les petits jardins aménagés au centre de la cour apportaient une dose de nature dont elle avait perdu le goût depuis longtemps.

Un énorme tilleul régnait en maître, ses branches et ses feuilles caressaient les murs de l'église, et apportaient une ombre légère au petit sanctuaire juché au milieu du contrefort de celle-ci, installé dans la fente des deux murs face nord. Jouer était encore ce qui faisait passer le temps le plus agréablement possible. La prière tenait une place prépondérante dans l'emploi du temps des sœurs, donc des petites pensionnaires de l'orphelinat.

- Ne restez pas là, vous allez attraper une insolation !
- Non, ma Sœur, s'il vous plait, on discute un peu avec Solange.
- Il fait trop chaud et vous êtes en plein soleil, s'inquiète la sœur, les observant en cachant du revers de sa main les rayons étouffants de cette fin d'après-midi d'août. Oh ! Et puis, tant pis pour vous, vous ne viendrez pas vous plaindre après, capitule-t-elle, remontant l'escalier de l'entrée.

Les petits talons plats d'Elzbieta tapaient en coups réguliers le petit muret de la fontaine centrale de la cour où les deux amies discutaient durant des heures. C'était leur lieu de prédilection, cette petite fontaine, entourée d'un banc de pierre arrondi où étaient assises les deux fillettes. Tout en haut, des têtes de diable crachaient un filet d'eau rafraîchissant, mais à la nuit tombée, les petites filles étaient quelque peu effrayées par ces monstres de pierre dont parfois…la nuit… les yeux scintillaient…

Des pensionnaires observaient le phénomène quelquefois, du moins, les plus âgées le racontaient aux plus petites, qui se tenaient très éloignées de la fontaine, même durant le jour, ce qui laissait place nette pour les plus grandes. Elzbieta, très espiègle, ne se privait pas de ce subterfuge afin de repousser l'ennemi loin du petit banc de pierre tant sollicité.

- Maman ! Maman ! Maman !
Sœur Saint-Paul sortit comme une furie de la maison, cherchant qui hurlait à tue-tête dans le jardin, de la sorte et si tardivement, il était presque l'heure du dîner.
- Et bien, Mademoiselle Elzbieta, on perd ses moyens ?
- Non, ma Sœur, j'appelle maman, elle n'est qu'à une dizaine de kilomètres, je suis sûre que si je criais encore plus fort, elle m'entendrait, non !
- Non ! Votre mère ne vous entendrait pas, hurleriez-vous même aussi fort que le loup à la pleine lune !
- Vous critiquez tout ce que je fais, alors !
- Non ! Erreur, je critique tout ce que vous faites de mal.
- Je ne dois pas faire beaucoup de choses de bien.

- Bien sûr que oui, vous êtes très vaillante, vous accomplissez les tâches avec beaucoup de conviction et de sérieux, et puis, vous êtes très studieuse, je vous vois lire aussi.

- Vous pensez vraiment ça de moi ?

- Oui, bien sûr, je n'ai pas l'habitude de mentir.

- Vous savez, ma Sœur, je ne suis pas si idiote que ça, je sais très bien que maman ne peut pas m'entendre, mais cela me fait tant de bien de dire maman.

Sœur Saint-Paul eut un sourire complaisant.

- Je le sais, mon enfant, je le sais. D'ailleurs, vous pouvez l'appeler encore, mais plus doucement, et vous verrez, si le cœur y est, elle l'entendra peut-être.

- Je reverrai maman bientôt, on me l'a promis.

- Oui, vous la reverrez.

Certaines sœurs tutoyaient les orphelines, Sœur Saint-Paul, jamais. Une façon de rester digne et de leur apprendre les valeurs de la hiérarchie. Malgré son air un peu sévère, les petites pensionnaires avaient un profond respect pour Sœur Saint-Paul, car elle était sincère et les enfants sentent ce genre de chose. Tout de suite, Elzbieta avait vu juste concernant cette sœur, à l'allure mince, presque maigre.

Le mois d'août fut très chaud cette année-là, et la petite fontaine du jardin de l'orphelinat, dont le filet d'eau s'était rétréci, reçut de nombreuses petites visiteuses qui trempaient quelquefois leurs petits pieds dans l'eau fraîche, au grand dam des sœurs, qui leur interdisaient ce laisser-aller estival. Elzbieta tentait de bien parler ce français qui n'était pas sa langue maternelle mais qu'elle comprenait déjà si bien, les enfants ont une capacité particulière pour apprendre les langues, cet apprentissage semble naturel. Elzbieta déchiffrait même les histoires de la petite bibliothèque, où cohabitaient Molière et des livres religieux. Elle se préparait à entrer à l'école, début septembre, elle serait en classe de CE2.

- Pourquoi nous ne pouvons pas aller à Mazamet faire notre rentrée scolaire ?

- Ne pose pas des questions pareilles, le jour où vous pourrez vous rendre à Mazamet toutes les deux, nous vous le dirons. Je sais que votre maman vous manque, mais nous sommes en guerre et il faut être très prudent, ce n'est vraiment pas le moment, je suis désolée de vous dire ça, chère enfant, mais je pense fortement que vous allez passer l'hiver ici, et vous y serez très bien, vous verrez.

Elzbieta ne renchérit pas, elle savait qu'elle était trop jeune pour imposer sa loi, et puis, la sœur avait sûrement raison, sa maman était à Mazamet, où on la soignait, et, elle était ici avec Célinka, où finalement elles ne manquaient de rien. Il suffisait qu'elle se souvienne, juste un instant, du camp de Rivesaltes, pour que la vie ici lui semble paradisiaque. Ici, elle n'avait pas faim, ni soif, elle était propre sur elle, et après tout, s'il fallait passer cet hiver à l'orphelinat, elle s'y résoudrait. L'automne n'était pas encore là, que son objectif se matérialisait en fleurs et senteurs printanières. Le Printemps, voilà, nous attendrons le printemps ! Elzbieta ne reparla plus de Mazamet.

La rentrée des classes arriverait bien enfin et Elzbieta recommencerait à emplir ses journées de lecture, d'étude et d'amitié avec toutes ces petites orphelines.

La chaleur était étouffante au Sanatorium, même avec les fenêtres ouvertes jour et nuit, la moiteur s'installait dans les dortoirs et les chambres. Lora logeait encore dans une chambre seule, une quarantaine qui commençait à lui peser, car contrairement à de nombreuses malades qui enviaient son indépendance, elle, aurait préféré partager le quotidien d'autres femmes, afin de voir le temps s'écouler moins lentement. Les visites qu'elle rendait aux autres malades avaient été espacées, ordre du médecin car Lora avait été victime d'une rechute assez sévère, ce qui la confina encore plus dans sa chambre. Les couloirs étaient pourvus de parties vitrées, situées de chaque côté, à un mètre vingt du sol, ce qui facilitait la surveillance discrète des malades, n'occasionnant ainsi aucune gêne.

Sœur Maria lui fit un signe de la main, que lui renvoya Lora, assez fatiguée par son traitement en cours.

- Vous croyez qu'elle s'en sortira, questionne une sœur, attachée au service du linge.

- Je ne sais pas, qui peut le dire ? Levant les yeux au ciel, Dieu décidera, mais j'ai bon espoir, elle est très courageuse. Quand je pense à quoi elle a survécu, elle va gagner contre cette autre tempête qui s'abat sur elle, et puis, elle espère tant revoir ses filles, elle va se battre pour ça, croyez-moi.

- Que Dieu vous entende, elle se signa et continua son chemin.

Sœur Maria regarda une dernière fois Lora, qui dormait paisiblement. Elle pensait à ce que cette pauvre femme avait enduré, ainsi que les petites, à l'abri pour le moment à Labruguière.

84

Les petites filles de l'orphelinat virent l'hiver venir sans trop de joie. Terminées, les heures passées dans le jardin, les soirées où la lune éclaire les alentours et où il fait si bon respirer la brise nocturne.

- Quand on est enfermé, confie Elzbieta à Berthe, une très bonne amie, on surveille davantage ce que l'on fait, de plus, elles veulent toujours perfectionner notre capacité à coudre, franchement, je préfère lire.
- Moi non, j'aime aussi apprendre à coudre, on en aura besoin quand on sera grande, savoir coudre, c'est important.
- Je pense que lire est bien plus utile, cela te permet de voyager sans bouger et en plus tu apprends le français, les mots, les tournures de phrase.
- Toi tu apprends ça ! Moi, je mets des heures à lire un chapitre.

La discussion cessa, il était l'heure de passer l'eau de javel sur le plancher en bois. Le regard dégoûté d'Elzbieta envers son amie était très significatif.

- Berk, j'ai horreur de l'odeur de l'eau de javel, la semaine dernière, j'ai fait une belle tache blanche sur ma petite jupe bleue, et tu peux frotter, c'est décoloré, ça ne part pas.
- Viens vite, on va se faire gronder, je vais t'ouvrir la bouteille, tu ne sentiras presque rien.
- Tu crois ça !

De plus en plus, les préoccupations quotidiennes tournent autour de l'alimentation, du chauffage et des vêtements. Dès 1940, les restrictions s'étaient faites sentir, ce fut un rationnement général pour tous, même si les plus touchés étaient les habitants des grandes villes, qui ne pouvaient profiter des denrées présentes uniquement dans les campagnes, comme les œufs, les poules, les lapins, etc.

Le gouvernement avait instauré des tickets de rationnement, différents selon qu'ils s'adressaient à des enfants, des adultes ou des vieillards. En Avril 1941, la ration de pain était de deux cent soixante et quinze grammes par personne et par jour, elle avait déjà baissé par rapport à 1940, cette baisse s'accentuait encore.

À l'orphelinat, les sœurs profitaient de la présence des enfants et les rations étaient plus conséquentes, même si elles restaient encore relativement insuffisantes. La proximité des fermes alentours permettait de récupérer de la volaille et des œufs de temps en temps. Même les agriculteurs avaient du mal, le manque crucial de carburants et d'engrais, engendrait des récoltes moindres en comparaison avec les années d'avant-guerre. Tout le monde se mettait au marché noir, les plus riches, étant mieux servis. Le troc était monnaie courante, les paysans échangeaient régulièrement avec ceux de la ville, un poulet contre des cigarettes ou du sucre.

L'Hiver avait été difficile et tous espéraient le printemps qui approchait à grands pas, 1941 était une année à vite oublier pour les petites Zilberbogen. Célinka réclamait sa maman, de temps à autre, et Elzbieta lui répondait qu'il fallait attendre, que cette année serait la bonne.

- Elisabeth ! Va chercher ta sœur à l'extérieur, il faut absolument que je vous parle, le ton était ferme, et Elzbieta y vit l'opportunité d'une bonne nouvelle. Son désir secret allait-il enfin se réaliser ?

- Bien, ma Sœur, elle revint deux minutes après, tenant Célinka par la main.

- Voilà, vous vous souvenez toutes les deux ce que je vous avais dit le premier jour de votre arrivée ici ?

- Ce n'est pas maman ? Demande Elzbieta, très déçue.

- Non, pas encore, mon enfant, mais ça va venir, c'est tellement dangereux de circuler en ce moment.

- On va rester ici, je ne veux pas partir ailleurs, s'il vous plait.

- Il n'est pas question que vous partiez ailleurs. Mais désormais, vous allez vraiment faire attention à vos prénoms, toi, montrant Elzbieta du doigt, tu t'appelles Elisabeth et toi, ma petite, tu t'appelles Cécile. Il faut vraiment que vous vous familiarisiez avec ces prénoms, vous allez les garder très longtemps. Si je vous dis cela, c'est que je vous entends, de temps en autre, vous appeler par vos anciens prénoms.

- Ces nouveaux prénoms sont moins juifs, ma Sœur ?

- Non, ils sont surtout moins étrangers, vous êtes des petites françaises dorénavant.

- Maman ne nous reconnaîtra pas.

- Que dis-tu ? Ta maman te reconnaîtrait entre mille petites filles.

- C'est vrai !

La sœur la regarda d'un air attendri.

- Si tu étais ma fille, Elisabeth, je te reconnaîtrais entre toutes, tu es si attentionnée et courageuse.

- Alors, je vous crois, elle me reconnaîtra.

- N'aie aucun doute là-dessus.

Elisabeth allait et venait, appuyant volontairement ses pieds sur le sol, et toc, toc, toc, toc…

- Arrête ça, tu m'énerves, proteste Berthe qui n'en pouvait plus des allées et venues de son amie.

- J'adore ce bruit, les semelles en bois, et toc et toc, toc.

- Va au diable, toi et tes sabots de bois, lance Berthe avant de s'éloigner d'Elisabeth. Berthe ne comprenait pas le plaisir que trouvait Elisabeth à faire claquer les talons sur le sol. Elisabeth était ainsi, elle s'émerveillait de tout et surtout elle acceptait la fatalité, quand elle était supportable. La vie l'avait faite tant souffrir, ce n'était pas une semelle en bois qui aurait le dernier mot. Elle fut un bon exemple pour les autres orphelines. Quand on a connu un certain malheur, comme elle l'avait connu, quand on en était revenu, comme elle, que pouvait représenter une semelle de bois, qui ennuyait toute la colonie ?

- Là-bas, Berthe, dans ce monde d'où je viens, les pieds des internés saignaient, ils auraient accepté ces sabots comme un cadeau du ciel

- C'est quoi là-bas, Elzbieta ?

- Chut ! Elisabeth, je te l'ai pourtant dit, il faut m'appeler Elisabeth, maintenant.

- Elisabeth, reprend Berthe, un ton au-dessous, c'est où là-bas dont tu parles parfois ?

- Tu sais ce que c'est le soleil, un ventre plein, ne pas avoir peur, et bien là-bas, c'est le contraire, c'est la pluie, la faim, la peur.

Elisabeth parlait avec une maturité qui ne correspondait pas à son jeune âge, c'est pour cette raison qu'elle avait autant d'impact sur ses camarades. Elisabeth était respectée, elle avait déjà la faculté de le réaliser.

Quand on est enfant, on sait que l'on vit pour jouer, pour profiter pleinement de sa vie d'enfant. Elisabeth avait pris dix ans en un an, elle savait que enfant ne correspondait pas avec insouciance, et que dans le monde des grands, vivre ne signifiait pas bonheur à tout prix. Combien d'enfants, comme Elisabeth, vécurent ce drame à ce moment donné de la guerre ? Cécile, comme l'indiquait son état civil, Cécile aurait cinq ans cette année, tout lui passait à côté, et peut-être était-ce mieux pour son équilibre, pour son futur d'enfant juif. Elle pourrait peut-être s'en sortir, qui sait mieux encore, vivre sans ce poids du passé. Vivre le malheur avant qu'il ne vous démolisse, avant le chaos, oui, Cécile aurait peut-être cette chance, pas Elisabeth, mais Cécile, naître trop tard, peu avant le drame, naître en deçà, pour faire un pied de nez à l'Histoire, Cécile s'en sortirait sans trop de dommage, pourvu que Dieu ou quiconque lui prête vie.

Elisabeth, depuis longtemps, avait remplacé Lora dans la vie de Cécile, un transfert humain et normal que la jeune fille avait accepté, une responsabilité dont Elisabeth ressortait grandie, comme béatifiée. Le mot n'était pas trop fort, une béatification n'aurait pas eu plus de poids dans le rôle qui advenait dorénavant à Elisabeth, devenir grande pour dominer les faits, devenir invincible pour protéger ceux qu'elle aimait, devenir…Elisabeth.

Elzbieta était morte, vive Elisabeth !

- Ma Sœur, j'ai bien compris, je serai Elisabeth, celle qui lutte, celle qui se bat.

- Qu'il est grand ton amour Elisabeth ! Combien tu es grande, et combien tu nous donnes une leçon à tous ici.

- Ma Sœur, vous me mettez mal à l'aise.

- Tu peux être fière de toi, je suis heureuse de t'avoir connue et rencontrée, tu es quelqu'un de bien, Elisabeth Zilberbogen.

- Merci, sans vous, je ne serais rien.

- Balivernes, sans nous ici, tu serais ce que tu es, une fille droite, fière et intègre.

- C'est trop !

- C'est rien.

- On va s'en sortir.

- On va s'en sortir, poupée.

- Qui vous a dit ?

- Pour poupée, je le sais, c'est tout.

- C'est Lala.

- Je sais, bonne nuit Lala.

- Mais qui vous a dit ?

- Chut ! Je sais.

- Ce n'est pas Célinka, pardon Cécile.

- C'est toi.

- Quoi ? Quand ?

- Il y a deux jours, avec Berthe, tu lui a raconté comment t'appelait ta grand-mère.

- Vous m'épiez ?

- Non, je te surveille, nuance.

- Vous me connaissez bien, vous ?

- Non, je t'aime.

- Vous m'aimez ?

- Oui.

La pudeur empêcha la discussion de se prolonger, Elisabeth avait une nouvelle alliée ce soir, une vraie, Sœur Sainte-Mathilde, qu'elle aimait comme une mère. S'endormir avec le sentiment que l'on n'est plus étranger là où l'on est. Il fallait que cela cesse bientôt, il manquerait plus que la séparation d'avec les soeurs de Labruguière devienne douloureuse, cette envie de partir d'ici qui avait été si forte, comment ne plus avoir envie de partir, comment expliquer ? Elisabeth, Maman, l'envie de te voir, toujours aussi intense, l'envie de partir malgré l'amour que je reçois, maman, il faut que tu m'aimes, que je sente ton amour, au plus profond de moi, aime-moi, maman, aime-moi, que le désir de te retrouver soit le plus fort. Elisabeth implorait sa mère, le temps ne jouait plus en sa faveur, les autres devenaient trop gentils, trop aimants, maman, où es-tu ? Maman.

Le rapprochement avec certaines sœurs rendit les quelques mois qui la séparaient de son départ pour Mazamet plus faciles à vivre.

Le mois de juin venait tout juste de commencer, lorsque la nouvelle tant attendue arriva enfin.

- Elisabeth ! L'interpelle Sœur Saint-Paul, dès la fin du petit-déjeuner

- Oui, ma Sœur !

- Venez là, j'ai quelque chose à vous dire.

Le cœur d'Elisabeth ne fit qu'un tour, ne pas penser à ça, surtout pas, ne pas essuyer une nouvelle déception.

- On va tenter le changement aujourd'hui, les sœurs de Mazamet vous attendent, vous et Cécile, vous logerez à l'école Notre Dame, vous irez à l'école dans l'établissement, je pense que vous êtes ravie, Elisabeth, vous attendiez tant ce moment.

Elisabeth semblait un peu chaos, pourquoi ne lui avait-elle pas parlé de sa mère ?

- Et ma mère, s'hasarde Elisabeth, avec la peur au ventre.

- Vous verrez votre mère, bien entendu, mais elle se trouve au sanatorium, à dix minutes de marche environ, il faudra être prudentes. Vous m'avez bien compris. Nous sommes en guerre, ne l'oubliez jamais !

Des mots crus, durs mais vrais, dont Elisabeth savait plus que quiconque ce qu'ils signifiaient, plus jamais les camps, non, plus jamais !

- Préparez vos valises dès aujourd'hui, nous sommes samedi, une voiture de l'Hôpital de Mazamet viendra vous chercher en début d'après-midi, si par hasard, elle est arrêtée, vous devrez jouer les malades pour éviter les soupçons, vous avez compris Elisabeth, je vous charge de l'expliquer à votre sœur. Elle l'embrassa sur le front, j'espère que vous garderez un bon souvenir de votre passage ici ?

- Oui, ma Sœur, le plus triste c'est de quitter mes amies et surtout Berthe.

- Il faut savoir ce que l'on veut, pensez à votre maman et tout ira bien.

Sœur Saint-Paul se retourna une dernière fois.

- Plus tard, vous reviendrez nous voir, après la guerre, dans d'autres circonstances. Elisabeth ne répondit pas, elle inclina lentement sa tête en guise d'approbation.

Voilà, le jour J était arrivé. Elisabeth et Cécile allaient pouvoir serrer leur maman dans leurs bras. Enfin, c'est ce qu'elles croyaient, car pour le moment, Lora était trop contagieuse pour qu'on la laisse toucher ses enfants, mais le seul fait de se voir, que ce soit d'un côté ou de l'autre, devrait apporter une telle joie.

Troisième Epoque

MAZAMET

De petits sillons parcourent le tour de ses yeux, déjà, pense-t-elle. Elle sourit à ce miroir, acquiesçant le poids du temps, comprenant que ces traces la suivront partout, qu'elles relatent les événements passés, bons et mauvais. Si le mauvais était derrière, si ce jour nouveau, avec ce soleil généreux, était le point de départ des derniers jours de sa vie. Lora pose le miroir sur sa table de chevet. Elle est prête. Les petites, les siennes, celles qu'elle avait cru avoir perdues pour la vie, arrivaient d'un moment à l'autre à Mazamet. Sœur Maria, plus tôt dans la matinée, l'avait prévenue. Elle sait qu'elle ne pourra les toucher, du moins pas encore, mais le plus important, qu'elles soient là... enfin.

- Elles arrivent, Lora, ça y est, elles seront à Mazamet dans l'Après-midi, mais je ne vous promets pas de les voir aujourd'hui. Il ne faut pas éveiller les soupçons, méfiez-vous de tout le monde, même de la plus gentille des personnes que vous croisez, c'est la guerre, n'oubliez pas qu'à tout moment, vous êtes toutes les trois en danger.
- J'ai tant attendu ce moment, répond Lora d'un ton résigné, je les verrai quand il sera le moment...quand vous conviendrez du moment.
- C'est bien, je vois que vous êtes raisonnable, j'en attendais pas moins de vous, vous avez été si courageuse, et puis, vous êtes encore si malade, vous ne les verrez que de loin, à travers la vitre, nous ne pouvons pas faire plus, l'important est que vous le compreniez.
- Je le comprends, je ne veux pas mettre mes petites en danger, dites-leur bien que je les aime et que je les attends.
- Je leur dirai, pour le moment, reposez-vous.
- Je ne fais que ça, me reposer, alors qu'elles ont tant besoin de moi.
- Elles sont habituées maintenant à se débrouiller, votre Elzbieta, je devrais dire Elisabeth, les prénoms ont été changés, pensez à les appeler ainsi maintenant, Elisabeth et Cécile. Votre Elisabeth est

une petite très intelligente, elle s'est très bien comportée à Labruguière, j'ai eu de bons échos, ce qu'elle a vécu l'a mûrie psychologiquement.

- Elisabeth et Cécile, Elisabeth et Cécile, Lora répétait ces nouveaux prénoms, comme s'ils l'éloignaient encore plus de ses filles.

- Ne vous inquiétez pas, ce ne sont que des prénoms, elles reprendront les originaux après la guerre.

Le visage de Lora entra dans un nuage, il devint gris.

- Après la guerre, si nous sommes toujours là.

- Allons, allons ! Se moque Sœur Maria, du nerf, on en viendra à bout, tout a une fin, même la guerre.

Seule, Lora plonge dans ses souvenirs, heureux, là-bas, en Pologne. Elle revoit ses filles, allant et venant dans leur maison, elle imagine Abraham, prenant le frais au-dehors, comme il aimait le faire quand venaient les beaux jours. Puis, elle pleure, des larmes mêlées, celles du bonheur de retrouver ses enfants et celles qu'engendrent ses souvenirs, devenant douloureux maintenant, après ce cauchemar.

Le soir même, les petites sont amenées au Sanatorium. Elles se tiennent là, debout, raides comme des piquets, les pieds plantés dans leurs sabots. Cécile, debout sur une chaise, peut voir ainsi à l'intérieur, derrière les vitres du couloir. Il y a plus d'un an déjà qu'elle n'a pas vu sa mère, elle la regarde presque comme une étrangère. À cet âge, les années apportent un changement notoire dans la perception des êtres et des choses. Cécile, en fait, n'a presque plus besoin de sa mère au quotidien. La blessure est plus profonde et le choc subi en janvier 1941 a enfoui la douleur de la séparation quelque part, dans sa tête. Quant à Elisabeth, elle effectue lentement des mouvements avec ses mains en direction du lit de sa mère, presque comme si c'était un mirage. Les gestes sont ralentis, paralysés par ce choc émotionnel, elle a tant appelé sa mère, elle a tant rêvé la revoir, ce bonheur soudain est trop grand, trop violent pour elle. Lora laisse couler ses larmes, depuis deux jours, ses joues n'ont pas le temps de s'assécher, ses yeux produisent des litres de larmes qui déferlent à tout moment.

- Je ne peux pas embrasser maman ? Demande calmement Elisabeth à Sœur Maria.

- Non, mon petit, dans quelques jours peut-être, ta maman est très courageuse, elle lutte contre sa maladie avec force et détermination. Elle va s'en sortir, tu verras.

Un dernier regard, un dernier geste, avant de reprendre le chemin de l'école Notre-Dame, rue Meyer, juste un peu plus haut dans la ville, au pied de la Montagne Noire. Elisabeth, à qui rien n'échappe, a remarqué cette montagne imposante et a posé quelques questions.

- On l'appelle la Montagne Noire, lui a répondu Sœur Maria.
- Elle est belle, on pourra y faire un tour un jour ?
- Plus tard, mais pour l'instant, parlons plutôt de votre installation à l'école, vous dormirez au dortoir avec les autres enfants qui sont pensionnaires, il y a quelques orphelines aussi.
- Comme nous, chuchote Cécile, avec une voix emplie de résignation.
- Mais non, tranche Elisabeth, nous, nous ne sommes pas orphelines. Nous avons une maman... et, hésite-t-elle avant de conclure, et un papa en Pologne, qui viendra nous chercher bientôt, hein, ma Sœur, levant un regard implorant vers Sœur Maria, qui, face à ce visage d'enfant, ne peut que dire.
- Bien sûr, Elisabeth, bien sûr.

Elisabeth avait toujours cette réaction nerveuse lorsque quiconque abordait le sujet des orphelins. Le fait de l'accepter la propulsait dans cette vérité, qui pensait-elle et à juste raison, qu'elle n'en était pas une, du moins pas encore. Elisabeth commençait à remonter la pente et personne ne lui barrerait le chemin, pas cette fois.

C'est peut-être pour ces différentes raisons qu'Elisabeth était aussi attentive aux vraies petites orphelines, comme Annie et Claire, qui fréquentaient aussi l'école Notre-Dame. Depuis la rentrée de septembre, les deux petites Zilberbogen avaient rejoint une nouvelle école. Labruguière était derrière elles, il fallait s'habituer à cette nouvelle vie. La présence toute proche de leur maman les y aidait quotidiennement. Annie et Claire logeaient à l'Institut Sainte-Marie et non à l'école même comme Elisabeth et Cécile.

Elisabeth aimait l'école. Sa joie fut réellement profonde quand le jour J arriva enfin. Elle avait perdu tant de jours dans ces camps, trop de temps à ne rien faire, qu'elle était devenue avide de connaissance, avide de tout.

La première fois qu'elle la vit, elle lui fit peur. Sœur Marie de la Croix, la directrice de l'école Notre-Dame, était une femme imposante et de réputation sévère, mais aussi considérée de tous comme une personne intègre et juste. Les cours étaient variés, Elisabeth préférait l'histoire, la géographie, le français, qu'elle apprenait avec un vif enthousiasme, au mathématique ou autre matière plus cartésienne. Mademoiselle Galibert, son institutrice de cours moyen un, était plutôt sympathique, ouf ! Pense-t-elle, ce n'est pas Sœur Marie de la Croix qui s'occupe de nous.

Jamais Elisabeth ne vit autant de sœurs, tant, qu'elle pensait parfois qu'il n'existait pas de monde sans ces petites femmes couvertes d'un voile et s'afférant à toutes tâches et responsabilités multiples. Elle aimait bien Sœur Maria, qu'elle voyait régulièrement au Sanatorium, quand elle allait voir sa mère avec Cécile. Elle aimait la chaleur humaine naturelle qui se dégageait de sa personne. Sœur Maria était aussi très habile de ses mains. Comme l'état de Lora était très précaire, la tuberculose étant toujours là, ce fut Sœur Maria qui lui confectionna une magnifique robe en mousseline blanche qu'elle porta pour sa confirmation en l'église Saint-Sauveur. Les petites devaient suivre le mouvement catholique de leur éducation à Mazamet, pour ne pas éveiller les soupçons sur leur passé d'enfants juifs.

L'automne 1942 fut une dure saison pour tous, la nourriture faisait défaut et les sœurs ne manquaient pas d'ingéniosité pour alimenter tout ce petit monde. Elles n'hésitaient pas à parcourir des kilomètres à bicyclette pour dénicher notamment des morceaux de porc. Puylaurens, ville très paysanne, était un lieu où elles pouvaient monnayer de la viande, de quoi remplir les estomacs fragiles. Il fallait pédaler la quarantaine de kilomètres et surtout ne pas se faire prendre.

Un grand coup sec à la porte de l'école retentit dans le silence.
- Je viens, je viens, une minute, s'écrie Sœur Marie de la Croix. Quelle ne fut pas sa surprise de se trouver face aux gendarmes !
- Que se passe-t-il ? Lance-t-elle d'un air empli d'inquiétude, elle pensa immédiatement aux petites, mon Dieu, non, pas ça. Sa crainte ne fut que de courte durée, déjà, le gendarme lui montrait une valise de laquelle s'écoulait du sang, dégoulinant au travers des jointures usagées.
- C'est quoi ça ? Interroge la sœur apeurée.
- C'est ce que je voudrais bien savoir aussi, réplique le gendarme avec aplomb.

- Mais... mais, bégaie Sœur Marie, pourquoi vous m'apportez cette malle ici ?

- Parce qu'elle vous est destinée, regardez, lui montrant le papier figurant sur le haut du colis suspect.

Sœur Marie perçut tout à coup de quoi il en retournait. Bien sûr, elle avait commandé du cochon, mais elle n'avait pas pensé que le sang de celui-ci s'écoulerait en dehors de la malle.

- Vous ne croyez tout de même pas qu'il y a un... macchabée à l'intérieur ?

- Je ne crois rien moi, ma Sœur, je demande à voir, c'est tout, je vais ouvrir la malle devant vous, savez-vous ce qu'elle peut contenir ?

Soeur Marie, agacée, lui rétorqua qu'elle pensait savoir, oui, en effet.

- Ouvrez-la donc, qu'on en finisse, tranche-t-elle d'un ton assuré.

Le gendarme, aidé de son compère, s'exécuta et bientôt la malle livra son secret au grand jour, des longes de porc, les unes sur les autres, s'empilaient avec quelques queues et pieds de porc mêlés, le tout saignant abondamment. Le gendarme eut un regard inquisiteur envers la sœur, mais ne chercha pas les embrouilles.

- La prochaine fois, soyez plus prudente, et allez chercher...vos bagages vous-même, n'est-ce pas, insinue-t-il, juste avant de prendre congé, suivi de son acolyte qui n'avait pas ouvert la bouche.

- Bien, cette fois, nous l'avons échappé belle, lance-t-elle à la cuisinière de l'école, mais que de festins à venir, se réjouit-elle, se frottant les mains en signe de contentement.

- Il faut éviter de prendre tant de risques, ma Sœur, vous ne croyez pas ?

- Oui, bien sûr, mais où commence et où s'arrête l'interdit en ces temps de guerre et d'occupation ? Il est de notre devoir de nourrir les petites élèves orphelines et les sœurs, avec l'aide de Dieu, nous devrions nous en sortir. Ah ! Une dernière chose, vous n'avez rien vu, rien entendu, explique-t-elle, passant ses doigts devant sa bouche.

- Vu quoi ma Sœur ? Répond la cuisinière d'un air innocent.

Une fois Sœur Marie de la Croix partie, la cuisinière installa les longes et le reste dans des grandes bassines en aluminium, qu'elle recouvrit de gros sel pour conserver la viande, avant de les installer dans la cave avec l'aide d'une sœur aidant aux tâches ménagères. Elle tirerait de là pour quelques temps, protégeant cette denrée comme un véritable butin.

Depuis plusieurs semaines, les petites Zilberbogen pouvaient enfin voir leur mère de près, la toucher, l'embrasser, son état s'étant fortement amélioré. Le courage que déployait Lora pour s'en sortir était exemplaire, même si parfois l'état de déprime qui l'avait envahie maintenant depuis plusieurs mois n'était pas en voie de rémission. Trop de choses l'avaient meurtrie, dans sa chair et dans son cœur, pour qu'une vie normale ne puisse reprendre le dessus définitivement.

- J'ai été victime de cette guerre, et j'en garderai les traces toute ma vie, avait-elle confié à Sœur Maria. Et même si cette dernière ne cessait de la réconforter en lui donnant foi en l'avenir, elle savait que le prêche ne serait jamais totalement entendu et assimilé par Lora, il y a des blessures qui ne se referment jamais vraiment.

Depuis quelque temps, un bruit courrait dans les couloirs comme quoi les sœurs devraient rendre le voile. Certains couvents et plusieurs congrégations seraient touchés par cet ordre venu d'on ne sait où mais que les services de l'ordre ne tarderaient pas à faire exécuter.

- Pourquoi quitter le voile ? C'est idiot, réplique Sœur Maria à sa supérieure de l'Hôpital Sœur Saint-Jean.
- C'est ainsi, lui répond celle-ci, d'un ton assez dur qui ne demandait aucune réplique.

Ce n'était pas le genre de Sœur Saint-Jean de répondre de la sorte, mais cet ordre lui paraissait si impossible à accepter qu'elle préférait ne pas s'étendre sur ce sujet, et puis à Mazamet, peut-être pourrait-on passer au travers ? C'est du moins ce que les sœurs, dont cet événement devenait le principal sujet de discussion depuis quelques jours, voulaient encore espérer. De nombreuses sœurs priaient, ne pouvant rien faire de plus.

- Je ne quitterai pas le voile, mais c'est quoi ces manières ! S'énerve Sœur Marie de la Croix, nous sommes des sœurs, nous avons toujours porté le voile et ce n'est pas un membre du service de l'ordre qui me l'enlèvera, assurait-elle d'un ton sans appel. Nous n'avons qu'à reprendre nos noms civils aussi, non mais ! En quoi le fait de porter le voile peut nuire à quiconque ? Je voudrais bien voir ça.

La cuisinière, confidente et amie proche de la sœur, recevait le déluge de colère en pleine figure, mais ne s'en offusquait pas pour autant, elle avait pris l'habitude des haussements de ton de Sœur Marie de la Croix, si loyale et si déterminée aussi, à ses heures.

Toutes les prières et les colères exprimées çà et là ne changèrent rien au fait que les sœurs durent ôter leurs voiles et reprendre leurs noms civils. C'est ainsi que Sœur Marie de la Croix redevint Madame Graviassy, son nom civil. Il en fut de même pour Madame Avérous, institutrice des maternelles, qui dut, à l'instar de sa directrice, quitter le voile. C'est ainsi que les petites élèves croisèrent dorénavant leur directrice d'école, vêtue comme les autres femmes. Ce fait toucha principalement les soeurs qui avaient une fonction publique dans un établissement comme celle de directrice d'école dans le cas de Sœur Marie de la Croix. Les fillettes ne comprenaient pas trop ce qui se passait et certaines même pensaient que Sœur Marie de la Croix avait rendu ses habits de son plein gré.

Annie, petite pensionnaire, demande d'un air étonné à la sœur elle-même de quoi il en retourne.

- Ma Sœur, pourquoi vous n'êtes plus sœur ?

- Je suis toujours sœur, mais pour des raisons que tu ne comprendrais pas, il m'a fallu retirer mes habits religieux. Mais les habits ne sont que la surface, à l'intérieur, je suis toujours la même, tu sais.

- Il faut vous appeler ma sœur ou par votre nom ?

- Tu m'appelles comme tu veux, mais il vaut mieux que tu m'appelles Madame Graviassy, d'accord, souligne-t-elle clairement en direction de la jeune fille. Annie était orpheline, avec sa sœur Claire, elles partageaient tous les jours les bancs de la classe avec Elisabeth.

- Moi, hasarde Elisabeth, je préférais quand elle avait le voile, la sœur, elle faisait un peu plus sœur, tu ne crois pas, Annie ?

- Oui, c'est vrai, elle ne fait pas trop sœur comme ça.

L'épisode du voile passé, chacun n'y prêta plus aucune attention, les seules qui devaient accuser ce changement soudain et gênant étant Madame Graviassy et Madame Avérous elles-mêmes. C'était la guerre et les religieuses durent s'y plier. La vie continua, sans le voile.

Depuis le mois d'août 1942, les événements semblaient s'être accélérés. Sœur Saint Jean avait eu vent des rafles sur le camp de Rivesaltes, celle du onze août quand près de quatre cent Juifs avaient été dirigés sur Drancy, et une rumeur circulait comme quoi les rafles s'étaient enchaînées dans le camp, celle du 23 août, avec près de deux cent Juifs qui avaient été déportés, et aussi en septembre. Lora avait confié que des membres de sa famille se trouvaient sûrement encore à Rivesaltes au moment des rafles. Que sont devenus ces gens, mon Dieu, mon Dieu, que sont devenus ces gens ? Elle pria.

L'hiver montrait le bout de son nez, Lora connaissait des hauts et des bas, mais se battait contre la tuberculose avec un cran exemplaire. Les petites venaient la voir tous les jeudis car ce jour-là, il n'y avait pas classe, et la visite à leur maman était une sortie très bien orchestrée et ponctuelle, que les petites n'auraient manquée pour rien au monde. Le docteur du Sanatorium approuvait ces visites. Il était persuadé que le bonheur qu'elles occasionnaient chez Lora lui était très bénéfique, sans parler de la joie des fillettes qui se lisait sur leurs petits visages.

Elle était gentille la maîtresse des cours moyens un, une petite douceur dans le sourire, qui tranchait avec la dureté de Madame Graviassy. Mademoiselle Galibert, c'était son nom, qui elle, n'était pas religieuse, apprenait à ses petites élèves les mathématiques, l'histoire, la géographie, l'instruction civique, entre autres. Ce matin-là, l'instruction civique, matière qui débutait la journée, portait sur la politesse quotidienne. Les rudiments, merci, bonjour, au revoir…

- Mimi, tu dis toujours bonjour, au revoir, enfin, tous ces trucs, toi, demande Elisabeth à Marie-Thérèse, l'une de ses petites camarades de classe.
- Oui, bien sûr, c'est mon éducation qui veut ça, mes parents m'ont toujours appris à le faire. Pourquoi, tu ne le fais pas, tu ne dis pas bonjour ? Mais si, se reprit-elle, tu dis bonjour, toi aussi.
- Oui, mais quelquefois, quand on n'aime pas les gens, on n'a pas envie de leur dire bonjour, dans les camps, je ne disais pas bonjour aux gardiens, et quand je vois tout ce qu'ils nous ont fait, je ne regrette pas.
- Il faudrait que tu en parles avec Mademoiselle Galibert.
- Tu crois ! Elle va me dire qu'il faut le dire dans n'importe quelle circonstance, non, je continuerai de le dire à ceux qui ne m'ont pas fait du mal.

- Tu as peut-être raison.

Mimi et Elisabeth tenaient régulièrement ce genre de discussion, à bâton rompu, sur tel ou tel sujet, comme des intellectuels qui referaient le monde à leur manière.

En fait, Elisabeth ne pouvait plus penser normalement, elle traînait une tristesse infinie, une expérience qui intervenait dans toutes ses pensées, un ver qui rongerait le présent, laissant intacts les mauvais souvenirs. Quoi qu'on lui apprenne, elle ramenait tout à ça, la guerre et les camps. Elle ne parlait que très rarement de sa Pologne natale, même si elle s'en souvenait bien, contrairement à Cécile qui, elle, trop petite, ne se rendait pas trop compte des événements douloureux qui avaient frappé sa famille et par là même tout le peuple Juif.

Elle ne parlait jamais de son père, ni à sa petite sœur, ni à sa mère. Elle croyait être la seule à qui il manquait tant. Le silence de Lora en disait long sur son immense chagrin, silence qu'Elisabeth interprétait comme de l'indifférence. Elle s'était hasardée une fois, une seule, à en parler avec sa mère, devant la mine déconfite de Lora, elle s'était ravisée et promise de ne plus jamais aborder ce sujet. Ce jour-là, elle avait perdu son père bien aimé pour la deuxième fois. Elle était persuadée de ne plus jamais le revoir. S'il était vivant, pensait-elle, il serait venu, il aurait donné un signe de vie, quelque chose, il n'aurait pas laissé sa fille sans nouvelle, non, son papa chéri n'aurait jamais fait ça. Maintenant il faudrait vivre sans lui, il faudrait s'en sortir sans lui, sans son courage, ses conseils, sa protection, son amour. Voilà pourquoi Elisabeth était triste à l'école, voilà pourquoi elle portait ce masque désenchanté, une affliction chronique prête à surgir, même à la suite du plus beau des fous rires.

Ce matin-là, Madame Avérous fut appelée à l'extérieur, pour des raisons d'organisation du décès de l'une de ses amies. La plupart du temps, quand l'institutrice s'absentait, elle postait une élève à sa place afin que celle-ci surveillât la classe, le temps qu'elle revienne. Toutes les élèves se regardaient et bien sûr, comme à l'accoutumée, Mimi eut droit à une énième sélection.

- Pourquoi c'est toujours toi qui surveilles ? Chuchote Elisabeth.
- J'en sais rien, je suis l'une des plus sages, peut-être, répond Mimi.

- Mais il y a en d'autres de sages, moi je suis sage aussi, suggère Elisabeth.

- Chut ! On se tait dans les rangs, Marie-Thérèse, venez à ma place, s'il vous plaît !

Mimi se lève et exécute l'ordre de Madame Avérous, bien décidée à être à la hauteur de la confiance que l'on plaçait en elle. Elle n'y était pour rien, au fond, si elle avait la côte pour cette petite mission. Mimi avait sympathisé très rapidement avec Elisabeth, ainsi que les petites orphelines, Annie et Claire. En fait, toutes ces petites filles étaient devenues le nouvel univers d'Elisabeth, elle savait qu'elle allait vivre assez longtemps ici, si, bien entendu, elle ne rencontrait pas de personne malveillante. Il y avait une autre Annie, et Ginette, Simone, Marguerite, Madeleine dite Manette, Paulette, etc. Toutes ces petites filles souffraient de la guerre, leur vie quotidienne était marquée par cet état de fait. Elles voyaient leurs parents en difficulté pour trouver de la nourriture au quotidien, et puis il y avait la peur, indescriptible peur de cette guerre qui devenait collante, qui s'insinuait dans la vie de tous les jours.

Cet après-midi-là, il ne fait pas très beau, l'hiver est là et les jours raccourcissent très vite. En pleine classe, vers quinze heures, une terrible sirène se fit entendre dans toute la ville, les petites tremblaient comme des feuilles, ne sachant ce qui se passait.

- Vite ! Dépêchez-vous, balbutie Mademoiselle Galibert, venez dans le couloir, je vais voir la directrice. Les petites élèves furent rassemblées, tenant à peine sur leurs petites jambes flageolantes. Madame Graviassy surgit, comme d'habitude, avec une force qui donna presque confiance aux enfants, pour sûr, s'il y avait une bonne décision à prendre, elle viendrait de Madame Graviassy.

- Ne restez pas là ! Celles qui habitent tout près vont être ramenées chez elles, les autres, vous resterez avec les pensionnaires.

C'est ainsi qu'Elisabeth retrouva Cécile, Annie et Claire et quelques autres, la directrice leur donna une collation pour les calmer un peu. Ce bruit glaçait le sang, et pas que celui des enfants.

- Cette sirène me fait froid dans le dos, marmonne Madame Graviassy.

- C'est terrifiant, répond Mademoiselle Galibert.

Les autres institutrices les avaient rejointes, Madame Avérous, en charge des toutes petites, avait du mal à les contenir tant ce bruit glacial les avait apeurées.

- On ne sait même pas pourquoi elle hurle cette sirène, s'énerve Madame Graviassy, tout est possible, même des bombes qui nous tombent sur la tête.
- Vous croyez…. s'essaye Mademoiselle Galibert.
- Je crois tout… et rien, les hommes sont devenus fous, Mon Dieu, s'exclame-t-elle, implorant le crucifix accroché sur la mur du réfectoire, ramenez-les dans le droit chemin, avant que nous devenions toutes folles nous aussi.
- Calmez-vous, s'aventure Madame Avérous.
- JE… SUIS… CALME ! Confirme Madame Graviassy, égale à elle-même.

La soirée, empreinte d'une angoisse palpable, finit par passer sans que rien de plus grave ne vint perturber son déroulement. Cet incident resta ancré dans les mémoires durant un certain temps. Puis, comme tout, il s'estompa. Le temps, seul vrai remède au moindre maux, le temps ne fait rien oublier, il aide seulement à supporter, il entrepose dans des coins de mémoire les mauvais souvenirs pour qu'ils ne soient pas oubliés, mais pour qu'ils restent là, à leur place, cachés sous les bons, qui eux, peuvent resurgir à n'importe quel moment. Le malheur n'est pas téméraire, il peut capituler devant le bonheur, le bonheur est alors le plus fort, quel que soit le mauvais souvenir, le bonheur et les bons souvenirs gagnent toujours à la fin. Et si c'était ça qui tenait un être humain debout, même après les plus terribles épreuves, les bons souvenirs.

Et si Elisabeth ne se souvenait un jour, plus tard, que de ces petits trous qu'elle creusait avec sa cousine Esther au camp de Rivesaltes, ces petits trous qui leur fournissaient l'eau du ciel, et si c'était ça, le salut. Ce soir-là, Elisabeth s'endormit tranquillement, à quelques encablures d'un grand bâtiment, plus bas, dans la ville, un Sanatorium où dormait l'un des êtres qu'elle aimait le plus au monde : sa maman. Elle gravit l'échelle, le rêve, les étoiles, enfin, elle pouvait respirer.

Ce jeudi-là, Elisabeth et Cécile s'étaient rendues au Sanatorium comme tous les jeudis. À leur arrivée, Madame Lévy, une dame très avenante, qui rendait régulièrement visite à Lora, se trouvait là, assise sur le lit, Lora se sentant très fatiguée. Certains moments étaient plus difficiles à supporter, les remèdes avaient quelques effets secondaires, que même le consciencieux docteur Alquier ne pouvait estomper. Le personnel soignant et les sœurs qui entouraient Lora étaient exemplaires. Cette pauvre émigrée remerciait tous les jours les bons augures qui l'avaient conduite jusque ici, après tout cet enfer. Les deux amies stoppèrent leur conversation à la vue de ces deux petites têtes blondes prêtes à bondir sur le lit pour embrasser leur mère.

- Attention, dit Lora, s'adressant à Cécile en souriant, tu vas me faire tomber.
- Qu'elles sont heureuses de voir leur maman ! S'exclame Madame Lévy, cela fait vraiment plaisir à voir.

À peine dissimulée derrière les deux petites filles envahissantes, Lora en a plein les bras, l'amour, à ce moment précis, elle déborde d'amour. Malgré la douleur qu'elle éprouve au niveau de son bras avec le poids des petites, elle n'en fait état, tant ce moment est magique et réconfortant. Le monde voudrait-il peut-être enfin tenir debout, montrer sa belle face ? Elle allait s'accrocher l'étrangère, comme certaines, mauvaises langues, l'appelaient encore de temps en temps, mais fort heureusement, personne n'avait franchi le pas de la dénonciation ou de la calomnie. Les sœurs y veillaient, mais un mauvais esprit peut s'insinuer partout et n'importe quand. La menace était toujours là, pesante, comme une force invisible qui vous fait courber le dos. Entre l'espoir et la résignation, Lora avait choisi, et puis après, elle verrait bien…

Plusieurs personnes avaient pris désormais l'habitude de visiter Lora, de lui apporter quelques gâteries, ces présents étant d'autant plus sacrés que la pénurie alimentaire régnant dans le pays, ne permettait pas de mettre les petits plats dans les grands. Il y eut de belles âmes durant cette guerre, pourvu qu'un jour elles en soient remerciées, songeait Lora, tant redevable.

- Madame Landes est en salle de détente, Lora, voulez-vous la rejoindre ? Je crois qu'elle tricote une veste chaude, que nous donnerons ensuite aux plus nécessiteux, explique Sœur Maria.
- Non, répond Lora, je suis bien ici, je n'ai pas très envie de me rendre là-bas et puis je n'ai plus rien à tricoter, je n'aime pas rester assise à regarder les autres s'occuper les mains.

- Vous savez, la dame qui est décédée il y a trois jours dans le dortoir du haut, la malheureuse n'avait pas de famille, aussi, nous allons défaire sa grosse veste en laine, que nous pourrons vous donner à tricoter, cela vous occupera, non ! Déclare Sœur Maria d'un air conquérant, elle s'étonnait elle-même parfois de ses bonnes idées.

- Quelle bonne initiative ! Lance Lora, je peux la défaire moi-même, si vous voulez.

- Je préfère que d'autres le fassent, ainsi tout le monde dans notre établissement participe un peu aux travaux manuels, qu'en pensez-vous ?

- Oui, bien sûr, vous avez raison, il faut partager le travail, mais il est vrai, ma Sœur, que lorsque nous sommes livrées à nous-même, les pensées nous ramènent si vite à la réalité, c'est pour cette raison que je m'arrange pour avoir toujours une occupation.

Sur ces entrefaites, Madame Landes réintègre son petit coin, son lit et sa tablette de nuit, comme toutes les malades de ce dortoir, où il n'y a que des femmes, les hommes malades logent dans un autre pavillon. Les sœurs étaient à cheval sur la séparation des femmes et des hommes, et vu les circonstances, personne ne s'en plaignait.

Elle s'arrête à hauteur de la chambre de Lora.

- Vous restez un peu avec moi ? S'hasarde Lora, prenant une grosse veste derrière sa chaise.

- Je rentrais mais finalement, j'aimerais bien faire un tour vers l'entrée principale, il y a du mouvement, et j'aime bien cet endroit à cette heure un peu tardive.

- Très bien, je vais vous accompagner, nous discuterons un peu, approuve Lora.

L'entrée principale donnait sur la rue de la Prade avec de grandes grilles. Au centre, il y avait ce que les sœurs appelaient la cour d'honneur. Peut-être était-ce dû à cela, car il y avait aussi un concierge. Comme les allées et venues étaient incessantes, ça grouillait dans tous les coins, les malades aimaient à fouiner et regarder les gens. Le temps était si long, il fallait bien trouver un palliatif quelconque. Les responsables n'appréciaient pas trop ces regroupements intempestifs. Mais la plupart du temps, les malades circulaient tout de même à leur convenance.

Les deux femmes s'assirent côte à côte sur des chaises appuyées contre le mur. Il fait froid, décembre approche à grands pas et les jambes se cachent, enveloppées dans des chaussettes montantes. La plupart sont tricotées avec de la laine de contrebande, pourrait-on dire, et le résultat n'est pas très élégant, peu importe, le but étant d'avoir le plus chaud possible, tout était fait pour qu'il soit atteint. Il était loin le temps du mannequinât à Anvers, l'époque des belles robes, qu'elle exhibait dans les soirées les plus mondaines et courues par les personnes les plus importantes de la ville. Si un jour elle se sortait de là, qui la croirait ? Qui prendrait pour argent comptant sa vie dans les camps, la perte de sa famille, sa vie de malade ici dans un coin du Midi de la France, et cette paire de chaussettes beiges, qui lui donnait trente ans de plus, mais qu'elle n'aurait donnée à personne, non, pas ce soir, il faisait si froid.

Ce soir-là, elle se fit une promesse. Si je me sors de tout ça avec mes petites, plus jamais je ne mettrai des chaussettes beiges en laine épaisse, le pari était stupide, enfantin, mais pour elle, il avait pris un caractère de défit.

Les fillettes des cours moyens forment un rideau humain, se tenant par la main, les bras tendus afin de remplir entièrement l'espace de la cour. De l'autre côté, une seule élève doit passer au travers, et voilà la horde s'époumonant sur des grands « oh laaarge ! Le rideau avance, happe tout sur son passage, y compris la pauvre petite qui tente de se frayer un chemin sur les côtés, ou bien sous les bras tendus de ses camarades. La plupart du temps, c'est peine perdue, quand parfois, se produit un petit miracle, une échappée magistrale. Ce jeu laisse les poignets douloureux, la tension prolongée et la différence d'allure de chacun tourmentent encore plus les jointures. Rien ne les arrête, elles foncent, encore et encore, comme si leur vie en dépendait. Puis, soudain, brisant ce brouhaha, des claquements de mains, Madame Graviassy met de l'ordre dans cet imbroglio, et chaque élève rejoint sa rangée pour l'appel.

- Tu la laisses, tu ne vois pas qu'elle est plus petite que toi.
- Elle me tape dessus, je me fous qu'elle soit plus petite.
- C'est ma sœur et tu la laisses, tu as compris, s'énerve Elisabeth.
- Ça suffit, taisez-vous là-bas, que se passe-t-il ? Crie Madame Graviassy, se mettant sur la pointe des pieds pour tenter de deviner les coupables de ce contretemps. Le silence revint, du moins aux oreilles de Madame Graviassy, dans les rangs, les hostilités continuaient de plus belle, juste un ton au-dessous.
- Elle peut se défendre, elle n'a pas besoin de toi, tu es toujours sur son dos.
- Si tu lui fais du mal, je te jure que je me vengerai.

Marie-Jeanne et Elisabeth se disputaient très souvent. La première, en cours moyen deux, ennuyait très souvent les plus petites, pour s'imposer comme un petit chef, c'est du moins ce que pensait Elisabeth, mais elle ne la laisserait pas faire, foi de Zilberbogen.

Elisabeth défendait sa soeur bec et ongle, quoi qu'il arrive et dans n'importe quelle circonstance. Sa protection avait pris des proportions plus conséquentes depuis l'épisode de la Vierge Marie.

Tout commença le deuxième jour à peine après leur arrivée à l'école Notre Dame. À l'entrée, juste au bas de l'escalier menant à l'étage supérieur, se tenait une statue de la Vierge Marie, imposante, surtout si l'on se place à hauteur d'un enfant de cinq ans.

Cécile entre, regarde tout le monde, avec un regard anxieux. Elle voit les meubles avec des bibelots posés au-dessus, des livres dans une petite bibliothèque, elle commence à se sentir presque mieux, la main dans la main de sa sœur aînée. Puis…la terreur : une grande dame, bleue et blanche, s'impose à elle, son cou doit se tordre pour venir à bout du haut de la statue et apercevoir enfin la tête, couverte d'un voile. Elle crie, se cache derrière sa sœur, l'agrippe par la taille.

- J'ai peur, j'ai peur !
- Mais n'aie pas peur, ce n'est qu'une statue, la réconforte Elisabeth.

Madame Graviassy s'avance, pose une main sur la tête de Cécile.
- C'est la Sainte Vierge, notre Mère, celle du ciel, elle ne te fera pas de mal, bien au contraire, elle te protège ainsi que nous tous.

Tremblante comme une feuille, Cécile tire sa soeur par le bras, ne désirant qu'une seule chose, fuir loin de ce tas de plâtre. Les jours passant, la terreur se transforma en peur, puis en crainte plus légère, mais à chaque fois, le petit cœur de Cécile se soulevait quand elle devait passer devant.

La cuisinière de l'école aimait beaucoup les petites Zilberbogen, elle les chouchoutait avec des mets qu'elle concoctait avec un savoir faire reconnu de la communauté et Dieu sait que ce n'était pas facile en ces temps de crise. Avec rien, elle cuisinait tant de choses. Elisabeth tourbillonnait autour de la table, surtout les jours où il n'y avait pas classe, ces moments privilégiés où les pensionnaires étaient moins nombreux.

- Hum ! Que cela sent bon, j'ai trop envie de manger.
- Attends un peu, lui répond la cuisinière, un bon repas, ça se mérite, plus on attend et plus on apprécie.

La cuisinière vit soudain un léger voile passer devant le beau regard d'Elisabeth, regrettant ces dires, sans trop savoir ce qui avait pu provoquer ce petit malaise, elle lui sourit.

- Allons ! Ne le prends pas mal, c'était juste une allusion sympathique.

- Ce n'est pas votre faute, répond Elisabeth, la voix emplie d'une tristesse indéfinissable.

- C'est quoi alors qui te tourmente tant, tu peux me le dire, tu sais, tu peux te confier à moi.

- Non, ça va, c'est juste que... J'ai très faim.

- Et bien, triomphe la cuisinière, c'est tout ce que j'attendais de toi, que tu aies faim. Le voile était toujours là et elle ne comprenait pas ce qui avait pu provoquer un tel changement d'humeur de la part de cette enfant.

- Tu veux me parler de quelque chose, s'aventure la cuisinière, légèrement inquiète par ce revirement de situation.

Elisabeth ne répond pas, du moins, pas tout de suite, elle se retourne, regarde par la fenêtre, les arbres étaient nus.

- Je n'ai pas mérité d'avoir faim, là-bas, au camp, je n'avais rien fait de mal pourtant, quelquefois j'avais très faim.

La cuisinière comprit immédiatement le lapsus qu'elle avait pu faire.

- C'est toi qui as raison, manger ne se mérite pas pour un enfant, c'est une nécessité, tu es une petite fille très perspicace, tu sais, quand on n'a pas trop souffert, on ne voit pas la vie de la même façon. Aujourd'hui, tu m'as appris une chose, les adultes n'ont pas toujours raison.

- C'est vrai, alors, c'est moi qui ai raison, lance Elisabeth, retrouvant instantanément sa joie de vivre.

- C'est vrai, c'est toi.

Elles rirent joyeusement. La cuisinière crut même discerner une petite étincelle dans le regard d'Elisabeth. Le repas fut partagé dans la bonne humeur, elles en auraient presque oublié que c'était la guerre. La tristesse d'Elisabeth était évidente. Elle pouvait passer du rire le plus extraverti à une mine déconfite sans que nul autour d'elle ne comprît à quel moment la cassure avait eu lieu. Les heures, les jours, les mois de captivité dans des conditions difficiles, ne pouvaient se dissiper aussi facilement. Ils étaient nombreux à penser que ces souvenirs-là ne se dissiperaient, en fait, jamais tout à fait.

Non loin de là, au Sanatorium, un acte d'amour digne de ce nom eut lieu cet hiver-là. Noël approchait, le froid était vif, la neige commençait à recouvrir les toits des maisons et les petits espaces verts ça et là. Un malade du Sanatorium, que connaissait Lora, elle l'avait vu plusieurs fois se promener dans la cour, le seul endroit où hommes et femmes pouvaient s'apercevoir, était aux portes de la mort. Il avait séjourné déjà quelques semaines au Sanatorium, personne ne savait trop d'où il sortait. Des personnes de Mazamet l'avaient fait entrer car il souffrait de la tuberculose. Le jour de sa mort, Sœur Maria était à son chevet, tentant d'adoucir ce moment difficile qu'est le passage dans l'autre monde. Elle était agenouillée sur son prie-dieu, le chapelet à la main, plongée dans ses prières quand d'une voix très faible, le malade lui avoua.

- Ma Sœur, je suis… Juif.
- Comment ? S'approche la sœur, qui n'avait pas compris.
- Je suis Juif, répète le malade, épuisé.
- Vous êtes Juif ! S'étonne Sœur Maria, puis baissant le ton, reprenant ses esprits, et c'est maintenant que vous nous le dites ? Lui répond-elle, partagée entre l'inquiétude et la contrariété.
- Ne m'en voulez pas, s'il vous plait.
- Pourquoi me le dire maintenant ? Vous pouviez garder votre secret.
- J'aimerais avoir une sépulture avec les rites de la religion juive.
- Quoi ! S'étonne Sœur Maria, mais je ne les connais pas ! Je ne peux pas mettre en péril le personnel, il ne faut pas que quelqu'un sache que vous êtes Juif, c'est dangereux pour vous et pour nous, vous comprenez ça, non ?
- Je vous en prie, implore-t-il.
Sœur Maria ne pouvait rester indifférente à cette plainte mortuaire.
- Cela consiste en quoi exactement, votre rite ? Demande-t-elle au malade, qui déjà, était tombé dans un état de léthargie, dont elle pensa aussitôt qu'il ne reviendrait jamais. Elle resta là, devant ce petit lit, regardant cet homme, qu'elle semblait juste découvrir aujourd'hui. Puis, comme une lumière dans la nuit, un éclair la parcourut. Elle fonça voir Lora au premier étage.
- Bonjour Lora, j'espère que je ne vous dérange pas, il faut que vous me rendiez un service, et de but en blanc, elle posa la question. Comment enterre-t-on les Juifs ? Vous devez le savoir, vous, Lora ?

- Oui, bien sûr, je le sais, mais pourquoi cette question, je ne suis pas encore morte, plaisante Lora, qui était assez en forme ce jour-là.

- Dieu du Ciel, Lora, heureusement, il ne s'agit pas de vous, mais d'un homme malade qui est sur le point de trépasser et… qui est Juif.

- Je ne savais pas qu'il y avait des Juifs hommes dans le Sanatorium.

- Moi non plus, affirme Sœur Maria, d'un air dépité.

- Qui est-ce ?

- Le monsieur qui toussait beaucoup ces jours-ci et dont je vous avais dit qu'il allait très mal, vous voyez de qui je veux parler ?

- Ah ! Je vois, il était très gentil, cela me touche beaucoup, alors, vous dites qu'il est Juif, comment l'avez-vous su ?

- Il vient de me le dire, mais le problème, et c'est la raison de ma venue, il veut être enterré selon la tradition juive, et moi, je n'y connais rien.

- Bien sûr, je vais m'en occuper.

- Il n'en est pas question, vous n'allez pas bouger d'ici, vous, c'est trop dangereux, enchaîne la sœur, ne voulant surtout pas mettre en porte-à-faux sa malade.

- Personne ne sait ou du moins ne dit que vous êtes Juive, je ne peux pas vous exposer de la sorte.

- Mais je…

- Vous allez m'expliquer de quoi il en retourne, demande Sœur Maria, et moi, je vais faire de mon mieux pour exaucer son dernier vœu.

Lora se rendit à l'évidence, Sœur Maria était dans le vrai, elle risquait gros dans cette affaire, elle ne pouvait mettre en péril ce bonheur tout neuf d'avoir retrouvé ses petites. Elle poursuivit en expliquant à la sœur le commandement divin.

- Cela s'appelle une « mitzvah » que d'accompagner le corps vers sa demeure finale. Elle expliqua à Sœur Maria les rites à observer pour honorer cette mitzvah. Cette dernière en prit bien note et l'enterrement se déroula comme le malade l'avait désiré, le tout accompli dans la plus grande discrétion.

Quelques jours après, une semaine avant Noël, alors que Sœur Maria rendait visite à Lora.

- Vous êtes une personne formidable, murmure Lora, si émue par ce qu'avait fait Sœur Maria pour ce pauvre juif.

- Je n'ai fait que mon devoir, répond-elle avec l'humilité qui la caractérisait tant.

- Non, vous auriez pu l'enterrer comme les gens d'ici, sans faire de différence, vous auriez eu des raisons, la guerre, les persécutions, vos autres obligations, qui vous prennent un temps précieux, vous aviez mille raisons de ne pas le faire.

- Peut-être, soupire la soeur, mais j'en avais une pour le faire, elle leva la tête, et se signa.

- J'aimerais avoir votre courage, ma Sœur.

- Ce n'est pas du courage, c'est de l'amour, ma fille.

Sœur Maria sort de la chambre de Lora, un sourire illumine son visage comme celui d'un enfant qui aurait empoché une bonne note.

Les chants de Noël s'élancent dans les cieux d'une douceur infinie. Une pureté s'échappe de ces voix comme des volutes impalpables explosant dans un ravissement à nul autre pareil. Les petites, en rangées, les unes à côté des autres, les rangs les uns derrière les autres, cérémonie magistralement orchestrée par les sœurs, les prières et les chants choisis avec minutie pour ce merveilleux événement, à chaque fois si semblable et pourtant si différent : Noël.

Le côté religieux dominait, ce qui semblait normal pour la communauté des Sœurs de Saint-Vincent de Paul. Les enfants voyaient cela d'un oeil quelque peu nuancé, les cadeaux qu'elles espéraient tant, cette année, avec la guerre et tout ce manque, ils n'y croyaient plus vraiment. Juste une petite chose, juste un petit bout de rien du tout, Noël ne serait pas Noël, sinon. Perdue dans ses rêveries, Elisabeth espère, prie pour le bon Dieu, bien sûr, mais prie aussi pour que le Petit Jésus lui envoie un signe…Il est plus jeune, pense-t-elle, il la comprendra sûrement davantage.

L'année précédente, Elisabeth ne pensait qu'à une seule et même requête avant l'anniversaire de la naissance du Christ, revoir sa famille, sortir de cette guerre, mais cette fois, non ! S'en était assez. Elle voulait fêter un Noël comme les autres fillettes de son âge, avec un petit cadeau, mais elle garda cette pensée pour elle, comme depuis tant de mois, garder tout pour son petit cœur, et du fait même, ses grandes souffrances. L'église Notre Dame se remplissait, se remplissait…

- Mais d'où sortent tous ces gens ? Demande Elisabeth à Paulette, assise juste à côté d'elle.

- C'est normal qu'il y ait beaucoup de monde, c'est Noël, quand même, ici Noël, c'est une grande fête religieuse.

Le sévère regard en coin qui fixe Elisabeth, à deux rangées derrière, lui cloue le bec immédiatement. Cette mégère, aux yeux de hiboux, la scrute. Un frison la saisit, le gardien, le gardien du camp de Rivesaltes, voilà à qui elle lui fait penser. Des yeux qui sortent des orbites, qui vont la projeter, la sortir de son siège, les yeux doivent se baisser, stopper leur acharnement, le mur arrondi du fond de l'hôtel, pitié, elle le voit de plus en plus près, il se rapproche, de plus en plus vite, elle cogne, elle cogne, les peintures se gravent sur son visage, ça fait mal… Ouf ! La mégère a baissé ses yeux.

Les émotions étaient trop fortes, l'emportaient si souvent dans des folies sombres, loin des songes habituels de son âge. Noël, période propice, où les vœux sont exaucés, qu'allait donc lui apporter Noël en cette année 1942 ?

À la sortie de cette grande messe, qui n'en finissait jamais, les petites jambes trépignaient, la station debout, si longue, et surtout ne pas se plaindre aux sœurs sinon, le sermon est toujours le même « Dieu a beaucoup plus souffert quand il est mort sur la croix, avec toutes ses blessures… » et patati et patata. Les sœurs avaient toujours le dernier mot, mais elles étaient là, quand même, et cela la réconfortait malgré tout.

Madame Graviassy s'approche des petites Zilberbogen, Elisabeth tient sa soeur par la main, sans la lâcher, comme elle le fait habituellement quand elles sont au-dehors, lui servant de bouclier.

- Madame Gauthier a une petite surprise pour vous, mes enfants, cet après-midi, elle viendra vous chercher pour vous conduire dans une salle, Rue du Pont de Caville, pour fêter Noël, cela vous fait plaisir ? Demande-t-elle, attendant, impatiente, la réaction des deux fillettes.

- Oh oui, ma Sœur… heu… Madame ! Ce sera bien, n'est-ce pas Cécile ? Se penchant vers sa sœur cadette. Devant les yeux étincelants de Cécile, Elisabeth comprit que cette petite escapade allait peut-être devenir son petit Noël, celui-là même qu'elle venait de demander à Jésus, pendant la célébration.

- C'est entendu, Madame Gauthier, répond avec un sourire Madame Graviassy à cette représentante de la Croix-Rouge, qui avait organisé ce petit moment agréable pour les enfants orphelins.

Encore une fois, les petites entraient dans le moule, mais cette fois, Elisabeth, qui avait entendu le mot fatidique, orphelin, ne dit rien, elle leva les yeux au ciel, blanc, comme un ciel d'hiver « je n'aurais jamais cru que tu sois si rapide dans l'exécution des voeux, toi ». Tutoyer Jésus, c'était si naturel, elle était persuadée qu'il n'en prendrait pas ombrage.

Comme prévu, Madame Gauthier vint les chercher après le déjeuner pour un après-midi festif. Enveloppées dans leurs petits capuchons de laine, elles descendirent la rue Meyer, tournèrent au coin de l'église Notre-Dame, continuèrent tout droit rue du Pont de Caville. Un attroupement attendait devant une grande porte marron, celle d'une grande salle qui servait pour les œuvres paroissiales. C'est là qu'Elisabeth reconnut Claire et Annie, les petites orphelines de l'école. La joie fut plus intense, elles allaient pouvoir partager ce merveilleux moment. Madame Gauthier prit une fillette dans ses bras et l'embrassa avec un amour infini.

- Elle est très gentille, cette dame, en déduit Elisabeth, se tournant vers Claire.
- Je crois que c'est sa fille…à elle.
- Ah bon ! Tu crois ?
- Ce n'est pas la première fois que je la vois avec, Madame Gauthier s'occupe beaucoup des orphelins, je l'ai déjà vue plusieurs fois, et toujours elle emmène cette petite fille avec elle.
- Elle a l'âge de ma sœur, à peu près.
- Oui, sûrement, elle doit avoir dans les six ans, tu n'as qu'à dire à Cécile d'aller jouer avec, elle sera plus contente que de rester avec nous, les grandes.

Claire avait prononcé ces mots en y mettant toute sa fierté. Elle, qui avait dû apprendre à grandir sans maman, avait mûri aussi très vite, c'est en cela qu'Elisabeth et Claire se comprenaient et menaient en fait le même combat, celui d'une quête d'indépendance, celui de se construire, malgré tout.

Des jeux, une pièce de théâtre jouée par des adultes déguisés, un morceau de bonheur au milieu d'une situation difficile. La guerre avait enlevé toute joie, tout loisir, mais l'enchantement revenait parfois, s'offrait des sursis, ce jour-là, l'instinct de survie avait pris le pas sur le reste.

Une voiture, qui semblait appartenir à la Croix-Rouge, attend au dehors, garée juste devant la grande porte marron. Madame Gautier s'engouffre à l'intérieur, suivie de deux autres dames, plus jeunes, elles portent deux grandes caisses. Une fois à l'intérieur de la salle, les caisses s'ouvrent et le trésor apparaît : des gâteaux, enveloppés dans du papier, sûrement des pâtisseries fabriquées par des dames bienveillantes. Personne ne le sut vraiment, qu'importe, les yeux des enfants brillaient tant, que la provenance de ces gâteaux avait bien peu d'importance, ils étaient là, c'était ce qui comptait le plus. La distribution commença et chacun des enfants présents partit avec son gâteau. Au-dehors, Madame Gauthier, après s'être entretenue avec ces dames, propose de ramener les petites Zilberbogen à l'école Notre-Dame. Elisabeth prend congé de Claire, d'Annie et des autres, empoigne sa sœur solidement et suit son accompagnatrice. À hauteur de la grille de l'école, cette dernière glisse dans la main d'Elisabeth deux belles pièces de monnaie, toute luisantes.

- C'est pour toi, ma chérie, lui dit-elle en l'embrassant, il y en a aussi une pour ta sœur, tu la lui garderas, d'accord !
Elisabeth ne dit rien, elle est remplie de joie, elle ne sait plus si elle doit rire, pleurer, elle murmure simplement d'une voix chevrotante.
- Merci Madame.
- De rien, ce sera ton Noël, et comme ça, chaque fois que tu la regarderas, tu penseras à moi et à ce beau jour.

Madame Gauthier, très émue, embrasse les petites, les remet en bonne main à Madame Graviassy avant de se fondre dans la nuit, qui déjà enveloppe la ville de son manteau sombre.

Le froid s'installa vraiment durant le long mois de janvier 43. Les sœurs faisaient preuve de mille ruses pour amasser du bois afin de chauffer les chambres et les classes. De nombreux dons et l'aide de certaines personnes compatissantes permettaient, tant bien que mal, de passer ces moments difficiles. Les beaux jours étaient très attendus, d'une part pour voir s'envoler ces problèmes de chauffage permanents, mais aussi, qu'ils soient porteurs, peut-être, de prémices à la fin de cette guerre. Des bruits, çà et là, rapportaient que les Allemands finiraient bien par capituler, on viendrait bien à bout de ce dictateur qui avait mis à feu et à sang plus de la moitié de l'Europe Centrale.

Malgré tous ces tracas de la vie quotidienne, les petites Zilberbogen connaissaient parfois de bons moments. Comme lorsque Madame Bannes, qu'Elisabeth et d'autres élèves de la classe appelaient la maman de Paulette, les recevait chez elle, toujours avec beaucoup de chaleur. Les petits goûters improvisés, les tartines de beurre, petits trésors moelleux qu'elles trempaient dans un grand bol de lait, du vrai lait, qui sentait la campagne, comme Elisabeth l'avait fait remarquer à son hôte, avec une spontanéité déconcertante. Elle s'en souviendra de ces petites virées chez la maman de Paulette, ah ! Si seulement elle avait pu avoir une seule de ces tartines, là-bas, au camp, là-bas, avec sa cousine Esther

Elisabeth ne parlait jamais d'Esther, sa petite cousine, compagne d'infortune. Elle était si faible, comme elle d'ailleurs, quand elle était partie, quand « on » l'avait sortie de l'enfer avec Cécile. Non, ne pas en parler, ne pas remuer tout ça, mais comment faire taire alors ces hurlements, ces cris de douleur, qui la tiraillaient quelquefois le soir avant de fermer les yeux ? Elle l'entendait crier, elle entendait sa cousine qui l'appelait. Et puis, la fatigue prenait le dessus, enfin…les bras de Morphée lui donnaient le coup de grâce.

Mais où était donc Esther ? Cette question, Lora aussi, dans sa chambre, se la posait aussi souvent, Où était Esther ? Où étaient tous ses neveux, ses nièces, ses soeurs, Dora, Milly, et Boumama ?

- Maman, où es-tu ? C'était une véritable supplication qu'elle adressait à ce crucifix, accroché sur le mur blanc de son exode, maman, ce mot qu'elle ne pouvait plus dire, qui ne sortirait probablement plus jamais de sa bouche. Elle avait toujours gardé espoir de les revoir, de recevoir au moins quelques nouvelles rassurantes, et puis, trois semaines avant Noël, Sœur Maria était venue la voir, s'était approchée d'elle, sans bruit, avait pris ses mains dans les siennes, comme l'on fait avec un enfant pour lui annoncer une nouvelle douloureuse.

- Ma chère Lora, ma petite Lora.

- Qu'y a-t-il ? Ma Sœur, vous m'inquiétez, il est arrivé malheur à mes petites.

- Non, ne vous tourmentez pas, vos petites vont bien et sont en bonnes mains, croyez-moi.

- Et bien alors, je sens que vous voulez me dire…

- Lora, le Camp de Rivesaltes, il n'y a plus de Juifs. Ils ont été envoyés ailleurs depuis quelques mois.

- Mais où ? Questionne Lora d'une voix calme, presque inaudible.

- Je ne sais pas ce que votre famille est devenue, je suis désolée, Lora. Je crains beaucoup pour le destin de votre famille, surtout que quand vos petites ont été libérées, ceux qui étaient là-bas vivaient des moments difficiles. Depuis la fin 42, le camp est devenu un lieu purement militaire, d'après ce que l'on m'a rapporté. Je sais que c'est dur à imaginer, mais où voulez-vous que votre famille soit, où ?

- Pour Milly, ses enfants, je ne me fais, il est vrai, plus aucune illusion, mais maman, Dora, ses enfants, Elzbieta, heu, pardon, Elisabeth, m'a assuré, dès les premiers jours de son arrivée à Mazamet, que maman et Dora étaient parties avant, qu'elles n'avaient pas mis les pieds au camp de Rivesaltes, peut-être ont-elles eu plus de chance ?

Soudain, Lora éclate en sanglots, non, quelle chance ? Quelle chance pouvaient laisser ces gens ? Non, sa mère, ses soeurs, les petits, tous, quel sort leur avait-on réservé ?

Les mains de Sœur Maria sont envahies par les larmes de Lora, mais elle ne lâche pas son emprise, elle reste là, longtemps, communiant avec cette femme, dont le cœur n'est plus qu'un lambeau de chair.

Lora et Elisabeth n'abordaient jamais ce sujet, trop douloureux, la pudeur, croire encore, chacune de leur côté, ne rien dire pour ne pas sombrer dans le doute, garder encore l'espoir, même un tout petit, minuscule, un bout de bout d'espoir, encore. Depuis cette discussion entre Lora et Sœur Maria, personne n'en reparla. Il fallait attendre la fin de cette guerre, pour savoir, pour connaître la vérité, qui, sans nul doute, allait faire très mal.

- Elisabeth ! S'égosille Paulette de l'autre côté de la cour.

Elisabeth se retourne devant cet appel aussi tonitruant, elle voit Paulette qui arrive pour la classe de l'après-midi. Paulette, comme une grande partie des élèves des cours moyens, rentrait chez elle pour le déjeuner.

- Qu'as-tu à hurler comme ça ? Tout le monde te regarde.

- Et alors, je m'en fiche, tu sais quoi, ma mère vous invite jeudi pour passer l'après-midi à la maison, on s'amusera, tu veux, dis, tu veux, on ira voir les petits lapins de mon grand-père, ils sont nés la semaine dernière, ils sont mignons, tu …

Déjà les yeux d'Elisabeth brillent à faire pâlir la plus belle des lunes, elle l'interrompt brusquement, quelque peu inquiète.

- Tu crois que Madame Graviassy voudra ? Demandant plutôt une confirmation quant à ses doutes.

- Mais bien sûr qu'elle voudra, il manquera plus que ça, tiens, ma mère serait très déçue et Madame Graviassy aime bien ma mère, alors ne te fais aucun souci, on va passer un bel après-midi.

La dite Madame Graviassy, alertée par les appels peu discrets de Paulette, s'est approchée discrètement des deux jeunes filles.

- Qui voudra quoi, mesdemoiselles ? Interroge la directrice.

- Oh, Madame, la maman de Paulette veut nous inviter, à moi et à Cécile, jeudi, s'il vous plait, ma Sœur, laissez-nous y aller, s'il vous plait, implore Elisabeth arborant son plus beau sourire.

- Je n'ai rien contre, affirme Madame Graviassy,mais il faut que ta maman m'en informe personnellement, tu comprends que je ne peux me baser uniquement sur vos dires, Paulette, appuie la sœur tout en regardant l'heure.

Elle tapa dans ses mains, la classe de l'après-midi allait commencer d'une minute à l'autre, avec la leçon de mathématique. Les fillettes vinrent se mettre en rang si lentement que l'on pouvait imaginer facilement l'engouement que les problèmes de robinet suscitaient chez elles.

Le jeudi suivant, la promesse fut tenue et voilà l'expédition bien engagée jusque sur les hauteurs de Mazamet. Les parents de Paulette habitaient une ferme, enfin, un lieu où il y avait des bêtes, quelques brebis, des poules, dont les propriétaires tentaient comme ils le pouvaient de cacher l'existence, afin de protéger du mieux possible ce butin alimentaire. Quelle joie d'étendre du beurre tendre, qui sentait si bon, sur d'énormes tartines de pain frais, un pain de campagne que se procurait le père de Paulette, peut-être en échange d'une belle poule ou de quelques œufs ! La chaleur avec laquelle elles étaient reçues chez Madame Bannes leur mettait du baume au cœur pour plusieurs jours. Il était si rare de trouver des gens aussi compatissants en ces temps difficiles. Les petites revenaient à l'école avec des rêves plein la tête et des visions de soubresauts de lapereaux encore maladroits.

- Qu'elles sont agréables ces petites ! Confie la maman de Paulette à Madame Graviassy le soir même.
- Oui, c'est vrai, rétorque la directrice de l'école, elles ont tant souffert, même si elles n'en parlent pas, elles portent cette marque sur leurs visages, jusque dans leurs sourires qui trahissent une certaine mélancolie.
Après avoir pris congé, la maman de Paulette, comme la surnommait toujours Elisabeth, repartait dans ses hauteurs, l'impression du devoir bien fait. Quant aux petites, elles se couchaient, bien décidées à réitérer leur petite aventure, un autre jeudi, bientôt.

Ce matin, Mademoiselle Galibert est bien décidée à finir sa leçon sur les triangles, qui traîne déjà depuis quelques jours. Un bout de craie blanche dans la main, Thérèse n'est pas très à l'aise devant le tableau noir, dont il manque un morceau sur le côté gauche, juste au fond. À cet endroit-là, un morceau du tableau est abîmé, ce qui rend les écrits ou les dessins de l'institutrice très difficiles à déchiffrer, quand ils ne sont pas complètement illisibles. Certaines élèves ne manquaient pas de le faire remarquer.

- Mademoiselle, interpelle en levant le doigt la petite Annie, je ne vois rien, là, en bas.
- C'est à chaque fois la même chose, si vous écoutiez quand je détaille ce que j'écris, au fur et à mesure, vous sauriez de quoi il s'agit, non ! Répond Mademoiselle Galibert, exténuée de cette remarque qui revenait sans cesse, et surtout, pensait-elle, quand la leçon n'était pas très appréciée de ses jeunes élèves, qui, il faut le reconnaître, préféraient de loin l'Histoire de France au calcul de la surface d'un triangle isocèle.

Malgré les traumatismes qui s'étaient accumulés, Elisabeth gardait une assiduité certaine pour les études. Elle aimait bien travailler, s'instruire la rendait plus forte, il fallait qu'elle soit plus forte, plus armée devant la vie qui s'annonçait compliquée avec sa mère malade au Sanatorium et cette guerre qui n'en finissait pas. Elle pensait que les Allemands devaient être des gens très intelligents puisqu'ils faisaient ce qu'ils voulaient, puisque toutes les nations ne pouvaient rien devant Hitler. Mais qui était donc cet homme ignoble qui se permettait de choisir qui doit vivre ou pas ? Elle le haïssait de toute son âme. C'est lui, qui indirectement, lui avait pris sa famille, sa Boumama, sa cousine Esther, Milly, Dora, Boris, et tous les autres. Si je l'avais en face, il verrait comment je m'appelle, pensait-elle, laissant déborder un sentiment de revanche. Elle en avait fait part à Madame Galibert, une fois, et celle-ci lui avait répondu.

- Non, Elisabeth, tu ne te trouveras jamais devant Hitler et il vaut mieux pour toi, crois-moi, d'autres se chargeront de lui, ne t'inquiète pas, il sombrera, j'en suis sûre.

- Quand ?

- Je ne sais pas quand, mais un jour, la guerre prendra fin et tout recommencera comme avant.

En disant ces mots, Madame Galibert réalise ce qu'elle vient de dire, oh non, surtout pas, pas comme avant pour toi ma princesse. Les yeux d'Elisabeth se baissèrent, comme à l'accoutumée, quand elle était triste. Non, pensait-elle, pas comme avant, jamais comme avant.

L'enfant diffère dans son comportement selon l'époque et la situation sociale dans laquelle il évolue. Durant cette guerre, les principales occupations des parents ne sont pas celles rencontrées en temps de paix. Les enfants sont fatalement obligés de s'y soumettre. Ils sont conscients que la vie quotidienne reste difficile et source de tous les tourments. Et pourtant, la petite flamme intérieure pousse la sève et réussit à transformer en carrosse la moindre citrouille. Elisabeth est triste, c'est un fait, Elisabeth est nostalgique de son jeune passé, c'est un fait aussi, mais Elisabeth est très jeune et c'est actuellement sa plus grande chance.

- Tu as un amoureux, toi ? Demande de but en blanc Annie, la petite orpheline.

- Pourquoi faire ? Répond Elisabeth, toute étonnée de cette question inappropriée à ce moment précis, le relevé des cahiers de poésies par Madame Galibert.

118

- C'est normal d'avoir un amoureux, réitère la fillette, tordant son buste au maximum pour parler assez bas à Elisabeth sans que les autorités pédagogiques n'y prêtent attention.

- Chut ! On se tait, Annie, redressez-vous s'il vous plait, insiste Madame Galibert, à l'encontre de la petite orpheline.

- Tu sais qui est le mien ? Insiste Annie.

- Tais-toi, coupe court Elisabeth, craignant le courroux de l'institutrice.

Annie est bien décidée à finir sa conversation, dès les escaliers menant à la cour de récréation dévalés, elle s'empresse de remettre le sujet sur le tapis.

- C'est mon petit voisin, Albert il s'appelle, il est mignon !

- Bon ça va, je m'en moque des garçons, tu crois que l'on n'a pas autre chose à penser, quand même. Le ton était sec et Annie comprit que ce n'était pas la meilleure interlocutrice qu'elle aurait pu dénicher aujourd'hui. Annie s'éloigna tranquillement d'Elisabeth, que franchement elle ne trouvait pas des plus intéressantes, du moins face à ce sujet qu'elle jugeait, elle, si passionnant. C'est une sainte, pensa-t-elle, courant déjà vers d'autres oreilles plus sensibles à ses battements de cœur.

Elisabeth, la main accrochée à celle de Cécile, avance d'un pas alerte vers l'Eglise Notre-Dame, comme tous les soirs de la préparation de Pâques. Vraiment, ce mois d'avril ne faisait pas honneur à l'adage qui veut que l'on ne se découvre pas d'un fil. La journée était très agréable, les deux fillettes avaient quitté leurs manteaux, se promenant, découvrant leurs petits chemisiers, cousus dans le même tissu à carreaux.

La prière était un moment privilégié pour Elisabeth, non qu'elle ne soit une fervente adepte des « Je vous salue » et des « Notre Père », récités dans tous les coins et par tous les temps, mais cette petite escapade de fin d'après-midi lui permettait de passer devant les fenêtres de Thérèse. Cette petite élève de l'Ecole Notre-Dame habitait juste la maison se trouvant au coin gauche, à l'embranchement de la rue du Pont de Caville. Quand elles sortaient assez tard, déjà, les ampoules envoyaient leurs faisceaux lumineux dans l'appartement du premier étage. Elisabeth imaginait alors toutes sortes de petites scènes pouvant se dérouler dans ce petit monde à huis clos. Cela lui rappelait sa maison, les pièces où ses parents aimaient à se reposer, discuter, se détendre, sa chambre à elle et à Cécile. Quand les souvenirs reprenaient le dessus, c'était l'alarme, là, il fallait s'arrêter, penser à autre chose, car le petit plaisir de l'imagination aboutissait à la douleur du souvenir. Oh ! Thérèse, profite de ta maison, de tes parents, la vie de famille n'a pas de prix, moi, j'ai tout perdu, rumine-t-elle le long du chemin menant à l'Ecole Notre Dame.

Un épisode qui se déroula au mois d'avril 1943 marqua Elisabeth. En effet, cette année-là, une procession étrange envahit la ville de Labruguière. Elisabeth demanda de nombreux renseignements quant à cette cérémonie ambulante. Elle regretta presque de ne plus être là-bas pour la voir de plus près. Cette procession avait pour nom « Le Grand Retour », elle était adressée à tous ceux qui étaient partis, les prisonniers de guerre, les déportés, les STO, afin d'implorer la Vierge pour qu'elle les fasse revenir sains et saufs. Elisabeth pensa fortement à son père, et pria pour son retour, elle ne savait pas où il était, mais elle pria pour son retour… Quand même.

Les jours meilleurs s'installèrent vraiment et les manteaux prirent leur quartier d'été comme il se doit, dans les armoires. Les rayons du soleil de juin caressent la peau délicate d'Elisabeth. Elle laisse cette chaleur l'envahir, pénétrer son corps et son âme. Assise sur le bord du mur de la petite cour, elle pense à Berthe, à la fontaine de l'orphelinat là-bas, pas si loin, à Labruguière. Que de choses sont arrivées en si peu de temps ! Elisabeth veut s'arrêter, stopper cette course en avant, vivre ici pour la vie, à Mazamet, et après la guerre, s'installer avec sa maman et sa soeur.

- Tu rêves, ma petite ? Questionne la cuisinière, qui traverse la cour pour aller nettoyer des casseroles sales au robinet extérieur.
Elisabeth ne répond pas, la regarde, plissant ses yeux capitulant devant le soleil imposant.
- Tu as perdu ta langue ?
- Non, répond Elisabeth doucement.
- Tu viens m'aider ?

La cuisinière tutoyait Elisabeth à l'école, la plupart des sœurs disaient « vous » aux élèves. À contre cœur, Elisabeth s'arrache de son mur, conservant sur son petit fessier les empreintes du ciment, impitoyable. Elle s'approche de la cuisinière, mais ne l'aide pas, elle la regarde nettoyer ses casseroles, dodelinant de gauche à droite.

- Et bien, tu n'as pas l'air dans ton assiette, toi, aujourd'hui ?

- Si si, ça va, cet après-midi, on va voir maman, elle avait fait une petite rechute la semaine dernière, mais maintenant elle va mieux.

- C'est ça qui te rend triste ?

- Non, maman est forte, elle s'en sort à chaque fois, de toute façon, je suis toujours triste, les autres me le disent à l'école.

- C'est vrai que tu as des raisons, Elisabeth, mais essaie de t'amuser un peu, c'est de ton âge de jouer avec tes amies, même si cela te semble dur parfois, fais-le…. promis, précise-t-elle la regardant avec un sourire attendri.

L'après-midi ressembla à tous les après-midi du jeudi, voir maman, embrasser maman, parler avec maman, embrasser maman à nouveau, revenir à l'école et revoir ses leçons pour le lendemain. L'année scolaire se termine, c'est toujours la guerre et elle ne partira pas en vacances à Cracovie.

L'été passé, les jours raccourcirent tout doucement. Elisabeth, depuis la nouvelle rentrée scolaire, est élève dans la classe de Mademoiselle Maraval. Elle est si douce, elle lui dit « tu ». Elle lui a témoigné tant d'égards aux heures sombres, même si elle n'était pas son élève. Elisabeth est bien décidée à lui faire honneur. Elle va être la première de la classe, du moins, elle va essayer. Habitée de ses meilleures intentions, elle prend place à côté de Mimi (Marie-Thérèse). Elle sort ses crayons, dans une minute, la distribution de cahiers va avoir lieu, il y en aura deux, peut-être trois, qui sait ? Jamais Elisabeth ne s'était sentie aussi heureuse depuis tant d'années. L'année de ses onze ans sera peut-être la bonne, celle de la victoire et d'un nouveau départ.

Un pas en avant serait le bienvenu, certes du côté des hostilités, un pas en avant sur la vie, l'espoir, un pas aussi en avant pour le corps d'Elisabeth qui devient femme peu à peu, mais a-t-elle été enfant ? Que restera-t-il de beau, d'enfantin dans son passé ? Elisabeth a toujours été grande, elle a l'impression de vivre depuis mille ans, tant d'évènements ont eu lieu, les quelques rares bons souvenirs s'étiolent, alors elle s'y rattache quelquefois, pour ne pas les perdre tout à fait.

- Est-ce que je pourrai un jour reprendre mon vrai prénom, Madame ?
- Je ne sais pas, c'est toi qui décideras, mais si tu continues à vivre ici, tes nouveaux papiers d'identité seront français, et ce n'est pas si mal que ça, Elisabeth.
Mademoiselle Maraval crut déceler une ombre de tristesse sur le doux visage de son élève.
- Tu veux revenir en Pologne ?
- Non, enfin oui, je veux retrouver…mon père, il est resté là-bas, il faudra aller le retrouver et nous vivrons à Varsovie.
- Tu sais ce qui s'est passé à Varsovie, la ville n'a plus rien à voir avec celle de tes souvenirs, tout est à reconstruire, ta vie est peut-être ici à présent.
- Il faut que nous retrouvions mon père, Milly, mes petits cousins, et Boumama aussi.

- Cette Fameuse Boumama, ta grand-mère, à qui tu brossais les cheveux au camp pour passer le temps. Mademoiselle Maraval regarde la fillette, plutôt cette petite femme devant elle, prête à conquérir le monde pour retrouver les siens… Peut-être que tu la reverras, je te le souhaite, mon enfant, ma chère enfant. Elle serre cette petite contre sa poitrine, cette petite âme meurtrie, cette petite tête pleine de tristesse et de nostalgie, elle pleure doucement, les deux cœurs ne font plus qu'un, quel doux moment, pense Elisabeth.

Les retrouver tous, pas possible, trop de temps passé. Mademoiselle Maraval n'y croit pas, elle la laisse imaginer, elle lui permet d'avoir des rêves, comme tous les enfants. Que sait-elle vraiment, elle, du destin de toutes ces personnes ? Elle connaît ni Boumama, ni Milly, ni les autres, ils sont peut-être encore en vie, quelque part, au fond, ce grand espoir n'est peut-être pas une gageure, pourvu que…

- Petit galapiat ! Viens ici si tu l'oses, viens ici, je te dis, hurle la cuisinière à l'encontre de ce gamin, voisin de l'école, qui passe pardessus le mur, afin de faire des grimaces aux sœurs, mimiques qui font hurler de rire les petites pensionnaires…Ça vous amuse à vous de donner une quelconque importance à ce fantaisiste, qui, j'en suis sûre, ne met pas les pieds dans une école.

- Il est sympathique, il nous fait rire, ce n'est pas si grave, déclare Elisabeth, qui se lance d'ailleurs dans une plaidoirie explicite pour sauver la tête du petit Norbert. Tous le connaissent par ici, il porte constamment un béret noir, qu'il a dû chiper à son père ou son grand-père. On dirait un petit gavroche, un titi du Sud, en quelque sorte.

- Je suis certaine que c'est lui qui nous vole les pommes qui sont sous la remise, de l'autre côté de la cour.

- Ah ça, sûrement pas ! S'exclame Elisabeth.

- Tu as l'air bien sûre de toi, rétorque la cuisinière étonnée.

- Non, pas du tout, je dis ça comme ça, répond Elisabeth, qui sent bien qu'elle vient de se trahir quelque peu.

- Toi, insinue la cuisinière, tu sais quelque chose à propos de mes pommes.

- Moi, rien du tout ! Affirme Elisabeth, le rouge s'engouffrant dans ses joues rondes.

- Alors, qui est-ce qui vole les pommes ? Ce ne peut être toi, tu manges à ta faim et tu n'aimes pas trop les fruits, je crois savoir, alors qui ?

Elisabeth, pour noyer le poisson, gesticule, changeant de sujets

- Oh ! Toi, tu sais et tu vas me dire.

- Vous dire quoi ?

- Arrête de tourner autour du pot, qui est-ce ?

Prise au piège, la fillette sent que la vérité, dans le cas présent, est la meilleure chose à dire.

- Oui, c'est vrai, bougonne-t-elle dans un langage incompréhensible.

- C'est vrai, quoi ? S'énerve la cuisinière.

- C'est vrai que je vole des pommes.

- Mais pourquoi ? Interroge la cuisinière, hébétée par cet aveu, autant incroyable qu'inexplicable.

Après un bref silence, Elisabeth avoue.

- Je les vole pour Brigitte.

- Quelle Brigitte ? Demande la cuisinière, de plus en plus estomaquée par cet aveu imprévu.

- Brigitte, vous savez, celle qui vient au Sanatorium voir sa grande soeur qui dort pas très loin de maman.

- Mais pourquoi voles-tu des pommes pour elle ? Elle te le demande, c'est elle qui t'oblige à faire ça ?

- Mais non, elle a faim, ses parents sont pauvres et elle m'a demandé une pomme, un jour, et après d'autres, pour son père.

Sur ces entrefaites, Madame Graviassy apparut dans la cour, comme téléguidée par l'écho de cette discussion. La directrice de l'école devait avoir un sixième sens, elle arrivait toujours à point nommé quand il le fallait ou... ne le fallait pas, comme cette fois, Elisabeth se serait bien passée de la voir débarquer, qu'allait-elle penser de cette introspection à propos de cageots de pommes ?

- Et bien ! S'exclame-t-elle, on dirait que l'on est en grande discussion.

- C'est tout à fait ça, répond la cuisinière d'un ton pas très compatissant pour la fillette, figurez-vous que notre chère Elisabeth joue les bonnes samaritaines maintenant.

- Il n'y a aucun mal à ça, voyons, répond Madame Graviassy, sans connaître le motif exact de cette déduction.

- Elisabeth vole des pommes, et vous savez pour qui ? Une fameuse Brigitte, dont ni vous, ni moi, n'a jamais entendu parler.

- Qu'est-ce que c'est que cette histoire ? S'étonne la directrice, commençant à scruter le regard fuyant d'Elisabeth.

- Si, vous la connaissez, se reprend-elle avant que les foudres lui tombent sur la tête, elle vient voir sa grande sœur au Sanatorium, celle qui couche à côté de maman, une grande fille très brune, avec les cheveux long.

- Non, je ne vois pas de qui vous parlez, mais pourquoi voler les pommes ?

- Pour sa famille, ils ont faim, c'est Brigitte qui me l'a dit.

- Tiens donc, et tu en voles beaucoup comme ça.

- Oh ! Non ! Juste quelques-unes, le jeudi matin, quand personne ne me voit.

- Et bien ça, c'est du propre ! S'exclame la cuisinière, les deux mains plantées sur ses hanches généreuses, que je ne t'y reprenne plus, tu as compris, Elisabeth.

Là, il se passa quelque chose qu'Elisabeth ne voyait que dans ses rêves, quelque chose qu'elle n'attendait pas, qui la réconciliait avec la vie, qui confortait son idée première, l'évidence de ne rien faire de mal.

- Mais enfin, cette petite n'a pas fait une énorme bêtise, elle a volé, certes, il ne faut plus le faire, même pour la bonne cause. Dorénavant, votre bon cœur devra s'exprimer au grand jour, vous continuerez à donner des pommes à cette jeune fille, mais sans vous cacher, vous auriez dû nous en parler, pourquoi avoir fait ça en cachette ?

- Je… ne… sais pas, bafouille Elisabeth, qui s'attendait à tout, sauf à la bénédiction des forces de l'ordre scolaire.

- L'épisode est clos, à l'avenir, tenez-nous au courant de vos bonnes actions, il n'y a rien de honteux à aider les autres, bien au contraire.

Elisabeth se détacha doucement du petit groupe, sûre au moins d'une chose, il n'était pas défendu de faire quelque chose de mal si c'était pour la bonne cause. Elle se promit donc de s'en souvenir et de trouver toujours une bonne raison pour les gestes qui n'en avaient pas forcément une au départ. Elle entrait dans ce que l'on appelle la philosophie enfantine, celle qui exulte de l'injustice.

L'hiver 43 fut long et difficile. Dès l'apparition des prémices du printemps suivant, les gens semblent sortir de terre comme des vers, après une si longue saison hivernale. Elisabeth, Cécile et Lora réapprennent à vivre, sans pression, une convalescence à trois, un retour aux vraies valeurs, la famille, la santé, l'élaboration des repas. Lora se rend maintenant régulièrement prendre quelques repas avec ses fillettes.

- C'est quand maman, que nous allons revenir chez nous ? Questionne Elisabeth, entre deux morceaux de viande.
- Quelle question ? Mais tu sais qu'il n'y a plus de chez nous. La Pologne a été anéantie par les Allemands, il n'y a plus rien de bon pour nous là-bas. Nous allons refaire notre vie ici.
Elisabeth se décomposa.
- Mais, maman, et papa, et Milly, Boumama et les autres, tu les oublies, comme ça, d'un coup ?
- Je n'oublie personne, arrête, maintenant ça suffit, tu es pénible avec ça, tu crois que ce n'est pas dur pour moi aussi de ne plus les voir, notre vie est ici maintenant et c'est comme ça, que cela te plaise ou non.
Le ton était sévère, mais Lora voulait en finir avec cet espoir démesuré qu'Elisabeth mettait à retrouver la famille. Plus elle aurait vite compris que le passé appartenait au passé, moins elle en souffrirait et moins elle ferait souffrir les autres.

- D'accord, j'ai compris, tu veux tout recommencer, comme s'ils n'avaient jamais existé, comment peux-tu faire une chose pareille, comment ?

Elisabeth pleurait, hurlait sa haine, exultait sa détresse.
Madame Graviassy, alertée par les plaintes, comprit immédiatement le chagrin et l'immense douleur que vivait cette enfant. Elle regarda Lora, le visage si triste devant son impuissance à consoler sa fille.

- Laissez-la hurler, elle a besoin de sortir tout ça. Son corps a trop emmagasiné de non-dit, de haine, et d'incompréhension, il faut que cela sorte, il faut qu'elle l'évacue.

Elisabeth pleura, pleura, presque toute la nuit. Au petit matin, elle semblait ravagée, son visage meurtri avait essuyé une tempête. Le soleil reviendrait sur ce joli visage, il reviendrait un jour.
Par la suite, toutes ces longues semaines passées avec sa mère, avaient eu raison de son chagrin, et la joie de vivre naturelle d'Elisabeth avait repris peu à peu le dessus. Elle avait pu entamer l'année 1944 dans les meilleures conditions. Sa mère et sa sœur étaient toujours là, Elisabeth allait finir son année scolaire et puis…

Un jour de juin, mais que se passe-il ? Les troupes allemandes dans le département s'affolent, capturent des maquisards. Ces derniers, en force, les retiennent dans le département au péril de leur vie. Nous sommes le 3 juin 1944. Les sœurs, dont certaines toujours non voilées, sentent bien que le vent tourne.

- Ma Sœur, oh pardon Madame, venez voir dehors, regardez, vous voyez là-bas à l'entrée, au niveau de la grille ?
- Non, je ne vois rien, répond Madame Graviassy, scrutant vers l'endroit indiqué par la cuisinière.
- Mais si, regardez bien, là-bas, s'impatiente-t-elle, enlevez vos lunettes, vous verrez mieux de loin.
Une fois les lunettes retirées.
- Ah, oui, je vois quelqu'un, il se traîne, il a l'air blessé.
- Si c'est un Allemand…
- Chut, pas de discrimination, Dieu ne choisit pas parmi tous ses enfants.
- N'empêche que…
- Bien, restez là, si vous voulez, moi, je vais voir de quoi il en retourne.

Madame Graviassy rejoint à grands pas l'entrée de l'école, elle ne se retourne pas, mais sent bien que quelqu'un d'autre la suit. La cuisinière rechignait à tout vent, mais finalement avait le cœur sur la main, elle aussi.
- Pitié, implore l'homme, abattu, fatigué, la veste déchirée au niveau de l'épaule droite, son sang dégoulinait sur son bras, faites-moi entrer, pitié.
Madame Graviassy savait à quoi elle se confrontait en aidant un maquisard, car il s'agissait bien de cela, elle ne se trompait pas. Les représailles pour ceux qui aidaient des maquisards étaient égales ou supérieures à celles infligées aux gens qui cachaient des Juifs. Le doute ne dura qu'une seconde, Madame Graviassy sut tout de suite qu'elle lui viendrait en aide. Le tableau était cocasse, un pauvre maquisard blessé, une dame qui ne savait trop quoi faire et une autre personne, collée au mur de l'école, à quelques mètres derrière, n'osant s'approcher.

- Et bien, venez nous aider, au lieu de vous cacher derrière le mur, hurle Madame Graviassy.
La cuisinière s'exécute sans mot dire, quand Madame Graviassy donne un ordre, il vaut mieux lui obéir. Elles invitèrent l'homme blessé

à entrer dans la cuisine, tout trois empruntèrent le couloir menant à l'infirmerie, personne n'était là, et devant la grave blessure que le maquisard présentait, les deux femmes pensèrent appeler un médecin. Le sang coulait et il fallait faire vite. Elles se décidèrent enfin à joindre un médecin de leur connaissance qui demeurait en ville, ne voulant pas mêler à cela le médecin de l'Hôpital ou du Sanatorium. Une fois la plaie désinfectée et le bandage apposé, le médecin repartit en mettant bien en garde ces dames qui, tous le savaient, prenaient un risque énorme à garder ce maquisard.

- On ne va tout de même pas le renvoyer dans son état, s'il se fait prendre, il est mort, c'est ça que vous voulez, docteur ?
- Non, bien sûr, mais soyez prudentes !
- Si nous avons besoin de vous, nous pourrons vous contacter à nouveau ? Demande Madame Graviassy, l'air de ne pas y toucher.
- Oui, mais je tiens à ce que cette visite et les prochaines, s'il y en a, soient tenues secrètes, je compte sur vous, appuie-t-il, l'air un peu inquiet.
- Nous ne vous avons jamais vu ici, docteur, spécifie Madame Graviassy avec un ton assez éloquent.

Une fois le docteur disparu à la grille de l'école, l'inquiétude de la cuisinière fit place à la colère.

- Vous ne vous rendez pas compte, avoir ce type ici, c'est trop risqué, moi, j'ai peur, je ne me sens pas bien, dit-elle s'avachissant sur une chaise.
- Ce type, comme vous dites, est un être humain, que nous devons aider afin qu'il ne retombe pas entre les mains des Allemands. Puis, elle la regarda avec des yeux exorbités, dandinant la tête du côté du pauvre malheureux, qui ne savait plus s'il devait partir ou rester là.
- Je ne veux pas vous occasionner des ennuis, je vais partir.
- Il n'en est pas question, coupe net Madame Graviassy.
- Non, elle a raison, se tournant vers la cuisinière, je vais m'en aller, mais avant, pourriez-vous me donner quelque chose à manger et un peu de nourriture à emporter ?
- Vous n'emporterez rien du tout, tranche Madame Graviassy, vous allez rester ici, non mais, on est obligé toute la journée de subir cette guerre sans rien pouvoir faire, même pas aller se battre contre nos ennemis, ce sera notre façon à nous de servir le pays.

De la cuisinière, qui n'osait plus rien dire, au maquisard, qui ne savait trop que faire, personne n'aurait pu, à cet instant précis, se rebiffer, tant la maîtresse des lieux n'en démordait pas, et n'en démordrait pas.

- Maintenant, s'adressant à la cuisinière, il faut le cacher, on va le placer à l'école, ou bien à l'Hôpital, nous verrons bien, il faut que je prévienne Sœur Maria, je suis sûre qu'elle sera d'accord.

Les jours passèrent et le maquisard se remettait. Cela faisait une bouche de plus à nourrir, mais le partage était le maître mot à l'école, les petites juives, le maquisard, une drôle d'équipe qui formait comme une épée de Damoclès sur la tête des responsables. Elles passèrent outre et au bout d'un mois, le maquisard put repartir d'un bon pied, en compagnie de quelques camarades qu'il avait pu contacter, les rassurant sur son sort. Madame Graviassy avait pris tous les risques, et continuait avec les petites juives, c'était sa guerre à elle, son combat et il fallait le mener jusqu'au bout. Durant la guerre, de multiples actes de bravoure eurent lieu partout dans le pays.

Elisabeth regarde Madame Graviassy, l'observe de près pour savoir si c'est le moment ou pas. Puis, elle se lance, après tout, elle n'a rien à perdre.

- Si je suis très sage, vous pourrez m'emmener là-haut, dans la Montagne Noire, j'aimerais m'y promener, demande subitement Elisabeth, qui depuis longtemps avait envie de monter sur les hauteurs de Mazamet.
- On verra, je ne vous promets rien, ce n'est vraiment pas le moment, avec tous les maquisards et les Allemands qui s'y trouvent, la montagne est très dangereuse, mais plus tard, nous irons.
- C'est quoi un maquisard ? Interroge Elisabeth.
- C'est un rebelle, explique la sœur, surprise de cette question, quelqu'un qui n'accepte pas la situation, son pays envahi par l'ennemi, les Allemands.
- Mais les Allemands, ils étaient à Varsovie, c'est pour ça que nous sommes parties, m'a dit maman, alors ils sont ici aussi ? S'étonne-t-elle avec des yeux écarquillés.
- Ils sont partout, c'est ça le malheur. Mais suffit, coupe court Madame Graviassy.

Elisabeth et les enfants de l'école perçoivent bien un changement dans les comportements. Une espèce d'euphorie s'empare de tous, mais rien n'est dit, tout, empreint de doses discrètes, mélange étrange d'espoir et de doute. Mais que se passe-t-il donc ? Cette question, Elisabeth se la pose depuis trois jours, puis elle entend des bribes de conversation, jusqu'au jour J, le 6 juin 1944.

C'est un jour comme un autre, Elisabeth joue dans la cour de l'école, et un, et deux, le pied claque au sol, et trois et quatre, et cinq et six et, et... le paradis, elle a débarqué au paradis, les alliés, quant à eux, viennent de débarquer en Normandie. Elle reprend son cailloux, et un et deux... Le début de la fin de la guerre a commencé sur une plage du nord de la France. Dans le sud, une petite fille joue à la marelle.

Le débarquement allié va accélérer la mise en place dans le Tarn d'une réelle organisation militaire de la Résistance. Le Colonel Redon (alias Durenque) devient le chef départemental des F.F.I. (Forces Françaises de l'Intérieur). Le 10 juin, à l'initiative du capitaine Lamon, l'AS Groupe Coudert prend le nom de Corps Franc du Sidobre et devient par là même une unité combattante F.F.I.

Le Corps Franc va vite faire parler de lui, ses actions contre l'invasion ennemie ne faiblissent pas. Malgré les pertes, il continue, avec la toile d'araignée que forment tous les regroupements, à bouter les Allemands hors du département. Durant ce mois de juin si important, Elisabeth, Lora, les sœurs et tous les Mazamétains vont enfin croire au bonheur, aux joies retrouvées, aux lendemains qui chantent.

L'été est bien installé maintenant, la chaleur découvre les corps engourdis par des mois de mauvais temps, trop longs, trop durs aussi. Durant le mois de juillet, les opérations menées par le Corps Franc se succèdent, le 10, le Commandant Dunoyer de Segonzac (alias Hugues), prend le commandement de toute la zone « Castres-Mazamet-Vabre », qui se nomme la zone A. Quelle joie pour les Tarnais qui voient défiler un détachement du Corps Franc du Sidobre dans les rues de Montredon-Labessonnié! Et ce, sous les applaudissements des habitants en liesse. Fin juillet, le P.C. est installé à la ferme Le Reclot, mais les membres du Corps Franc investissent plusieurs fermes alentours, Lagrange, le Castelet, la Durenque. Des armes sont fournies aux maquisards sur place qui poursuivent leur instruction militaire accélérée.

Elisabeth ne devrait pas s'intéresser à tout ça, les autres enfants de son âge continuent leurs vies d'enfant, sans se soucier des actions militaires. Elisabeth, elle, attend les moments où elle peut savoir, récolter une information qui pourrait la mettre sur la bonne voie, la fin de la guerre. Pour elle, la fin des hostilités signifie maison, papa, Dora, Milly, Varsovie, manger en famille, bisous de maman le soir avant de s'endormir. Elle attend ça depuis des années. Alors oui, les autres ne comprennent pas, oui, les autres la délaissent parfois, mais tant pis, les maquisards, Elisabeth, ça l'intéresse. Si elle pouvait faire comme les lapins que les fermiers élèvent dans des clapiers, lever des grandes oreilles, pour entendre tout ce qui se dit, ça et là, mais elle fait comme elle peut, elle se cache parfois dans des recoins, espérant qu'un bout de conversation entre soeurs va venir lui confirmer tout ce que chacun attend ici.

C'est ainsi qu'en ce 13 août, elle perçoit un échange très intéressant pour ses investigations. Madame Graviassy discute avec la cuisinière dans la cuisine de l'école, Elisabeth, dissimulée, le souffle court à s'en faire exploser les poumons, apprend que le Corps Franc vient d'attaquer par surprise, la veille, un détachement allemand qui stationnait au Rialet. C'est quoi le Rialet? C'est où le Rialet? Qu'importe, il n'en faut pas plus pour qu'Elisabeth chante, rit, change de comportement, étonne les soeurs, qui vraiment ne comprennent plus cette petite fille, qui passe du rire aux larmes avec autant de souplesse. Il y aurait même des Américains avec eux, le monde entier viendra nous sauver, pense la petite fille, le monde entier viendra, mais n'est-il pas trop tard pour les siens?

Elle regarde Cécile qui joue, accroupie dans la cour, l'enfant traîne un petit bâton sur la terre humide d'après orage, elle tourne, dessine une maison, des personnages... Comme elle a de la chance! Pense Elisabeth, elle ne se souviendra de rien, elle n'aura pas eu conscience de tout ce mal qu'on nous a fait, nous les Juifs, elle donnerait cher pour être cette petite soeur qui dessine un grand soleil dans la cour de l'école Notre-Dame.

Elisabeth sait qu'ils sont là, qu'ils se regroupent, les sauveurs sont là, maintenant il faut attendre l'heure, le jour divin. Alors, elle pense à autre chose, elle pense par exemple aux vacances même si elle s'ennuie un peu, les jeux dans la cour, les visites à maman, les gâteaux qu'elle prépare avec trois fois rien mais qui ressemblent à des chefs-d'œuvre pour la cuisinière, qui l'aide aussi, à sa façon, à passer le temps.

Le mois de juillet avait été riche en rebondissements, le mois d'août n'avait pas dit son dernier mot. Après l'épisode du Rialet, il y eu la nuit du Pont de Gauthard, sur la ligne SNCF Castres-Bédarieux. Un commando américain, aidé entre autre par le Corps Franc, fait sauter l'arche centrale du pont de la voie ferrée, dans la localité voisine, Bout du Pont de l'Arn, une appellation prédestinée pour ce genre de sabotage. En effet, les attaquants ont prévu ainsi de couper aux troupes allemandes toute possibilité de repli en train par la voie méditerra-néenne. Ce pont, construit en 1887 par les chemins de fer du Midi, a été choisi pour sa position stratégique. Les tentatives pour lutter contre l'ennemi portent de plus en plus leurs fruits et ce n'est pas fini…

- Les jours meilleurs arrivent, ma chérie, serrant sa fille aînée dans ses bras, bientôt, nous serons en paix et… Lora eut un moment d'hésitation, nous saurons enfin où sont les nôtres, que leur a-t-on fait ?
- Je ne sais pas maman, répond Elisabeth, ne quittant pas les bras de sa mère, par dessus son épaule, elle voit le Christ qui lui renvoie son regard, sur sa croix, accroché au mur blanc.
- Tu es si courageuse, tu supportes tout ça sans broncher, tu es un exemple, tu sais.
- C'est plus facile en sachant que tu es là, j'aurais pu te perdre aussi comme tante Milly.
- Tante Milly, répète Lora les yeux humides.
- Esther, renchérit Elisabeth.
- Esther, répète à nouveau Lora.
- À Labruguière, j'ai pensé bien souvent ne pas te revoir, maman, on nous promettait toujours, jamais le jour de notre départ pour Mazamet ne venait, j'ai même cru, à un certain moment, que Mazamet n'existait pas.

- Il existe, mon bébé, et nous y sommes, nous avons trouvé ici des gens qui possédaient quelque chose de rare, un cœur d'or, nous ne les oublierons jamais, n'est-ce pas ?

- Oh oui, maman, jamais.

Elisabeth quitta enfin les bras de sa mère pour regarder par la fenêtre de la chambre, les arbres semblaient crouler sous la chaleur de ce mois d'août qui avait apporté tant d'espoir.

Le soir même, vendredi 18 août, allongée sous ses draps bien propres et rêches, comme elle les aime, Elisabeth ne sait pas que là-bas, entre Castres et Mazamet, la voie ferrée va à nouveau faire parler d'elle.

Une partie du Corps Franc du Sidobre participe, avec le groupe Hugues/Segonzac et un renfort du Maquis de Vabre, à une opération d'envergure, justement près de Labruguière. Cette fois, il s'agit du sabotage d'un train. Le commandant Hugues, avait appris que dans l'après-midi du samedi 19 août, une garnison allemande devait se replier sur Castres, avec en charge des canons et du matériel important dans un train long d'une quarantaine de wagons. C'est en fin d'après-midi que se déroula le sabotage de ce train, au lieu-dit Cap au Vent.

Des maquisards racontent tout dès le lendemain, à l'Hôpital, des informations fusent et les langues se délient.

- Il paraît qu'ils ont fait sauter le train avec des boches à l'intérieur, près de Labruguière.

- C'est pas Dieu possible, lance Sœur Saint-Jean, Révérende de l'Hôpital, décontenancée par l'aplomb avec lequel ce maquisard blessé raconte l'évènement.

- Oh, ma Sœur, ne vous offensez pas ! Pas de pitié pour ces gens-là et ne me dites pas qu'eux aussi sont les enfants de Dieu…

- Non, Monsieur le maquisard, pour une fois, je ne vous le dis pas, il faut bien aussi se défendre, non, mais voyons, acquiesce la sœur avant de sortir du dortoir, se signant pour ne pas attirer les foudres de son maître céleste, un peu honteuse.

- Elle a tout compris, murmure le maquisard à son voisin de lit, les sœurs, elles savent reconnaître ce qui est juste.

- Je ne sais pas vraiment ce qu'elle pense, mais là, je crois qu'elle était d'accord, répond en souriant le voisin, avec un petit clin d'œil explicatif.

C'est vrai, pour une fois, la sœur ne dit rien sur cette opération visant l'ennemi. On a beau être une religieuse, on n'en est pas moins victime de cette guerre. Et son voile, qu'elle ne porte plus depuis des mois, qui s'en inquiète ? Qui lui en parle ? Les gens sont tant préoccupés par leur quotidien déjà si difficile. Elle médite sur sa vie, cette aide qu'elle apporte tous les jours à l'Hôpital, ces gens qu'elle soutient. Elle réalise à quel point elle les aime, elle aime ce combat, son sacerdoce, elle s'en veut un peu de ne pas avoir trop de peine pour ces Allemands dont le train a été stoppé. Elle décide donc de ne plus y penser, après tout, elle n'est qu'une sœur, pas une sainte. Elle ne peut pas porter toute la misère du monde sur ses épaules.

- Castres est libérée, Castres est libérée, lance le gardien à tout va dans les couloirs de l'Hôpital.
- Quoi ! Que dites-vous ? Demande une sœur, intriguée par ce tapage aussi soudain que brutal.
- Castres est libérée, ma Sœur, lance le gardien, prenant la sœur par la taille et la soulevant, celle-ci, exprimant la désapprobation de ce geste cavalier, les yeux lui sortant de la tête, le prit de s'en tenir aux bonnes manières.
- Castres est libérée, c'est tout ce que ça vous fait, il faut danser, chanter, rire…
- Et puis, qui vous a dit ça ? Questionne la sœur, quelque peu incrédule.
- C'est la radio, ils viennent de l'annoncer, Aujourd'hui, 20 Août à quatorze heures, la garnison allemande basée à Castres, commandée par la capitaine Mersch, a capitulé devant le Corps Franc du Sidobre. Ils ont réussi, ma Sœur, c'est la fin de la guerre, ils vont venir à Mazamet, c'est sûr, ils vont nous libérer.

Personne ne pouvait le faire taire, il était comme fou et d'autres, malades, infirmières, médecins, visiteurs, semblaient tous habités par un même sentiment de liberté.

- Je ne me réjouirai que lorsque je serai sûre, s'exclame Ernest Malric, un vieux monsieur, souffrant d'un diabète avancé, qui comme Saint-Thomas, ne croyait que ce qu'il voyait, son caractère grincheux était connu de tout le personnel hospitalier.
- Oh vous, la ferme ! S'écrie le gardien, pourquoi ne pouvez-vous pas vous réjouir comme tout le monde, pour une fois ?

Le gardien tourna les talons, n'ayant aucune envie de se chamailler un jour aussi important avec un personnage aussi antipathique.

134

La soirée fut irréelle, le bruit de la libération de Castres se répandit comme une traînée de poudre, mais cette poudre-là était pacifique, elle apportait la plénitude des cœurs.

Avant de se coucher, Elisabeth sait déjà, Madame Graviassy leur a dit juste avant le repas du soir. Elisabeth ne peut pas dormir, elle tourne dans son petit lit, elle ira voir sa mère dans quatre jours, sinon avant, avec des nouvelles pareilles, peut-être tout allait changer, même les habitudes les plus ancrées. Elle veut crier sa joie, elle embrasse Cécile, lui explique. Son petit cœur ne tiendra pas, non, il faut se calmer, Elisabeth, calme-toi, calme-toi. Le petit cœur se calme, les petits yeux se ferment, la chambre devient silencieuse, les fenêtres entrouvertes, laissent entrevoir la lune.

Ils vont libérer Mazamet, avait dit le gardien, ses dires ne seront pas longtemps un présage. Deux jours après, seulement deux jours, le 22 août, en début d'après-midi, le Corps Franc du Sidobre est à Mazamet afin d'intercepter une colonne allemande qui arrive de Carcassonne. Des coups de feu sifflent dans la ville, la population se terre, bien consciente que le dénouement de cette bataille sera ou dramatique ou merveilleux.

- C'est nous ou eux, murmure doucement Madame Graviassy, restée avec les petites pensionnaires. En période de vacances, l'école semble bien vide.

- On va gagner, Madame, lui souffle à l'oreille Elisabeth.

- On va gagner, souffle Cécile, qui répète tout ce que dit sa grande sœur.

- Taisez-vous et priez : « Je vous salue, Marie, pleine de grâce... ». Dehors, le soleil brille, mais les rideaux sont tirés, la pénombre, le souffle court, l'attente interminable, les cris au dehors des soldats, des gens, qui ont bravé tous les risques, qui veulent être au premier rang, voir l'ennemi capituler.

Les coups de feu résonnent dans toute la ville, ne pas savoir, ne rien voir, espérer, voilà à quoi en est réduite la population. Attendre, encore. Cela dure plusieurs heures, puis tout doucement les bruits s'estompent, les coups de feu se font plus rares. Elisabeth ne respire plus, elle ne veut qu'entendre, ne rien manquer de ce qui se passe à l'extérieur. Elle attend, comme tous les Mazamétains, tapis dans leurs coins. Elle attend les cris de joie, les hurlements de bonheur au combien refoulés à l'intérieur de cette poitrine où le petit caraco blanc épouse la peau, se noie dedans, la sueur perle le long de ses bras, elle a très chaud. Elle sent la transpiration autour d'elle, d'habitude, cela l'aurait gênée, elle déteste l'odeur de la transpiration, mais là, c'est différent, son cerveau porte son attention ailleurs, dans l'invisible, dans l'inodore, cette chose si belle qui s'appelle la liberté.

- On n'entend plus rien, articule Elisabeth.
- ...Attends ! C'est vrai, chut ! Tu as raison, cette fois, il s'est passé quelque chose, pourvu que nous ayons gagné la partie, Mon Dieu, levant la tête vers le plafond de la chambre, Mon Dieu, aide-nous !
- On peut bouger, demande Cécile, qui n'en peut plus de rester ainsi sans parler, sans faire un geste.
- Oui, mais reste dans la chambre et ne fais pas de bruit.

Cécile erre dans la pièce, se dégourdit les jambes. Elisabeth regarde Cécile, la regarde, encore, cette petite sœur qu'elle protège comme le ferait une maman, Cécile revient de si loin, de si loin, et dans quelques heures, minutes, secondes, qui sait, Cécile sera libre, Elisabeth sera libre, Mazamet sera libre.

À la question, qui a gagné ? Dans le mille, les Allemands capitulent, ils sont regroupés au terrain de la Chevalière. Ils le disent, eux, ceux qui ont vu, la colonne a craqué. Ils ont suivi les soldats allemands, les ont vus mettre leurs armes à terre, là-bas, au sud de la ville. Ils disent leur joie. Des civils étaient là-bas aussi. De la tribune, ils ont vu les Allemands déposer les armes devant les maquisards.

- Vous auriez vu ça, la foule s'emparait des fusils, les boches ont crié « Heil Hitler » par trois fois. Maintenant, ils sont en prison au Conditionnement, bien fait pour eux, bien fait pour eux.

Le soir du 22 août 1944, ils sont presque quatre cent soldats allemands à rendre les armes. Mais combien de maquisards ? Des enfants de vingt ans sont tombés pour sauver la ville. Combien de Juifs, issus des Eclaireuses Eclaireurs Israélites de France, combien de courageux venus de tous les coins de France, combien d'étrangers ont tenu les armes face à l'ennemi, combien ? Sûr, Ils auront des stèles, des croix, du marbre, froid, qui résistera au temps. Mazamet est libérée.

Lora sourit à sa fille par la fenêtre, elle va mieux ce matin. Elisabeth est en bas, dans la cour du Sanatorium, épanouie, superbe, ses cheveux tombent sur ses épaules, les boucles blondes, comme un faux col, l'enveloppent. Elle tire son cou vers le ciel, sa bouche ne peut s'étirer davantage, elle sourit aussi. Lora a vaincu, Lora est guérie, elle peut le dire, depuis deux jours, elle peut l'affirmer. Elle s'en est sortie de cette tuberculose, même si à plusieurs reprises, la maladie lui a joué des tours.

- La maladie a fait comme les Allemands, avoue Lora avec humour à Sœur Maria, elle a capitulé.
- Je me réjouis de votre guérison, il faudra bien sortir du Sanatorium un de ces jours, non !
- Je l'ai rêvé, c'est vrai, avoue Lora, mais aujourd'hui, c'est comme si j'étais chez moi, j'ai assimilé ces lieux. Je suis tellement habituée à ma chambre, les amies qui viennent me visiter, mes filles qui sont là, pas très loin, laissez-moi encore un peu, j'ai besoin de prendre des forces encore un peu, s'il vous plaît.
- Il faudra en parler au médecin chef, il devrait comprendre, mais Lora, vous devrez bien envisager une autre solution, vous rapprocher de vos fillettes, vous leur avez tant manqué.
- Vous croyez qu'elles ne m'ont pas manqué à moi aussi, ma Sœur ?
- Oui, je le sais, et les retrouver, retrouver une totale liberté vous fait peur, dans ce monde qui, sorti du Sanatorium, de l'école et de l'Hôpital, vous semble si étranger, en fait. Vous ne connaissez rien de cet endroit, le confinement vous a fragilisée, nous vous aiderons à vous en sortir.
- Vous m'avez déjà tant aidée.
- Et nous continuerons, soyez en sûre, Lora, nous continuerons.

Cette année 44 apporta beaucoup de joie à l'école, notamment le retour du voile, qui fut un événement très important dans la vie de la communauté des sœurs. Un beau jour, un gendarme vint les prévenir que le port du voile était à nouveau autorisé. La raison en était aussi vague que celle expliquant la soustraction de ce même voile. Mais les sœurs ne se penchèrent sur ce sujet, jugeant que le rétablissement des lois religieuses ancestrales était bien suffisant.

Les préparatifs de la petite fête, organisée en cet honneur, durèrent une bonne semaine. Furent choisies les plus belles victuailles, dressées les tables dans la cour de l'école, invités les familles et les enfants à fêter cet évènement, qui, pour beaucoup, marquait bien le début de la fin de la guerre. Tôt dans la matinée, les sœurs concernées, dont Mesdames Graviassy et Avérous, avaient à nouveau coiffé leurs voiles, et les sourires exprimaient leur joie nouvelle.

Durant le petit discours de Sœur Marie de la Croix (alias Madame Graviassy), s'adressant à l'assemblée, au sein de laquelle se distinguaient certaines personnalités politiques et religieuses, la bonne humeur transpirait tout azimut. Le coeur d'Elisabeth, si souvent pris à parti depuis des mois, tapait à se fendre dans sa petit poitrine, habillée aujourd'hui d'un petit chemisier orangé que lui avait confectionné Sœur Marie de la Croix.

- Je suis si heureuse de vous voir habillée ainsi, explose de joie Elisabeth.

- Et moi donc, oh, ma petite, que vous êtes jolie avec ce petit chemisier, la couleur vous va si bien ! Acquiesce la sœur dont le sourire ne quitte plus le visage, quelle bonne idée j'ai eu de vous faire ce petit chemisier, reconnaît-elle, plutôt fière d'elle.

- Ma Sœur, je ne vous remercierai jamais assez pour tout ce que vous avez fait pour mes petites filles, hasarde Lora, qui, forces reprises, se tient là, avec un très bel ensemble qu'elle avait pu sauver, le seul de tout son horrible périple.

- C'est rien, allez, n'importe qui en aurait fait tout autant, répond la sœur.

- Non, je suis sûre que non, vous êtes exceptionnelle, ainsi que Sœur Maria au Sanatorium et Sœur Saint-Jean à l'hôpital. Les risques que vous avez pris sont incommensurables.

- La vie serait si triste sans prendre de risques.

Lora comprit que rien n'y ferait, tous les qualificatifs seraient balayés d'un revers par la sœur, personne si humble.

- Tiens, se reprend la sœur, oui, je sais ce que vous pouvez faire pour me remercier, être heureuse avec vos enfants et trouver un nouvel équilibre, et …

Sœur Marie de la Croix allait continuer puis s'arrêta net

- Qu'alliez-vous dire ?
- Rien de bien important ma foi, portez-vous bien, dit-elle, lui caressant affectueusement l'épaule.
- Moi je sais.
- Vous savez quoi, Lora ?
- Vous alliez me souhaiter de revoir ma famille, je n'y crois plus, j'ai jeté l'éponge depuis si longtemps déjà.
- Qui sait ? Vous ne pouvez dire une chose pareille, certains s'en sont peut-être sortis, assure la sœur, sans trop y croire elle-même.
- Peut-être, mais je préfère ne pas y croire, si certains s'en sont sortis, je le verrai bien, je vais quand même faire des recherches, quand la guerre sera finie.
- Vous voyez bien que vous avez encore espoir, si vous avez en tête de faire des recherches, c'est que vous y croyez, encore…insiste la sœur avec un léger sourire.
- Peut-être bien.

Lora savoure ce moment, des chants, de la nourriture pour ses petites, la joie, enfin, le plaisir fait place au besoin, des lendemains plus heureux arrivent, elle le sent bien.

- Juste un mot Lora, je vous aiderai dans vos recherches, ainsi que les autres sœurs, vous pouvez compter sur nous, vous n'allez pas vous débarrasser de nous aussi facilement, ajoute la sœur.
- Mais je n'y compte pas, alors pas du tout, vous faites toutes partie intégrante de ma vie maintenant et personne ne changera ça.
- Je l'espère bien, répond Sœur Marie de la Croix, avant de vaquer à d'autres occupations et rencontrer d'autres personnes.

Cette fête du retour du voile fut une totale réussite. Elle restera dans les mémoires de chacune des personnes présentes comme le symbole de la fin de la guerre.

Le rêve d'Hitler d'une Europe Allemande, l'emprise du Troisième Reich sur toute l'Europe Centrale est sur le point d'être voué à l'échec. En ce début d'année 1945, Elisabeth confie toutes ses émotions et tous les évènements à son carnet de bord, qu'elle tient depuis un an déjà. Elle écrit en gros cinq lettres « NOTES » et elle appose quatre petits mots qui sonnent paix, amour et victoire : la guerre est finie.

- Je sais que ce jour viendra cette année et qu'il restera marqué dans l'Histoire, il sera très important et sera le plus beau jour de ma vie, maman.

Lora regarde Elisabeth, si grande maintenant, si prête à mener une nouvelle vie, si belle aussi.

- Sûrement, tu as raison, il restera gravé dans l'Histoire de l'Europe, dans celle du monde entier…et dans la nôtre aussi.

À partir de cette année, la famille Zilberbogen s'attacha à entreprendre des recherches pour savoir ce qu'étaient devenus les membres de leur famille, tantes, cousins. Mais rien ne filtrait, personne semblait connaître leur sort.

Pourtant, Elisabeth, Cécile et Lora élaboraient des projets en commun, une petite maison, un travail pour Lora, elle pensait que les Juifs pouvaient enfin vivre au grand jour, c'est du moins ce que Lora pensait à ce moment-là. Se promener dans la rue, marcher le long des trottoirs, respirer l'air pur, des poumons neufs pour un air tout neuf, pense Lora, mettant un pied devant l'autre, comme au premier matin du monde. Le bas de sa jupe, d'un beau vert pale, droite, tombant à mi-mollet, le fin tissu de voile lui procure un plaisir infini. Voilà, c'est ça, un petit frôlement, sensation si infime et si forte à la fois, sensation qu'elle n'aurait jamais ressentie il y a quelques mois, ses mollets enfermés dans des ignobles chaussettes beiges en laine. Où sont-elles, tiens, ces chaussettes en laine ? Dans un placard, au Sanatorium, elle les laisse, elles pourront servir, qui sait, cet hiver, pour couvrir des mollets en peine.

La chaleur est très forte, la transpiration colle ses vêtements près de son corps. Aujourd'hui, elle est dans un bon jour, pas trop dépressive, état qu'elle traîne depuis longtemps, les persécutions ont eu raison de sa joie de vivre. Tantôt gaie, tantôt triste, elle se raccroche à ses filles, qui ont tant besoin d'elle. Elle cache son humeur défaitiste, quand celle-ci s'impose, si cruellement, qu'elle ne peut la chasser. Elle est traitée par un médecin pour ce mal invisible qui la ronge de l'intérieur, les remèdes lui font du bien, ils l'aident à continuer.

Lora continue, arrive à hauteur de chez « Chapeau de Madame », un nouveau modiste qui vient de s'installer. Les femmes sont folles des chapeaux, les privations de la guerre qui tirent à leur fin ont ranimé des envies de toutes sortes. Certaines dames de la ville jouent même à celle qui aura le plus beau et surtout, le plus cher. Elle scrute la vitrine, celui-là, le vert émeraude, qu'il irait bien avec son teint et sa couleur de cheveux, pense-t-elle, puis sourit, le regarde encore, passe son chemin, tranquillement, sourit encore, un sourire plus marqué, qu'importe un chapeau, elle s'en paiera un, bientôt, quand elle travaillera. Elle croise une élégante, qui la toise de haut, Lora lui sourit, elle sourit à la vie qui recommence.

« *La meilleure façon de marcher, c'est encore la nôtre, c'est de mettre un pied devant l'autre et de recommencer...* » Les fillettes chantent à tue tête, main dans la main.

- Et bien ! Chanter pour se rendre chez le dentiste, je n'ai jamais vu ça, remarque Lora, qui, pour la première fois, emmène ses filles quelque part, et tant pis si c'est chez un dentiste. Quand elles étaient plus petites, elle les promenait partout à Varsovie, les prenait faire des emplettes, que ce temps était loin.
- C'est là, au premier étage, allez, montez, et surtout soyez sages et laissez-vous faire sans broncher, c'est déjà tellement gentil à Sœur Maria de nous avoir obtenu une visite gratuite.
- Nous serons sages, man, promis, assure Elisabeth, lançant un œil sur sa sœur, demandant une approbation en retour.
Une heure plus tard, les visites étaient terminées.
- Vos petites ont de bonnes dents, l'avantage de la privation, les bonbons n'ont pas attaqué l'émail. C'est bien le seul avantage, précise-t-il dans sa barbe.
Puis, il se dirige vers un meuble derrière son bureau, en sort deux petits gâteaux, il les tend aux fillettes, qui se jettent dessus, ravies de cette aubaine à l'heure du goûter.
- Mais enfin, ne vous jetez pas sur ces gâteaux comme des affamées, et dites merci au monsieur.
- Laissez, c'est tout naturel, souligne le dentiste compatissant.
- Merci Monsieur, répète Elisabeth et Cécile en cœur, ne pensant qu'à dévorer ce précieux butin tombé du ciel.

Des remerciements de Lora et la petite troupe reprend le chemin inverse « *La meilleure façon de marcher, c'est encore la nôtre...* »
- Vous me donnez mal à la tête avec cette chanson, calmez-vous un peu, insiste Lora.
- C'est Paulette qui nous l'a apprise, maman, s'il te plait, laisse-nous chanter, nous sommes si heureuses aujourd'hui.

Lora soupire, hoche la tête et les voix enfantines s'élèvent à nouveau avec une belle ardeur. Lora regarde les mains liées de ses filles, liées en permanence, Elisabeth a été une mère pour Cécile, réalise-t-elle soudain.

- Tu peux la lâcher un peu, je suis là maintenant.
- J'ai l'habitude depuis des années de lui tenir la main.

Pourtant, elle tente de glisser ses doigts pour s'échapper de l'emprise de Cécile, la petite lui reprend la main aussitôt. Elisabeth se tourne vers sa mère.

- Tu vois maman, elle ne veut pas me lâcher, je n'y peux rien, c'est depuis le jour où la dame l'a prise à la gare.
- Quelle dame ! S'étonne Lora de cet aveu aussi soudain qu'étrange.
- Oh ! Ne t'inquiète pas, il y a si longtemps déjà.
- C'est quoi cette histoire, une dame a pris Cécile ?
- Oui, une dame lui a dit de la suivre à la gare des trains, et comme Cécile ne se méfiait que des hommes, comme on nous l'avait précisé, elle la suivit bien gentiment.
- Mais personne ne s'en est aperçu ? Demande Lora, émue et ne croyant pas ce que sa fille lui racontait.
- La monitrice est allée voir l'heure à l'horloge de la gare, tout près, c'est là qu'elle a vu Cécile tenant la main d'une inconnue.
- Et alors ? S'empresse Lora.
- Elle a arraché Cécile des mains de la dame et l'a ramenée à la maison.
- Mon Dieu ! S'exclame Lora, décomposée par ce qu'elle entendait.
- Mais maman, il y a longtemps, ne le prends pas comme ça !
- Excuse-moi, mon enfant, mais pour moi, c'est tout nouveau, que lui voulait-elle cette dame ?
- On n'a jamais su, mais on a eu très peur.
- Je m'en doute, rétorque Lora encore sous le choc.
- Tu comprends maintenant pourquoi je ne la lâche jamais.
- Oui, ma petite, je comprends ! Tu es si protectrice pour elle.

Lora embrasse Elisabeth sur le front, la fierté qu'elle éprouve pour son enfant est encore plus forte aujourd'hui.

« *La meilleure façon de marcher, c'est...* ». La vie reprenait ses droits, les rires, les chants.

Lora ne savait pas encore que la fin imminente de la guerre à Mazamet ne signifiait pas la fin de la guerre en France et dans les pays européens pour les Juifs. Toutes les troupes allemandes n'avaient pas encore évacué les lieux et le danger était en somme toujours présent. En ce mois de mars, elles apprirent de la bouche des soeurs que les maisons de l'O.S.E. (Association pour l'Oeuvre et Secours aux Enfants) accueillaient encore des Juifs, mais cette fois, la pression était moins forte même si la vigilance était toujours de rigueur.

- Vous serez bien dans les maisons de l'O.S.E, Lora, il faut partir avec vos filles, eux, vous aideront vraiment à retrouver votre famille, qu'en pensez-vous Lora ? Questionne Soeur Maria, avec cette intelligence incroyable qui émanait de sa personne et en qui Lora avait une entière confiance.
- Si vous le dites, ils s'occupent des Juifs, ils connaissent bien alors ce que nous avons souffert durant les mois où nous étions dans les camps d'internement, si vous me conseillez de les suivre, je le ferai avec les petites.
- Je vous le conseille.
- Alors, nous allons partir, mais où vont-ils nous envoyer ?
- Je n'en sais rien, mais il faut leur faire confiance, comme vous nous avez fait confiance à nous ici.
- Comment va le prendre Elisabeth, elle est si incrustée ici chez vous maintenant, avec toutes ses petites amies, comment va-t-elle le prendre ? S'interroge Lora, inquiète de la réaction de sa fille aînée.
- Elisabeth a eu de nombreuses étapes dans cet exode, elle a su, à chaque fois, s'adapter au mieux, elle fera de même cette fois-ci. Pour Cécile, ne vous inquiétez pas, elle suivra sa mère et sa soeur sans problème.
- Elle a tant grandi ma petite, enchaîne Lora.
- Elle a huit ans désormais, mais fort heureusement, elle était si petite quand vous étiez dans les camps qu'elle ne s'en souvient pas, merci mon Dieu, merci au moins pour ça, bénissant le ciel. Par contre, les Allemands ne se retirent pas facilement, à la radio, on entend que les troupes allemandes en retraite opèrent des représailles en remontant vers l'Allemagne.

- Il faut se méfier de tout ce qui se dit, j'ai tellement appris à me méfier, je me demande si un jour je pourrai refaire confiance à un Allemand.

- Les beaux jours reviendront et même si vous n'oubliez pas, le temps arrangera les choses, c'est le meilleur remède vous savez. Et puis, tous les Allemands ne sont pas des nazis, fort heureusement. La population allemande a beaucoup souffert aussi.

- Comment faire pour les prévenir afin de nous organiser ?

- Je m'en occupe, la Croix Rouge me donnera les adresses et vous pourrez enfin reconstruire votre avenir et avoir des nouvelles de vos proches. Vous n'êtes pas d'ici, Lora, votre vie n'est pas ici, il faut retrouver vos racines, du moins en Belgique, d'où vous êtes native au fond.

- Merci, cela me fera tant de bien de revoir Anvers, j'y ai de très bons souvenirs.

Sœur Maria laisse Lora, qui se prépare mentalement à avertir les petites et à partir, une nouvelle fois. Les conditions étant si différentes, pour une maison de l'O.S.E, en attendant…

Elisabeth eut beaucoup de mal à accepter le départ, un peu forcé, mais le cœur rempli d'espoir aussi. Les adieux se firent avec quelques larmes çà et là, les vacances approchaient et Elisabeth savait qu'elle ne reverrait pas à la rentrée ses petites amies, Mimi, Paulette, les deux Annie. Ce fut très dur de les quitter, Elisabeth leur a bien dit avant de partir combien elle les aimait et que toujours elles resteraient dans son cœur, avec une place à part.

Le matin du départ pour Alixan, dans la Drôme où elles furent cachées encore et encore par peur de représailles, l'ennemi était toujours dangereux et n'acceptait pas la défaite de son peuple. Les adieux furent furtifs, les sœurs ne voulant pas remuer le couteau dans la plaie.

- Vous avez été ma famille, je vous aime pour la vie, vous êtes dans mon cœur à jamais.

Lora pleurait comme une enfant, articulant ses mots au travers de ses larmes qui pleuvaient sur son corps comme un nuage lourd en plein orage.

- Vous serez toujours dans le nôtre aussi, balbutie Sœur Marie de la Croix, qui pour une fois, ne trouva pas ses mots.

Elles sont toutes là, Sœur Marie de la Croix, Sœur Maria, Sœur Saint-Jean, Madame Avérous, Melle Maraval, la cuisinière dont les yeux gonflés par le chagrin, n'arrivent pas à s'assécher. La séparation est douloureuse, mais chacun sait, le retour est inéluctable. La fin de la guerre est imminente d'après les rumeurs. Bientôt, ces exilées, avec leurs cœurs gros, retrouveront un peu de leur passé, reviendront aux sources, vont enfin revivre…

Quatrième Epoque

L'après-guerre

La Drôme, un département situé dans la continuité des Bouches-du-Rhône, plus au nord. La débâcle allemande n'était pas aussi nette que certains voulaient le laisser supposer. Dans les campagnes, les représailles de l'ennemi se sentant vaincu, étaient craintes. Le premier endroit où la famille Zilberbogen se retrouve réfugiée, une ferme en pleine campagne, où le pâturage des vaches et des chèvres (que l'on appelait le bétail de l'indigent) était courant. Les chèvres paissaient dans les bas pâturages, plus rocailleux et broussailleux, les hauts pâturages étant réservés aux bovins. Ce détail a de l'importance, car pendant plusieurs semaines, les petites vécurent dans ces étendues, parfois hostiles, à surveiller des chèvres, qu'elles gardaient, pour tromper l'ennemi. Elles furent de petites bergères parfaites, cette vie au grand air les changeait, c'est là qu'elles rencontrèrent une personne énigmatique.

Ce matin-là, un train de munitions fut attaqué. Les petites n'étaient vraiment pas loin, mais « Pépé » était là, il leur avait appris à se cacher dans une tranchée qu'il avait creusée, vieux souvenir de 14/18. Elisabeth et Cécile retenaient leur respiration, quand elles entendirent une voix parlant français mais avec un drôle d'accent.

- C'est qui ça ? Demande doucement Cécile.
- Chut ! Souffle Elisabeth, fermant avec ses doigts la bouche de sa sœur.
- Sortez de là, fillettes, vous ne risquez rien, je ne vous ferai aucun mal.

Les petites sortirent de la tranchée, escaladant tant bien que mal le talus aux pentes plutôt abruptes.

- Qui êtes-vous ? Demande Elisabeth d'un ton qui se voulait sûr, mais les petites jambes ne parlaient pas le même langage et tremblaient comme des petites feuilles volant au vent d'automne.

- Je suis Canadien, et au Canada, nous parlons français.

- Et bien, un drôle de français, s'exclame Elisabeth, presque ironique.

- C'est un français très appuyé, je te l'accorde, avec un accent très fort, tu ne l'aimes pas ? Demande-t-il à l'aînée des deux.

- Il est bizarre, remarque Elisabeth, voyant bien que ce personnage n'avait rien de dangereux.

- Que faites-vous planquées dans ce trou ?

- C'est pas un trou, c'est la tranchée de Pépé.

- Qui est Pépé ?

- C'est un héro de la guerre, l'autre, avant celle-là, les soldats se cachaient dans les tranchées.

- Tu veux parler de la guerre de 14/18.

- C'est ça, la guerre de 14/18, il y a longtemps mais Pépé se rappelle comment on creuse les tranchées, et celle-là, c'est la nôtre, appuie Elisabeth, bien décidée à ne pas céder du terrain.

- Vous êtes seules en pleine nature ? Questionne quelque peu étonné le Canadien.

- Oui, on garde les chèvres là-bas, il y en a cinq.

La conversation était invraisemblable. Un canadien, deux fillettes dans la tranchée de Pépé, cinq chèvres qui broutaient tranquillement. Ce n'aurait pas été la guerre, ils auraient pu figurer dans un conte pour enfant.

L'épisode Drôme fut assez court. Quelques semaines plus tard, Elles furent rapatriées dans une maison de l'O.S.E. à Montintin dans la Haute-Vienne. Cette Maison avait été fermée en 1944, car la menace des rafles dans ces maisons, dont la gestapo connaissait l'existence, était au plus haut.

Ces demeures étaient agréables, avec la fin de la guerre proche, la pression n'était plus palpable comme par le passé. Les grandes heures de la Seconde Guerre Mondiale du Château de Montintin étaient passées quand elles arrivèrent en Haute-Vienne. Cette Maison, ouverte dès 1940, avait vu passer de nombreux enfants juifs et de nombreux moniteurs et monitrices, qui bien souvent venaient d'autres maisons, ayant atteint un âge où ils pouvaient s'occuper d'enfants plus petits. Etait passé à Montintin un moniteur de vingt ans qui s'appelait

Marcel Mendes, celui-là même qui devait plus tard devenir le célèbre mime Marceau. Il avait laissé une belle empreinte à Montintin, il amusait tant les enfants avec ses pantomimes que longtemps après son départ, ceux qui l'avaient connu en parlaient encore.

Les jours s'écoulaient tranquillement dans cette maison, la guerre s'achevait petit à petit, mais l'heure de liberté totale des Juifs n'avait pas encore sonné. Quand elles arrivèrent à Montintin, la maison qui servait à cacher des Juifs jusqu'en 44, pratiquement que des garçons qui y apprirent entre autre la menuiserie, tenait aujourd'hui un rôle de centre d'hébergement pour tous ces enfants juifs disséminés à travers la France. Il fallait aujourd'hui réunir ces enfants et aussi leur préparer un avenir.

Un grand parc entourait le château, au fond, il y avait des ronces remplies de mûres, les enfants en étaient friands et ne s'en privaient pas. La nature était si belle, elle n'avait rien vu passer de la guerre. Les ronces devaient être là pendant les combats, elles sont restées là, impassibles à tout ça, pour donner aujourd'hui, des petits fruits rouges, aux enfants dressés sur la pointe des pieds afin de cueillir ceux qui leur faisaient de l'oeil dans les hauteurs.

Les rafles n'étaient plus d'actualité, mais encore, l'habitude maintenait une méfiance tenace qui pesait sur cette maison. La rafle des enfants juifs d'Izieux le 6 avril 1944 avait meurtri les responsables de ces maisons. Le danger pouvait encore surgir, de n'importe où, comme cela s'était produit ce matin-là, près de Lyon, où la Gestapo, sur l'ordre de Klaus Barbie, avait raflé ces pauvres enfants. Cette tragédie était toujours dans les esprits et amenait les moniteurs et monitrices de ces maisons à se méfier continuellement, même si parfois, l'insouciance de la jeunesse reprenait ses droits.

Certains enfants réapprenaient à vivre en liberté. Ceux qui sortaient à peine des cachettes, où ce mot prenait toute sa signification, où les sorties et la scolarité n'avaient plus lieu d'être. Tous cohabitaient dans le même sentiment de vivre leur vie d'enfant, rire, jouer, manger à leur faim, dormir sans entendre des bruits de sirène ou de mitraillettes.

- Tu étais où, avant, toi ? Demande Margot à Elisabeth, alors qu'elles se promènent, bras dessus bras dessous, dans le grand parc.

- J'étais à Mazamet, dans le Tarn, c'est plus au sud de la France, nous avons vécu longtemps là-bas, j'allais à l'école tenue par des sœurs, j'avais beaucoup de petites amies, et maman était soignée au Sanatorium.

- C'est quoi un sanatorium ?

- Un endroit où l'on soigne les malades de la tuberculose.

- Ta mère a la tuberculose ?

- Non ! Plus maintenant, elle est guérie, elle a eu beaucoup de chance, mais aussi, elle s'est bien battue. Avant de venir ici, nous avons passé quelques jours dans la Drôme, à la campagne, dans une ferme, c'était bien aussi.

- T'en as pas assez de changer tout le temps d'endroit ?

- Oh oui, et comment ! Mais c'est comme ça, j'aimerais être grande, je pourrais enfin aller où je veux et faire ce que je veux.

- Après la guerre, tu pourras.

- Après la guerre, je serai encore trop petite, je n'aurai pas treize ans.

- Comment tu sais ça ?

- Parce que je le sais, la fin de la guerre, c'est pour bientôt.

- Tu es trop forte, toi ! S'écrie Margot, empoignant la manche d'Elisabeth, la contraignant à dévaler la pente qui menait au grand mur, au fond, loin de l'entrée du château, où elles se sentaient encore plus libres.

Les fillettes Zilberbogen et leur mère passèrent de beaux jours à Montintin, puis elles furent transférées, sans trop comprendre pourquoi à nouveau dans le sud de la France, chez les religieuses de Massac. Elles avaient l'impression de faire du yoyo géant, un coup en haut, un coup en bas. Comme le pensait fortement Elisabeth, tant que ce n'était pas un camp, tout allait bien.

Un nouveau décor, de nouvelles personnes, le même scénario, encore, s'imposait comme une fatalité. Il faisait beau, l'embarcation était escortée par des rangées de platanes, semblant leur souhaiter la bienvenue. Des sœurs, encore des sœurs.

- Vraiment, la France est peuplée de sœurs ! S'exclame en riant une Elisabeth, plus prête à rire de la situation que d'en pleurer, le temps de la souffrance physique était derrière elle, et cela l'aidait beaucoup.

- Oui, répond Lora, il y en a et heureusement pour nous, tu ne crois pas ?

- Oh Maman ! Je leur suis tant reconnaissante de ce qu'elles ont fait pour nous à Mazamet.

- Un jour, nous reviendrons, tu veux, plus tard ?

- Oui, plus tard, je veux revoir Sœur Maria du Sanatorium, je l'aimais beaucoup, elle a été si gentille pour toi aussi.

- Si gentille, répète Lora, la gorge serrée par l'émotion, puis se reprenant, celles-là sont de la Congrégation des Filles de Jésus.

- Pourquoi ne sommes-nous pas allées chez elles en partant de Mazamet ?

- Les choses ne se font pas toujours comme elles le devraient, ou plutôt dans la logique, cela s'appelle le destin, tu vas où le destin te porte, comme une petite feuille vole au vent et ne sait où elle va atterrir.

- Tu parles comme un poète.

- Ah ah ah ! Lora rit de bon cœur, vraiment sa fille avait le pouvoir de la détendre, oui, c'est ça, je suis poète si cela peut te faire plaisir.

- Moi aussi je peux écrire des jolies choses, tu sais !

- Je n'en doute pas, tu es une très bonne élève et l'écriture te plait beaucoup.

- Un jour, je t'écrirai un poème, rien que pour toi, et tu l'aimeras car jamais personne n'en aura écrit un aussi beau.

- Quand tu veux, cela me fera tant plaisir, ma chérie.

La discussion stoppa net en même temps que la voiture. Elles descendirent, déjà deux soeurs, voiles au vent, les rejoignaient.

- Regarde maman, celles-là, elles ont un voile aussi, tu crois que les Allemands les leur ont fait enlever aussi comme à nos sœurs à nous ?

- Chut ! Marmonne Lora alors que déjà les sœurs les saluaient.

- Bienvenue dans notre couvent à Massac, Madame Zilber-bogen, ici, vous serez bien, vous venez en attendant votre transfert à la Chaumière, à la frontière Suisse.

- On m'en a vaguement parlé, oui, c'est ça.

- Quoi, on va aller en Suisse après ! S'étonne Elisabeth, coupant soudainement la conversation.

- Et bien, Elisabeth, on ne coupe pas ainsi la parole, regardant sa fille d'un oeil réprobateur.

- Laissez-la, ce n'est qu'une enfant, rétorque la soeur, se tournant vers Elisabeth, tu ne savais pas que tu allais à la Chaumière, c'est une maison où tu seras bien, ils s'occuperont bien de vous jusqu'à la fin de la guerre. Et de rajouter, tu n'iras pas en Suisse, c'est à la frontière, tu seras toujours en France, explique la sœur, dont le regard présentait un léger strabisme.

Vexée de se faire reprendre, Elisabeth, pour se venger, sort avec un bel aplomb la phrase qu'il ne faut pas.

- Ce n'est pas en Suisse que je veux aller, ni en France, c'est en Pologne, chercher papa.

150

Les sœurs regardèrent Lora, estomaquées par cette remarque impertinente et mal appropriée.

- Excusez-la, elle a été si ballottée qu'elle est souvent tourmentée et les souvenirs ont la vie dure.

- Ce n'est rien, reprend la sœur, allons boire quelque chose, nous vous avons préparé des collations, vous devez être assoiffées, il fait assez chaud aujourd'hui.

- Merci, avec plaisir, répond Lora, appuyant sa main dans le dos d'Elisabeth, pour la faire avancer, espérant qu'elle n'aille pas encore dire ou faire un faux pas.

Les deux sœurs précédèrent les nouvelles venues et les firent entrer dans une grande pièce qui semblait être une cuisine.

- Tenez, dit l'une des sœurs, tendant un grand verre à Lora, tandis que l'autre sœur faisait de même en direction des deux fillettes.

- Cela doit être dur pour vous, être toujours en partance, demande l'autre soeur.

- Oui, soupire Lora, tenant d'une main frêle son verre à moitié plein.

- Nous allons tout faire pour que votre séjour ici soit le meilleur.

- Merci, s'excuse presque Lora, sa timidité reprenant le dessus.

Lora s'excusait beaucoup. Depuis toujours elle était assez discrète, toute cette attention que chacun lui portait tour à tour la poussait hors des limites que lui dictait son tempérament, l'obligeant à accepter toujours ce qu'on lui offrait. Elle le supportait surtout pour ses deux filles, leur faciliter la vie étant son seul souci.

Les quelques jours qui suivirent ramenèrent définitivement les sourires sur les visages des réfugiées. De plus en plus, les ouï-dire sur la probabilité de la fin de la guerre, fusaient çà et là. La paix venait, tout doucement, cela ne faisait aucun doute. Lora et les fillettes le sentaient bien, le retour à une vie plus normale prenait forme de jours en jours.

Le printemps s'affirmait. Le Camélia, juste au bord de la fenêtre de la cuisine, donnait déjà de magnifiques fleurs rouges, et chaque jour, Cécile et Elisabeth comptaient les boutons éclos, les autres attendant leur heure irrémédiablement.

- J'aime les fleurs et les arbres, déclare Elisabeth à sa sœur, déchirant à pleine dent un bon morceau de pain, avec deux barres de chocolat à l'intérieur.

- Pourquoi ? Répond Cécile, la bouche pleine de bon pain frais, elle aussi.

- Tu n'as donc pas remarqué, partout où nous sommes passées, ils sont là, pour nous rassurer, je ne sais plus exactement où et mais tu te souviens qu'il y avait un camélia déjà, mais où était-ce donc ? Réfléchie Elisabeth, avalant un énorme morceau de pain, qui eut un mal fou à trouver le chemin de l'estomac.

- C'est le même peut-être, hasarde Cécile.

- Mais non, c'est pas possible, c'est un autre, mais pourtant ils se ressemblent comme deux gouttes d'eau. Les gens sont différents par rapport aux fleurs, une rose ressemble à une autre rose, mais les soeurs entre elles, elles ne se ressemblent pas tant que ça, il faudrait bien que l'on m'explique pourquoi une bonne fois.

- T'as qu'à demander à une soeur, elle doit savoir pourquoi l'autre soeur n'est pas pareille, non !

- Non, oublie, je serais ridicule, mais il y a des choses bizarres sur cette terre, ça, on ne m'empêchera pas de le penser.

Le couvent de la Congrégation des Filles de Jésus se trouvait au centre de Massac, juste à côté de l'église Saint-Michel. Les petites sortaient de temps à autre pour jouer aux abords de l'église avec le commandement suprême de ne pas s'éloigner. Le village n'était pas très important avec huit kilomètres carrés d'envergure, elles ne pouvaient aller bien loin. Ce qu'elles aimaient, c'était quand les soeurs les emmenaient à Lavaur, une ville plus importante à quelques kilomètres seulement pour faire les courses de la semaine et autres emplettes nécessaires aux soeurs de la Congrégation. Les Massacois étaient des gens gentils et personne ne posa de questions au sujet de ces intruses, même si nombreux d'entre eux, présumèrent qu'il s'agissait de juives cachées. Les soeurs veillaient, la guerre n'était pas finie et tant que ce serait le cas, les petites juives étaient en danger.

- Vous avez un beau blason ici, interpelle Elisabeth, la couleur argent s'accorde bien avec le rouge.

- Tu as remarqué le blason, tu as l'oeil, tu t'intéresses à l'histoire des villages ? Questionne Soeur de la Rédemption, toute étonnée de l'intérêt que la fillette portait au bourg.

- Je m'intéresse à tout, c'est ce qui me permet de tenir le coup, tout a une histoire, petite ou grande, mais tout se tient si on veut bien aller au fond des choses.

Sœur de la Rédemption regarde Elisabeth, admirative.

- Toi, tu es une bonne petite, il ne faut pas changer, reste curieuse du monde comme tu l'es, le savoir t'apportera une grande force face à l'adversité.

- Ça, on me l'a déjà dit, c'est vrai alors, être intelligent, ça sert.

- L'intelligence est une chose, l'instruction en est une autre, les deux font les grands hommes, ou les grandes femmes, se reprit la sœur, de peur de vexer Elisabeth, très susceptible.

Elisabeth s'intéressait aussi à la cuisine. Les heures passées à regarder la cuisinière de l'Ecole Notre-Dame lui avaient donné goût à la préparation des plats, mais les desserts avaient sa préférence. Les gâteaux au chocolat, ce jour-là, elle passa une bonne heure avec la sœur commise en cuisine, et contribua à l'élaboration du dessert tant convoité. Il fallait passer le temps et Elisabeth savait le faire. Son intérêt pour chaque chose l'aidait et l'avait aidée tant de fois à surmonter l'ennui. Elle savait que les jours étaient comptés ici. Sa mère attendait la décision du départ pour la Chaumière d'un jour à l'autre. Elle allait devoir à nouveau changer de décor, mais qu'importe, la guerre était sur le point de se terminer, c'était ce qui comptait le plus pour tous.

- C'est pour demain, n'est-ce pas, Lora ? Demande avec une nette émotion dans la voix Sœur de la Rédemption.

- Oui, c'est pour demain, ma Sœur, répond d'un ton résigné celle qui avait su se faire aimer en si peu de temps par les sœurs de Massac, auxquelles la jeunesse des deux fillettes de Lora allait manquer terriblement.

- C'est incroyable comme l'on peut s'attacher en quelques jours à des enfants.

- Elles sont très dynamiques, un peu trop même parfois, mais si attachantes, c'est vrai. Partout où nous sommes passées, elles ont laissé de très bons souvenirs, réplique Lora.

- Je n'en doute pas, répond la sœur avec un large sourire, puis, prenant un air plus sérieux, je vous souhaite le meilleur Lora, à vous et à vos fillettes. J'espère que nous nous reverrons un jour, mais c'est vrai que l'on dit toujours ce genre de choses quand on se sépare, et puis, après, la vie fait ce qu'elle veut.

- Si je peux un jour, je reviendrai, promis !

- Ne promettez pas, mais l'intention est là, l'intention, ma chère Lora, l'intention est essentielle, elle peut conduire à une trahison, elle peut aussi conduire à la bénédiction.

- Je vous trouve si sérieuse tout à coup.

- Je le suis, les temps le sont, mais la vie nous prouve tous les jours qu'au milieu de la détresse, au milieu de la barbarie humaine, les bons sentiments resurgissent, toujours ils s'extirpent du mal, et c'est pour cette raison que je suis en sacerdoce depuis si longtemps, explique la soeur

- Je n'avais jamais rencontré de soeurs avant notre exode, je ne pensais pas que je trouverais en elles le salut.

- Ce n'est pas dans les sœurs que le salut se trouve, ma chère enfant, c'est dans le Saint-Père, qui nous protège et exauce nos vœux selon nos propres prières.

Lora tenta d'entrer dans cet état d'adoration pour le Dieu tant prié, mais elle avait du mal à imaginer que ce Dieu pût tolérer autant de malheur et de misère pour son peuple.

- Vous n'avez jamais douté, ma Sœur ?
- Ah ! Cette question, je l'attendais, le doute fait parti de la foi, il n'y a pas de véritable explication pour révéler cette évidence, notre Seigneur est là, parmi nous, ce sont les hommes, entre eux, qui s'entretuent, Dieu n'y est pour rien.
- Mais, renchérit Lora, puisqu'il est si puissant, pourquoi ne pas intervenir, pourquoi ne pas donner à manger et à boire à tous ces enfants dans les camps.

Comprenant qu'elle s'emportait un peu, Lora stoppa net sa plainte, et fit mine presque de s'excuser.
- Bien sûr, votre pensée est légitime, nous y avons toutes pensé, à un moment ou à un autre, votre raisonnement n'est pas isolé. Mais cessons nos analyses et allons prendre le soleil sur la terrasse.

Ce fut une fin d'après-midi et une soirée agréable, triste pour les unes qui laissaient partir des amies, mais pleine d'espoir pour les autres qui continuaient leur périple, jusqu'à quand ?

Avril touchait à sa fin, les changements brutaux du temps commençaient à s'estomper, les traditionnelles giboulées avaient tenu leurs promesses. Cette année, plusieurs fois, les grêlons avaient fait leur apparition, saccageant même le potager des sœurs, un crève-cœur pour celles qui s'occupaient de ce petit espace vert avec une attention toute particulière, on peut même dire qu'elles le bichonnaient. Le commerce reprenant peu à peu, elles avaient pu se procurer certains plants et les faisaient pousser avec amour.

Vinrent les adieux, les embrassades, les larmes aussi et puis le destin. La voiture qui devait les emmener à la gare de Lavaur ajoutait un maillon supplémentaire à leur exode. Lora était silencieuse, Elisabeth à sa droite, Cécile à sa gauche, ses bras leur servant de protection, ses deux pouces qui caressaient de temps à autre les petites joues rondes. Plus jamais ces joues ne seront creuses, pense Lora. Elle s'enfonça encore un peu plus dans le siège et ne pensa à rien, penser à rien, voilà la solution !

Le voyage fut long et fatiguant. L'arrivée par contre suscita un engouement non dissimulé des deux fillettes. Le coin était magnifique, La Chaumière par le Crêt semblait être le paradis tant attendu. La Haute-Savoie montrait ses charmes et les esprits escamotés par toutes les souffrances, adoptèrent ce lieu immédiatement.

- Que c'est beau ! S'extasie Elisabeth, regarde la neige sur les hauteurs, regarde Cécile, regarde maman, que c'est beau !
- C'est déjà ça, dit Lora le sourire aux lèvres, je ne sais pas combien de temps nous resterons ici, mais l'O.S.E. a eu une idée magnifique de nous envoyer dans un endroit aussi enchanteur.

C'était un renouveau, la fraîcheur du lieu, la température n'étant pas très élevée, rafraîchissait ces cœurs meurtris. La Chaumière se trouvait en dessous de la ville d'Evian, à Saint-Paul en Chablais. Après l'installation dans les chambres de la colonie, Lora se retrouva durant quelques minutes devant ce décor féerique.

- Si tu voyais, Ab, si tu voyais comme tes filles ont grandi, nous nous en sommes sorties, mais tant sont restés. Et toi, où es-tu, mon amour ? Te reverrai-je un jour ? Et vous le sœurs de Mazamet, vous reverrai-je aussi un jour ?
- Vous parlez toute seule Madame Zilberbogen ? Demande la responsable des lieux.
Lora, troublée par cette interception indiscrète.
Oui, cela m'arrive, de temps en temps, je parle à ceux que je n'ai plus, je leur parle pour qu'ils vivent en moi.
- C'est bien naturel.
- Je me sens si proche de la Belgique, c'est de là que nous sommes parties en 1940 pour fuir les nazis.
- Vous y reviendrez peut-être ?
- Qui sait, oui, peut-être, mais sans mon mari, ma mère, mes sœurs, quel intérêt ?
- Mais le vôtre, tout simplement, pour exorciser le passé, qui ne vous quittera jamais, mais qui pourra être moins lourd avec le temps et le souvenir.

156

- Parlons d'autre chose, lance Lora, reprenant ses esprits, mes petites, où sont-elles ?

- Elles prennent possession des lieux, ne vous en faites pas, les enfants ont cette faculté de s'adapter partout et très vite.

- C'est vrai, mais vous savez, elles ont eu à s'adapter dans des endroits où personne ne voudrait s'adapter, si vous voyez ce que je veux dire.

- Je sais, cela a dû être si dur, approuve Madame Veurfe.

- Non, je suis désolée, mais non, vous ne pourrez jamais vraiment savoir, et encore nous n'avons connu que les camps d'internement, ceux qui sont partis en convois, où sont-ils allés, que leur a-t-on fait ? Sanglote Lora, ne retenant plus ses larmes, cette humidité lacrymale qui lui faisait tant de bien quand elle pouvait sortir, comme ça, par moments furtifs.

La responsable la prit par les épaules, resta quelques instants si proche de cette femme, mais avec le sentiment que les pensées de Lora partaient si loin, qu'elle, Madame Veurfe, ne pourrait jamais les atteindre.

- Vouloir oublier serait une gageure, insiste Lora, je ne veux pas oublier, je veux apprendre à vivre avec ça.

- Vous apprendrez, lâchant son étreinte amicale, et Lora se reprit soudain, accrocha un large sourire à ses lèvres.

- Nous allons passer de bons moments ici, et vous allez retrouver votre plus beau sourire, nous verrons bien de quoi demain sera fait, n'est-ce pas, affirme Madame Veurfe, empoignant Lora par le bras et l'entraînant vers la charmante demeure.

Une oreille colée au poste de radio, Lora ne cesse d'écouter les informations que l'on donne sur l'imminente capitulation allemande dont tout le monde parle depuis déjà plusieurs semaines. Depuis la libération de Paris, le 25 août 1944, qui avait enthousiasmé le pays tout entier, plus de huit mois s'étaient écoulés. Même si la vie quotidienne avait nettement évolué, les Juifs n'étaient pas à l'abri pour autant, la fin de la guerre n'était pas encore officielle. Certains même craignaient encore des représailles.

Ce soir-là, Lora laisse enfin son poste de radio pour savourer la douceur de cette soirée printanière. Sur la terrasse, Elisabeth regarde de l'autre côté, là-bas, les lumières qui illuminent la Suisse voisine. En effet, de la Chaumière, si près de la frontière Suisse, l'on pouvait voir tous les soirs les lumières qui étincelaient toute la nuit. Côté Français, le couvre-feu était toujours d'actualité, et les lumières se devaient de rester éteintes à partir d'une certaine heure.

- Tu vois, ma chérie, murmure Lora à l'oreille de sa fille aînée, tant que nous devrons éteindre les lumières en début de nuit, nous serons sous l'emprise de cette guerre.

Le moindre interdit nous rappelle à l'ordre, nous sommes en guerre, nous sommes en guerre…Cette phrase résonnait dans la tête de Lora, nous sommes en guerre, malgré tout.

- Plus pour très longtemps maman, mon flair me dit que cela va changer, je le sens au plus profond de mon âme.

- Puisses-tu dire vrai, répond Lora, sa joue gauche colée sur les cheveux de la fille, la serrant très fort dans ses bras.

Lora la lâcha enfin, se retourna et vit Cécile qui dormait à poings fermés dans le petit lit en métal, son bras droit lui cachant le visage. Son air devint plus sombre, durant un instant, très court, elle imagina ce même petit corps, couché à même le sol, dans des paillasses infâmes, si loin et si près à la fois, dans un camp où on les avait parqués, eux, les indésirables. Elisabeth comprit à quoi sa mère pensait, cet air-là, elle ne le connaissait que de trop.

- Maman, coucou, remuant ses bras devant les yeux de sa mère, coucou, la tirant par le bras ! Elle la poussa à nouveau sur la terrasse, regarde, regarde dehors, cette paix qui règne, regarde, tout ça c'est fini, maman, c'est fini, la vie est là, nous sommes revenues, on l'a fait, maman, on a réussi.

Les traits du visage de Lora reprirent de l'altitude, transformant l'hiver en été.

- Heureusement que tu es là, que vous êtes là, toutes les deux, sans ça, je n'aurais pas survécu, je ne m'en suis sortie que pour vous et grâce à vous.

Elles se couchèrent, l'air qu'elles respiraient pouvait atteindre le fin fond de leurs poumons. Cette sensation était merveilleuse, respirer à fond, sans angoisse, sans peur. La dernière chose que vit Elisabeth avant de dormir, une étoile scintillante dans le ciel, son étoile, et celle-là, elle n'était pas jaune.

Elisabeth dévore son petit déjeuner avec quelques petites camarades, réfugiées juives comme elles, certaines avaient tout perdu, étaient seules au monde.

- Tu en as de la chance, toi, d'avoir encore ta mère.

Le nez dans son bol, Elisabeth répond malgré tout, car si elle devait qualifier son parcours depuis le début de la guerre, ce ne serait pas le mot chance qu'elle aurait employé, oui, le fait d'avoir maman, oui, là j'ai de la chance, pense la fillette, pas encore tout à fait réveillée.

- Moi, je suis seule, maman et papa ont été arrêtés dans notre appartement à Paris, je me suis cachée sous l'évier. J'avais si peur, que les voisins qui m'ont recueillie, m'ont dit que je n'avais pas parlé pendant une semaine au moins, c'était il y a quatre ans, je n'avais que six ans, révèle la petite amie d'Elisabeth.

Elisabeth la regarde, visiblement émue par ce petit bout de femme, déjà si marquée par la vie, comme elle d'ailleurs et comme toutes les petites filles de cette maison.

- Ça ne te fait rien, mais je n'ai pas très envie de parler de tout ça, vois le soleil qui brille dehors, nous allons nous promener aujourd'hui près d'Evian, c'est le passé, tout cela, Masha, il faut aller vers l'avenir.

- Tu as raison, tranche son interlocutrice, on va bien s'amuser aujourd'hui.

Le groupe des fillettes et des monitrices parcourt les abords de la ville d'Evian et de Saint Paul en Chablais. Elles veulent connaître plus avant les lieux qui les ont si bien accueillies. Evian est une très belle petite ville, au nord du département de Haute-Savoie, faisant face à la Suisse, la ville de Lausanne se trouve à peine à treize kilomètres par le lac Léman.

- Regarde, comme c'est beau, Elisabeth, ce lac est magnifique, on distingue la Suisse, là-bas, au loin, s'écrie Masha.

- C'est peut-être la ville où les lumières brillent la nuit, le pays où la guerre est finie.

- La guerre n'est pas finie, tu ne peux pas dire ça.

- Pourquoi ? Quand on veut une chose très fort, elle se réalise, enfin parfois, rectifie Elisabeth, pensant tout à coup à son père dont elle avait tant rêvé le retour et qui n'était jamais revenu.

- À quoi penses-tu ? Tu es si triste tout à coup.

- À rien, je ne pense à rien, hurle presque Elisabeth, prenant ses jambes à son cou, comme elle le faisait toujours pour échapper à une discussion.

La promenade au bord du lac se prolongea assez tard, le plus grand lac de l'Europe Occidentale valait bien que l'on s'y attarde, sa superficie approchait les cinq cent quatre vingt deux km2. Le paysage était splendide et cette beauté réconciliait Elisabeth et les autres avec la vie, qui pouvait être si belle parfois.

Le jour se lève. Le soleil pointe à l'horizon, ce merveilleux horizon que Lora ne se lasse de contempler. Elle met les deux pieds à terre. Ses filles dorment encore, elle regarde sa chemise de nuit. Des jolies fleurs et des arabesques se croisent dans un camaïeu de couleurs vives. C'est Elisabeth qui l'a choisie, elle la trouve un peu trop voyance, mais tant pis, de plus, elle est si confortable, taillée dans un jersey très doux.

Elle passe nonchalamment devant le petit calendrier accroché au mur du couloir, elle s'avance pour voir de plus près la date du jour, lundi 7 mai 1945. Un jour comme les autres, le petit-déjeuner pris avec les autres adultes aujourd'hui, pour les enfants, ce sera plus tard dans la matinée. Chacun vaque, comme tous les jours, à ses occupations, les unes font le ménage et préparent le repas de midi, d'autres s'occupent à coudre et à crocheter afin de créer de grandes couvertures de fauteuil ou de petits napperons qui serviront à accueillir un bibelot. Les rares hommes de la maison veillent à l'entretien, ce matin, ce sont deux carreaux cassés qu'il faut remplacer, en bas, aux fenêtres qui se trouvent à ras de terre, juste à l'entrée de la cour. On entend des rires, des ordres qui se donnent dans la bonne humeur.

Il y a aussi Jeanne, qui est, du moins le bruit court depuis quelques jours, légèrement éprise, dit-on, du jeune homme qui s'occupe à tailler les haies et faucher les grandes herbes. Un très séduisant garçon de dix-neuf ans, blond aux yeux verts, Jacques Tiskuhiaz, portant un nom imprononçable que d'ailleurs personne ne prononce. Tous l'appellent Jacques, sans même savoir si c'est son vrai prénom, qui ne correspond pas vraiment avec ce nom si pénible à énoncer. Bref, le printemps jouant son rôle d'entremetteur, Cupidon avait jeté son aiguillon dans ce petit coin de Haute-Savoie.

160

Soudain, Bernadette faillit en renverser sa marmite toute fumante de bonne soupe de légumes. Une julienne qui mijotait et dont tout le monde raffolait sauf quelques enfants, égaux à eux-mêmes, qui n'avaient pas encore compris que la soupe faisait grandir, à croire qu'un bon nombre d'entre eux comptaient bien rester petits encore pour un bon moment.

- Où est la radio ? Allumez la radio, vite, vite, ils vont signer la fin de la guerre, vite, mon Dieu, je n'y crois pas, ce n'est pas possible.

Le boulanger qui venait livrer les miches de pain pour la semaine, était dans tous ses états.

- Qu'est-ce qui vous arrive, parbleu, ce matin, vous avez trop bu d'anisette ou quoi ? S'écrie Bernadette, la cuisinière, tenant encore sa louche fumante dans la main.

- Je n'ai rien bu du tout, grogne l'artisan, légèrement vexé par cette allusion des plus déplacées, mais qui, face à l'événement, avait l'importance d'un pipi de chat.

- Ils viennent de dire à la radio que la paix se signe aujourd'hui, à Reims, et que les Allemands capitulent.

Le boulanger dansait autour de la table, devant un parterre de personnes figées, ne sachant s'il fallait rire, pleurer, se prendre dans les bras, s'embrasser, le croire, ne pas le croire, l'enfermer et appeler un médecin.

- Quoi ! Mais alors, c'est vrai, vite un poste de radio, Bernadette, va vite prévenir Madame Veurfe.

- Je crois qu'elle n'est pas là, réplique aussi sec la jeune fille.

- Il faut la trouver, vite.

Déjà un essaim grouillant prenait d'assaut le seul petit poste radio, dont les grésillements étaient couverts par cette horde toute excitée.

- Mais taisez-vous ! Hurle la cuisinière, chut ! Chut ! Là, là, ils en parlent, écoutez.

La voix à peine audible et voilée du journaliste permettait quand même à quelques oreilles de comprendre certaines bribes du bulletin d'information. Les ondes étaient envahies par les informations relatant cet événement tant attendu, la capitulation Allemande. Ils étaient si bruyants que rien ne ressortait vraiment de ce transistor miniature, jusqu'à ce que Madame Veurfe arriva enfin et ouvrit le coffre fort, aujourd'hui c'en était un, car il renfermait l'objet, le poste radio, le vrai, celui dont le son est clair, celui avec la modulation de fréquence. Le petit transistor fut très vite abandonné. Là, enfin, ils entendirent tous cette phrase : la reddition de l'armée allemande est signée à Reims dans une salle du Collège Technique et Moderne par le Maréchal Allemand Alfred Jold. Ils se regardèrent.

- C'est pas loin Reims, on est presque à côté, souligne Jacques livide.
- Ah oui, c'est pas loin ! Répète bêtement le boulanger.
- Mais on s'en fout de savoir si c'est loin ou pas, ce serait en Amérique que cela ne changerait rien, c'est fini, les boches ont perdu, on les a eus.
- Taisez-vous ! Tranche Madame Veurfe, ils disent autre chose qui paraît important, les combats ne devraient pas se terminer tout de suite au front de l'Est…

Il fallut plusieurs heures à tous pour réaliser ce qu'ils venaient de vivre, ce n'est qu'en soirée que les échauffements firent place à plus de sagesse. Tous les habitants de la Chaumière voulurent fêter cet événement. La joie fut pourtant de courte durée. Le lendemain, les rires se transformèrent en rictus. Les journaux occidentaux avaient répandu trop tôt la nouvelle de la capitulation. Pourtant ce jour-là, le 8 mai 1945, la nouvelle allait à nouveau tomber en soirée et cette fois ce serait la bonne.

- Cette fois, c'est vrai, ils le disent, la signature se passe à Berlin.
- Ils l'ont dit hier soir aussi, non ! Je ne les crois plus, tranche net Jacques, qui ne pardonnait pas cette erreur aux journaux, cette fausse joie, non, vraiment, les gens ne la méritaient pas, d'après ce jeune homme qui avait vécu tant de moments difficiles.
- Cette fois, c'est … la … bonne, je te dis, oh celui-là, il est têtu quand même, râle la responsable des lieux, et vous Lora, vous ne dites plus rien depuis ce matin ?

- Non, je ne dis plus rien, cette fausse annonce de la paix m'a fait mal, et si elle ne venait jamais cette paix.

- Mais maman ! S'écrie Elisabeth, je te l'avais dit il y a quelques jours, tu te souviens, je le sens, cette fois, aujourd'hui…

- Chut ! Ils en parlent, rappelle Madame Veurfe.

Les oreilles retrouvaient leur place de la veille, au plus près de la merveille qui leur annonçait la capitulation allemande, signée cette fois à Berlin par les représentants du Haut Commandement Allemand emmené par le Maréchal Wilhelm Kietel, en présence des personnalités de l'URSS, de la Grande-Bretagne, des Etats-Unis et de la France. Les journalistes radio répétaient cette phrase dans la nuit, la guerre est finie, la guerre est finie « Ce soir, 8 mai 1945 à vingt trois heures et une minute, la guerre en Europe est terminée.

Assise sur une chaise de la salle à manger, Lora est immobile, Elisabeth, colée contre sa poitrine d'un côté et Cécile de l'autre, personne ne bouge.

- Lora, vous réalisez ce qui se passe ? Demande Madame Veurfe doucement, effectuant une approche très calme.

- Je ne veux pas, susurre à peine Lora.

- Vous ne voulez pas quoi, Lora ? Vous devriez être folle de joie, les Juifs ne seront plus pourchassés, vous êtes libre, Lora, vous êtes libre.

- Je ne veux pas y croire, j'ai peur de me réveiller, que cela ne soit pas vrai, je ne peux pas y croire, répète-t-elle comme un robot.

Madame Veurfe sourit, puis se lève pour préparer une tasse de tisane à Lora.

- Je vais vous apporter une verveine, cela vous fera du bien, vous en voulez les enfants ? S'adressant aux deux fillettes, qui n'avaient toujours pas lâché leur mère.

- Non, ça ira, articule Elisabeth, aussi hébétée que sa mère.

- Mais qu'est-ce qui vous arrive ? Réjouissez-vous, bon sens, la guerre est finie.

- Demain, nous nous réjouirons, c'est promis, demain, quand nous serons sûres, n'est-ce pas, Elisabeth, affirme Lora, cherchant une approbation chez sa fille aînée.

- Oui, man, demain, se collant plus près encore de sa mère.

La nuit de Lora fut pratiquement blanche. Elle repassa toute sa vie dans sa tête, Varsovie, le déchirement du départ, la séparation d'avec Abraham, la Belgique, la fuite en France, les maisons de l'O.S.E, puis les camps d'internement, sa mère, Boumama, ses sœurs, Dora et Milly, ses nièces et ses neveux, Esther, où étaient-ils ces petits anges ? À quoi bon la paix, pourquoi faire, tout ce gâchis, pour une idéologie. Ils étaient peut-être tous morts parce qu'un seul homme n'aimait pas les Juifs. Oui, la guerre était peut-être bien finie, mais le cyclone qui s'était abattu sur sa famille l'avait détruite à tout jamais. Si, comme le Phénix, elle et ses filles renaissaient de leurs cendres, la vie garderait sûrement toujours un goût amer.

La période de liesse qui suivit le 8 mai emporta tout un chacun, les Juifs, qui retrouvaient la liberté, ceux qui les avaient cachés, qui ne tremblaient plus au moindre bruit de voiture ou de camion, les civils français qui avaient subi tant de privations et qui vivaient dans la peur d'un bombardement. La vie normale tentait de reprendre peu à peu. Puis ce fut la découverte, celle qui allait horrifier le monde. Les camps, que d'aucuns pensaient être des camps d'internement ou de travail obligatoire, les camps, vers où se dirigeaient ces trains, ces convois dans lesquels il ne fallait surtout pas embarquer.

De ces camps, l'Armée Russe et tous ceux qui délivrèrent les Juifs encore vivants, les caméras et les journaux, extirpèrent l'indicible. Les camps découverts partout en Europe, dont Treblinka en Pologne, Auschwitz, Buchenwald, Bergen-Belsen, firent l'effet d'une bombe, toute l'horreur nazie éclaboussa le monde entier. Ce que les gens avaient imaginé n'était rien face à la réalité des camps de concentration, les fosses, les fours crématoires, les humiliations, les tortures, les expériences médicales sur des cobayes humains vivants. Le monde était dégoûté et les fautes commencèrent à être rejetées des uns sur les autres.

Les gouvernements sous l'occupation se défendaient d'éventuelles complicités avec l'ennemi. Vint alors le temps des règlements de compte. Ceux que l'on surnommait les « collabos » connurent des heures sombres, on ne leur pardonnait pas l'entente avec l'ennemi. C'est dans cette ambiance de révolte et de joie mélangées face à la paix retrouvée, que Lora reçut la merveilleuse nouvelle. Avec la fin de la guerre, un bonheur ne vient jamais seul dit-on, et bien là, l'adage se vérifia exact.

- Lora, Lora ! Une organisation juive, je ne sais pas trop qui, en fait, il faut m'excuser, je n'ai pas trop bien compris l'expéditeur de cette lettre. On a retrouvé votre maman et…

Lora, aidant au repassage, ne comprend pas tout de suite, Madame Veurfe hurle dans le couloir. Avec la porte à moitié fermée, elle croit à la venue de la mère de la responsable des lieux.

- Votre mère arrive ? Questionne Lora qui avait compris tout autre chose.

- Non, Lora, c'est la vôtre, Lora, celle dont vous m'avez parlé, celle qui était dans le camp avec vous, à Brens.

Lora devint blanche comme la chemise qu'elle tenait au bout des doigts. Maintenant, la même chemise traîne par terre, Lora ne la lâche pas, elle regarde celle qui lui parle, sans rien dire, stupéfaite par ce qu'elle entend.

- Et bien Lora, ce n'est pas magnifique ça, quel miracle, mon Dieu, quel miracle !

- Ma-man, balbutie Lora du bout de ses lèvres livides et tremblantes.

- Oui, Lora, votre maman est en vie, elle est à Lyon, elle a été cachée longtemps là-bas, sans savoir où vous étiez et si vous étiez toujours en vie.

- Je ne peux y croire.

- Ah non ! Vous n'allez pas recommencer, la fin de la guerre, vous n'y croyez pas, votre mère est en vie, vous n'y croyez pas.

Madame Veurfe n'a pas fini sa phrase que Lora éclate en sanglots, le corps secoué à tel point qu'il lui est impossible de prononcer un quelconque son audible et compréhensible. Elle se jette dans les bras de la porteuse de bonnes nouvelles, et elles pleurent toutes deux durant quelques minutes, puis soudain, Lora prend du recul, cette fois, elle vient de réaliser.

- Où est-elle ? Je veux la voir et mes sœurs, où sont-elle ?

- Calmez-vous ! Pour le moment, il s'agit de votre mère, ne brûlons pas les étapes, dès que possible, nous allons partir à sa rencontre.

Une tornade entre alors dans la pièce, Elisabeth, un magnifique scarabée doré enfermé au creux de sa main.

- Maman, regarde comme il est beau, il est très rare celui-là, il me faut une boîte pour le mettre, vite.
Elisabeth s'arrête net devant ces deux femmes en pleurs.
- Maman, qu'y a-t-il ? Tu es malade ? S'inquiète la fillette.
Lora empoigne sa fille, la serre si fort à lui couper le souffle.
- Ma chérie, mon bébé, Boumama est en vie, elle est à Lyon.

Elisabeth ouvre la bouche dont aucun son ne sort, statufiée par cette nouvelle, par ce doux missile qui lui traverse la tête. Un tremblement de terre l'emporte dans une autre dimension, elle ne sent plus son corps, elle se fige sur place, incapable de réagir à cette phrase surnaturelle. Un fantôme surgit du passé, sa Boumama s'en est sortie, au moins un, au moins un parmi tous ces anges est de retour dans le monde des vivants.
La curiosité succède à la surprise et savoir, découvrir les faits, comment ? Où ?
- Voilà la lettre.

Madame Veurfe tend à Lora un bout de papier blanc que cette dernière s'empresse de dévorer. Elle tient ce bout de bonheur entre ses doigts, partagée entre la douleur, imaginant par où sa mère a dû passer et cette joie indescriptible des retrouvailles, embrasser maman, était-ce encore possible ?
- Elle est à Lyon, décrypte Lora, et… avec Dora, ma sœur Dora et ses enfants, ils sont vivants, ils ont été cachés par une organisation juive. Lora crie plus qu'elle ne parle, elle semble une enfant, se tourne vers ses petites.
- Boumama est de retour, mes enfants, Elisabeth, tu vas la revoir, ton vœu a été exaucé.
- Oh, Maman ! Hoquette Elisabeth.

Ces deux-là ne se lâchent pas, elles n'en finissent pas de se serrer, de pleurer, de s'embrasser, elles forment un seul bloc d'émotion.
- Maintenant, il faut aller à Lyon, Lora, intervient Madame Veurfe, ce n'est pas si loin, on va demander aux personnes qui nous ont envoyé cette lettre, comment pourrions-nous faire, qui pourrez nous accompagner ?

Deux jours après, le moyen de locomotion fut trouvé. Lora, Elisabeth et Cécile embarquèrent pour l'escale la plus agréable depuis leur exil, Lyon. Au bout de quelques heures, la grande ville fait son apparition, ses usines, ses cheminées qui fument, le Rhône, si majestueux. Elles le longent quelques kilomètres, puis entrent dans la ville pour atteindre, pas très loin du centre, la place Voltaire. Là, une maison, assez grande, aux murs blancs, avec des hautes fenêtres un peu austères, qui rappelaient celles d'un couvent. Cette image de couvent les suivait partout, comme imprégnée à jamais dans leur mémoire collective. Cette maison, celle où se trouve Boumama et Dora, cette maison est la plus belle de Lyon à leurs yeux, elle est comme un écrin imposant qui renferme un trésor.

Il ne faut que trois minutes pour que le trésor s'offre comme des diamants au milieu des Caraïbes, trois petites minutes, pour que Lora tombe dans les bras de sa mère, Boumama, amaigrie, mais toujours aussi vivace, aussi avenante.

- Ma fille, oh, ma fille ! Nous t'avons crue perdue, quand ils t'ont enlevée avec ta bouche qui crachait ce sang, je te pensais morte depuis si longtemps, tu es là, tu es si belle, et les petites, venez mes bébés, dans mes bras, je vous aime tant, vous avez tant à me raconter, comment êtes-vous sorties de ce camp, et Milly qui était avec vous, où est-elle ?

- Doucement Madame, vous allez vous trouver mal, conseille une dame qui s'occupe de Boumama, vous aurez tout le temps pour discuter, nous allons prendre le café, en voulez-vous Madame ? S'adressant à Lora.

- Si vous voulez, mais je ne suis pas venue ici pour boire du café, vous comprenez bien.

- Oui, bien sûr, mais allez toutes vous installer là-bas, à la table de la salle à manger, je vous apporte le café et des petits gâteaux tout de suite.

La dame partie, Boumama réitère ses questions à l'encontre de Lora, d'Elisabeth, elle veut tout savoir, où est allée Lora après le camp de Brens ? Comment elle a retrouvé les petites ? Pourquoi Milly n'est pas avec elles ? La discussion dure plusieurs heures. Elles vont repartir à la Chaumière pour le moment, et Boumama, Dora et les enfants restent à Lyon, Dès qu'ils le pourront, ils décidèrent de se retrouver tous en Belgique, le lieu de départ, pour tenter de recommencer une vie normale, tant qu'il soit possible, après cet ouragan, de recommencer quoi que ce fût.

Boumama, Dora, et ses enfants avaient été sortis du camp de Brens et emmenés directement dans une maison de l'O.S.E, puis une autre et une autre. Lora était si heureuse de revoir sa sœur aussi, mais jamais l'absence de Milly ne s'était fait autant sentir, surtout que Lora savait où elle était avec ses enfants, dans ce camp de transit, dans cet enfer, sur la plaine de Rivesaltes, loin dans le midi de la France. Les non-dits pesaient lourds, le destin de Milly semblait tout tracé, elle avait péri dans ces camps de la mort, ceux dont on ne revenait pas. Ne pas savoir, la souffrance, la peur, la déchéance que ces trois êtres avait pu connaître, c'était ça, le pire, imaginer, et plus tard, apprendre à ne plus imaginer.

La rencontre fut aussi courte qu'intense. Elles se séparèrent, certes, une fois de plus, mais cette fois, elles étaient vivantes, la guerre était finie et l'avenir ne pouvait être que meilleur. Il fallait maintenant s'accrocher aux branches, celles qui n'étaient pas tombées, celles qui n'avaient pas craqué sous le poids de la bêtise humaine.

La vie n'était plus la même, ce goût de miel qui l'avait désertée revenait peu à peu comme un grand silence après une avalanche. Une sève remontait maintenant dans ces vies usées qui ne demandaient qu'à se développer à nouveau sous ce soleil prometteur, l'espoir d'une saison meilleure.

Cette aide si précieuse que leur avaient apportée les Organisations Juives dont l'O.S.E, les avait sauvés d'une mort certaine. Aujourd'hui, la guerre terminée, d'autres organisations s'imposaient dans l'accueil des jeunes Juifs pour les aider à retrouver une vie normale et s'insérer dans la nouvelle société d'après-guerre. L'U.J.R.E. (Union des Juifs pour la Résistance et l'Entraide) fut de celles-là. Elle fut fondée en 1943, en pleine occupation, par l'unification de plusieurs groupes Juifs de Résistance. Depuis la libération, le siège de l'U.J.R.E. se situait au 14, rue du Paradis, ces militants prirent une part active aux combats de la Libération. Elle permettait aussi l'édition des plus prestigieux quotidiens Yiddish d'Europe dont la Naïe Presse.

Dans le cadre de sa Commission Centrale de l'Enfance (C.C.E), l'Union poursuit après-guerre son œuvre complètement dédiée à l'enfance. C'est ainsi que l'U.J.R.E. fonde les maisons pour enfants des déportés, des disparus, ainsi que des patronages ou des colonies de vacances.

Elisabeth fut séparée de sa mère et de sa sœur, elle savait que c'était pour son éducation, son âge trop décalé par rapport à celui de Cécile l'avait dirigée dans une autre maison. Comme le lui avait promis sa maman, ce n'était que du provisoire, ce provisoire qui durait maintenant depuis des années. Une fois de plus, le courage d'Elisabeth n'avait pas failli et sachant que la guerre était derrière elle, elle avait accepté, ses études lui tenant à cœur.

Maman avait promis, nous nous retrouverons après, ne n'inquiète pas, avait-elle précisé. Il avait fallu s'en contenter. Elisabeth avait connu tant de malheurs que celui-là, à part, bien entendu, la séparation d'avec sa mère et sa sœur, serait peut-être moins pénible. Pourtant, la séparation fut douloureuse, toutes pleuraient et le dernier baiser de Lora pour Elisabeth fut vécu comme une promesse.

- Jamais je ne te laisserai, tu peux me croire, les Allemands ne seront plus là pour nous faire du mal, mais encore un effort et après ce sera la fin du cauchemar. Dès que je peux m'organiser, nous irons nous installer à Anvers.
-Oui, maman, j'ai confiance, acquiesce Elisabeth, ne sachant en fait plus que penser.

Elisabeth fut presque soulagée quand elle embarqua pour sa nouvelle destination. Plus vite je pars, plus vite je les reverrai, pensait-elle, comme pour se donner le courage d'affronter ce nouveau défi. Jamais elle n'avait été séparée de sa sœur depuis le début de la guerre. Seule au monde, elle pleura pour la première fois le manque de Cécile. À ce moment précis, elle sut pour la vie que cette petite sœur serait précieuse. La joue écrasée sur la vitre de ce train qui l'emmène, elle aura bientôt douze ans et peut-être sa maman et sa sœur ne seront pas là pour lui souhaiter son anniversaire.

L'année 1946 voit Elisabeth devenir une femme, pour ses treize ans, elle fête finalement son anniversaire avec sa famille, puisque des retrouvailles sont organisées régulièrement entre la jeune fille, sa sœur et sa mère. Cécile a neuf ans cette année, et Elisabeth se souvient comment sa vie était triste au même âge. L'amour qu'elle porte à sa sœur ôte toute jalousie et elle se réjouit que Cécile ne se rappelle déjà plus de certains moments difficiles, qui, pour Elisabeth, restent à jamais indélébiles.

Plusieurs maisons de l'U.J.R.E. voient donc grandir Elisabeh d'un côté et Cécile de l'autre. Puis, elles se retrouvent finalement deux ans après pour assouvir ce désir tant espéré de revenir en Belgique, retrouver Boumama et les autres membres de la famille, rescapés de la déportation. À ce moment-là, ce sont deux jeunes demoiselles qui n'ont déjà plus rien à voir avec les deux fillettes bourlinguées de lieux en lieux, privées d'une enfance qu'elles ne retrouveront plus jamais.

Elisabeth est toujours aussi studieuse, ce qui lui vaut les félicitations des professeurs qui suivent sa scolarité. Lora, quant à elle, épuisée par ses combats répétitifs et cette souffrance latente, ne se sort pas de la guerre dans le même état d'esprit que ses filles. Une dépression vicieuse la tient, un jour meilleur que l'autre, mais le ver est là, qui la ronge, qui la vide lentement de son essence intérieure. Seules, ses filles restent sa raison de vivre, même avoir retrouvé Boumama ne peut pas effacer ces années de bonheur en Pologne, où elle sortait au bras du plus gentil et de plus élégant des hommes, Abraham Zilberbogen.

Pourtant, la vie n'est pas au pessimisme dans la France renaissante de cette année 1947. Vincent Oriol vient de prendre les rênes de la France depuis le 16 janvier, marquant ainsi les débuts de la quatrième République Française. Tout est à reconstruire, cette perspective amène l'élan général d'une population qui en a assez des restrictions et des temps de guerre, que les Français veulent maintenant révolus.

Dans ce tourbillon d'éclosion à une vie nouvelle, la mode joue elle aussi un rôle dynamisant, alliant la coquetterie et le plaisir oublié de la séduction. C'est cette année-là, vers la mi-février, que le grand styliste et couturier en vue, Christian Dior, sort de ses ateliers de couture, la mode « New-Look ». La taille revue et corrigée par le maître, avec les nouvelles jupes « juponnantes », faisant fi d'un temps de restriction encore présent dans tous les esprits, qui cachent certes les jambes des femmes, mais qui étalent un déferlement de tissu tourbillonnant à profusion. La plupart des jeunes femmes se pressent pour étaler dans tous les coins de la capitale d'abord, puis sur tout le territoire, ces immenses jupes, serrant la taille et tombant à l'infini autour des jambes, ne laissant apparaître que la moitié des mollets qu'il fallait alors s'efforcer d'avoir les plus fins possibles.

Lora, qui avait été mannequin dans le temps, se laissa un temps emporter par toute cette nouveauté. Elle, qui avait exhibé les plus beaux spécimens des couturiers belges d'avant-guerre, ne pouvait rester indifférente au milieu de la mode. Elle était toujours jeune et belle, malgré les années dures qu'elle venait de traverser. Elisabeth la poussait à se reconquérir elle-même, à se retrouver devant un miroir, à sauter le pas de la mélancolie.

Il avait fallu pratiquement dix ans à la famille Zilberbogen pour revenir au point de départ. Depuis les premiers tourments en 1938 à Varsovie jusqu'à aujourd'hui, en ce début d'année 1948, pour boucler la boucle, pour mettre le mot fin sur l'exode forcé. Dorénavant, chacun s'était promis de déménager uniquement selon son bon vouloir et uniquement parce que l'un ou l'autre l'aurait choisi et pesé de son propre chef. Les déplacements obligatoires n'auraient plus jamais lieu d'être. C'est à partir de ce moment-là que le mot liberté retrouva toute sa signification.

Anvers serait donc la prochaine destination, choisie celle-là, surtout que de nombreux Juifs revenaient sur Anvers, la ville la plus touchée par le nombre de déportés Juifs, avec au moins 65%. Lora pensait revoir peut-être des amies, des relations de sa mère et puis, il fallait bien s'installer quelque part, même si ce n'était pas pour la vie, jeter l'ancre semblait à l'heure actuelle la meilleure solution.

Lora avait renoncé définitivement à la Pologne. Les journaux avaient longuement retracé les évènements du ghetto de Varsovie, comment les Juifs avaient été parqués comme des animaux dans une partie de la ville, comment ils s'étaient révoltés lors de l'insurrection du ghetto et aussi comment ils avaient tous péri quand les Allemand avaient incendié le ghetto. Maintenant, Lora savait, elle connaissait la fin d'Abraham, seul, loin des siens. La question qu'elle s'était posée durant des années, pourquoi n'était-il pas parti avec elles ? Lora ne se la posait plus, son cœur était gonflé de ses souvenirs.

Maintenant, pour les petites, il fallait regarder vers l'avenir, aujourd'hui l'avenir, c'était Anvers. Dès 1948, la vie juive d'Anvers ressuscita, d'une part avec les survivants, rescapés des camps et du génocide, comme Lora et ses filles, et d'autre part, ceux venus aussi de Pologne et de Hongrie. La reprise de l'industrie diamantaire ajouta un facteur essentiel à la reprise économique, à chaque coin de rue, on voulait oublier la guerre.

Dès son arrivée à Anvers, Lora retrouva Boumama, qui reprenait peu à peu, elle aussi, goût à la vie. Elle avait retrouvé deux de ses filles, plusieurs de ses petits-enfants, elle savait qu'elle aurait pu rester dans ces camps et ses filles aussi. Mourir ou vivre, elle choisit, comme Lora, de vivre malgré tout, avec le souvenir toujours présent des autres membres de la famille, qui, eux, ne rentreraient jamais. En famille, on se demanda souvent ce qui était arrivé à Milly, Esther et les autres. Le but de leur voyage, Boumama et Lora savaient, mais c'était le comment, ce comment qui faisait si mal, avaient-ils souffert ? Le couteau remuait, encore et encore, dans ces plaies béantes sans faire de cadeaux.

Lora, elle, avait trouvé une solution pour se sentir plus proche dans le souvenir de son mari. La musique, cette passion commune qu'ils partageaient. Elle avait décidé de reprendre goût à la musique et elle comptait sur Elisabeth pour l'y aider.

- Il y a un concert d'orgue ce soir, tu viens avec moi ? Demande Lora à Elisabeth, plongée dans un livre d'aventures.
- Au concert, moi, mais tu n'y crois pas, pourquoi tu me demandes ça à moi ? S'exclame Elisabeth, toute étonnée de cette étrange proposition.
- Et bien, pourquoi cet étonnement ? Tu as l'âge de connaître enfin les choses du monde et les soirées de concert en font partie, ma chère, appuie Lora avec une pointe d'humour.

Etourdie et à la fois flattée de cette invitation soudaine, elle ne savait pas trop s'il fallait dire oui ou non, Et Cécile, qui gardera Cécile ?
- Et qui gardera Cécile ? Triomphe Elisabeth, croyant avoir trouvé la faille, l'annulation de ce projet qui, en fait l'impressionnait autant qu'il la ravissait.
- La voisine, Louise, pourquoi tant de soucis soudain pour ta sœur ? Je crois déceler chez toi une appréhension à cette sortie nocturne, je me trompe ?
Elisabeth fait sa moue habituelle.
- Je n'ai rien à me mettre ! Enchaîne Elisabeth convaincue cette fois d'avoir frappé fort.

- Tu ne penses pas que cette raison est valable, non ! On croirait une réplique d'une pauvre femme pour qui cette soirée est la dernière chance.

- Je te promets, maman, j'ai vraiment envie de venir, tu sais.

- Tu te comportes en effet comme une personne qui meurt d'envie d'assister à une soirée de concert d'orgue.

- Il n'y a que ça ?

- Bon, ça suffit, tu viens ou tu ne viens pas ! Je croyais qu'une soirée avec ta mère, avec tout ce que nous avons traversé, te tenterait un peu plus, je me suis trompée, n'en parlons plus.

Devant la réaction exagérée de sa mère, Elisabeth change complètement de position.

- Non, maman, mets ta plus belle robe, je vais t'accompagner et faire mes premiers pas dans le monde des adules, déclare Elisabeth effectuant des pas de deux avec une réelle élégance.

- C'est parfait, je crois que cela te plaira.

- Et si ça ne me plait pas ?

Devant l'air interloqué de sa mère.

- Oui, oui, oui, cela me plaira, cela me plaira, crie l'adolescente grimpant l'escalier en direction des chambres, allant vérifier sa garde robe et choisir l'objet rare pour un soir si exceptionnel.

Un brouhaha enveloppe la salle de concert, tout près du Conservatoire Flamand d'Anvers. Les femmes se sont parées telles des princesses, arborant des tenues plus sophistiquées les unes que les autres. L'après-guerre avait un effet exubérant sur la population, surtout féminine, le manque avait multiplié l'euphorie des jours meilleurs. Lora est comme dans un rêve. La vie fait vraiment ce qu'elle veut, pense-t-elle, on dirait que le temps s'est compressé, tout est si beau, tout a été si laid, comment ce changement peut-il avoir eu lieu ? Elle ne veut pas gâcher cette soirée, elle sort sa fille pour la première fois, non, ses mauvaises pensées ne viendront pas s'immiscer dans sa tête, pas ce soir.

Lora regarde derrière, les rangées alignées, des gens qui discutent, se repoudrent, s'embrassent, vivent l'instant présent. La voilà la différence entre ces gens-là, les concerts avec Ab et les soirées comme ce soir, dix ans qui avaient tout changé, et qui, elle le savait maintenant, avaient définitivement fait basculer sa vie. Quand il entre, son cœur s'arrête presque de battre, il est si majestueux. Flor Peeters, le tout nouveau directeur du Conservatoire Flamand, organiste et compositeur de son état, emmène toute la soirée les mélomanes vers des lieux célestes, où ils se laissent tous conduire, avec une légèreté qui les dépasse.

Elisabeth sort du concert, enveloppée dans un nuage dont elle met quelques instants à émerger. Représentation iconoclaste quant à l'idée qu'elle se faisait des concerts, et de plus, des concerts d'orgue. Elle reviendrait. Cette sortie la rapprocha de sa mère, elle devenait femme et la confiance que quiconque lui donnait la poussait vers le haut.

Elisabeth avait lié connaissance avec des adolescentes du quartier. Cet après-midi, elles se promènent toutes les trois, Milla, Mikaëlle et Elisabeth, sur la Grande Place d'Anvers, ceinturée d'immenses immeubles aux longues fenêtres vitrées. Elles discutent, de tout, de rien, comme le font les filles de leur âge. Contrairement à ses deux amies, Elisabeth ne parle pas des garçons. D'ailleurs, personne ne lui demande pourquoi elle s'intéresse si peu à ces choses-là. Une pudeur instaurée dès le départ de leur relation, les autres adolescentes, non issues de famille de confession juive, sont au courant des persécutions dont a été victime leur amie. C'est comme si Elisabeth était en retard sur son histoire, elle s'étonne de tout et sourit à la vie comme si elle ressortait de ses tripes le visage de la petite fille qui n'avait pas eu d'enfance. Elle avait intégré le groupe sans problème et aucune ne lui posait des questions sur ce passé si dur, mais quelquefois, Elisabeth laissait échapper quelques bribes.

Elles aimaient flâner au pied de la Cathédrale, la foule envahissait régulièrement cet endroit, les touristes ne pouvaient pas l'éviter. La Cathédrale Notre Dame dédiée à la Vierge Marie semblait la protéger, comme un leitmotiv, l'image de la Vierge ou bien de Notre Dame revenait dans sa vie. Elisabeth avait l'impression qu'elle la suivait partout, ou bien que c'est elle qui était attirée par Marie. Elle se sentait plus concernée par la Vierge que certains purs catholiques, ce qui l'amusait beaucoup, du reste.

Mais ce qui blessait régulièrement Elisabeth et dont ses amies ne soupçonnaient rien, c'était quand elles parlaient de leurs pères respectifs, papa a fait ça, mon papa vient me chercher…etc. Son papa à elle ne viendrait jamais la chercher. Elle ressentait alors cette pointe de douleur vive au creux de l'estomac comme quand elle se souvenait cette chanson qu'elle avait apprise avec sa sœur à l'école Notre Dame « *Mon petit papa, quand tu reviendras…* » Qui leur avait insufflé une si cruelle désillusion.

Très sujette à la dépression, Lora pouvait vivre des périodes d'une tristesse immense, leur soirée au concert prenait là toute sa valeur et son importance. Elisabeth ne regrettait pas d'y avoir accompagné sa mère. Cette mère, qui, quelquefois, était aussi fragile qu'une enfant. Leur vie était simple, la maladie qui l'avait tant affaiblie ces dernières années et la désillusion étaient notamment toujours là.

Des deux années qui suivirent, dire que la vie fût belle serait une erreur, dire qu'elle fût un enfer en serait une tout autant. Elles passèrent simplement, dans le souci de survivre financièrement, dans le bonheur en famille retrouvé et dans les projets d'un départ pour l'étranger. Comme beaucoup de familles juives après la guerre, les Zilberbogen pensèrent puis mûrirent l'idée de rejoindre le nouveau monde. Cette Amérique, loin de cette Europe qui pansait lentement ses plaies, l'Amérique, l'eldorado, le pays des rêves, celui où tout était possible. Elles n'y échappèrent pas, une autre page de leur histoire se tournait. Elles savaient inconsciemment que ce départ serait le dernier, cette fois, l'ancre serait jetée, enlisée définitivement dans le sable de l'Amérique du Nord.

Cinquième Epoque

Le Canada

À la fin des années 40, la législation canadienne sur les Droits de l'Homme avait permis l'élimination des pratiques discriminatoires. Le Canada, alors en plein essor économique, ouvre ses portes aux immigrants. Près de quarante mille Juifs, survivants de l'Holocauste, trouvent refuge dans les grandes villes du pays, comme Québec ou Toronto. La population augmente en flèche. La création de l'Etat d'Israël en 1948 marque le succès du mouvement sioniste et commence à créer des liens entre les Israéliens et les Juifs Canadiens.

En ce début d'année 1951, Lora, Elisabeth et Cécile s'apprêtent à suivre ce mouvement d'exode vers le Canada. Diverses communautés juives, comme les Hassidiques ou les Orthodoxes venus de Hongrie ou de Slovaquie, commencent déjà à envahir le pays et les banlieues des grands pôles.

Le grand voyage les emmène dans la banlieue d'Ottawa. Tout est fait pour l'acceptation des Juifs. Saul Hayes, qui créa la promotion des droits de la personne au pays et à l'étranger, fut l'un des piliers de la Communauté Juive au Canada. Sam Bronfman, légendaire homme d'affaire, créa, lui, le C.J.C. (Congrès Juifs Canadiens), pendant et après la Seconde Guerre Mondiale. Il permit la vie et le travail à de nombreux Juifs immigrés. On les nommait d'ailleurs le bâtisseur de communautés pour le premier et le bâtisseur d'entreprises pour le second.

Elles atterrirent dans un couloir, entouré de longues nappes enneigées. Ici, au Canada, les Juifs étaient enfin acceptés. Elles savaient que des tas de familles juives avaient, elles aussi, fait le voyage, venues de toute l'Europe. Fuir l'Europe, même en tant de paix, c'était comme retrouver une liberté nouvelle. Les populations canadiennes et américaines en général, n'avaient pas connu le nazisme.

Cet effet de gomme sur leur passé se vécut par les trois réfugiées très différemment. Une autre planète les avait reçues, ici, pas de camps de la mort, pas de libération d'une ville ou d'une autre. La terre était donc si grande, qu'une partie semblait ignorer totalement le drame qui s'était produit de l'autre côté du globe terrestre, pense Lora.

- Elisabeth, où s'arrêtera notre voyage ?
- Ici, je ne bouge plus, ce sera ici, l'endroit où l'on ne persécute pas les Juifs, je ne veux plus faire un pas, regarder quelqu'un dans les yeux, parler à quelqu'un, sans que l'autre en face se dise, elle, elle est juive, oh la la ! Elle est juive, je veux oublier ça une fois pour toute, confirme Elisabeth, bien décidée à vivre sa vie, sa vie qui commençait ici et maintenant.
- Tu ne crois pas oublier, et tes amies, tous les gens qui nous ont aidées, et tout ce que nous avons vécu.
- Oublier les gens, oh non ! Tu n'a rien compris, je veux oublier le mal, seulement, le mal, le reste, je le garde, tous sont là, dans mon cœur, et pour toujours, tu sais, maman.
- Ouf ! Je préfère ça, je ne voulais pas avoir mis au monde une fille ingrate.
- Non, rassure-toi, je ne suis pas ingrate et d'ailleurs peut-être un jour, je reverrai tous ces gens, c'est possible, maman ? Demande Elisabeth, légèrement inquiète.
- Bien sûr, tu les reverras, plus tard, maintenant nous allons nous occuper de nous, nous installer le mieux possible, mais…
- Mais quoi, maman ? Demande Elisabeth.
- Je ne sais pas si je pourrai travailler, avec ces états dépressifs, qui me laissent certains jours comme une loque, je suis si triste de ne pouvoir assurer un peu plus, mais une partie de moi est morte en France pendant la guerre.
- Je sais, je sais, n'en parle plus. Elisabeth supplie pratiquement sa mère de ne plus mentionner ce passé qui lui pèse tant, et puis, continue-t-elle, c'est moi, oui, c'est moi, je vais travailler, après tout, je suis grande et il y a beaucoup de travail dans les entreprises, c'est toi qui me l'as dit.
- Travailler, toi, mais tu n'y penses pas, et tes études ?
- Pour l'instant, les études attendront, il faut que je m'occupe de vous deux, tu t'es tant sacrifiée pour nous, c'est à moi, cette fois, de faire quelque chose.

Une euphorie soudaine s'était emparée de ce jeune corps, qui parlait sans s'arrêter. Elisabeth avait trouvé un but ici, du moins, pour le moment, gagner sa vie, ce fut pour elle une révélation. Elle savait que ce serait dur, elle aurait sûrement pensé vivre sa vie de jeune fille, rencontrer de nouvelles amies, mais qu'à cela ne tienne, la vie était dure et elle travaillerait, sa décision était prise.

Lora n'insista pas, sa fille était très jeune encore, certes, mais les enfants travaillaient très tôt dans les usines, même en France, dès treize ans, la loi le leur permettait. Elisabeth aurait dix-huit ans cette année, ce n'était plus une enfant. Même si elle aurait dû déjà penser à fréquenter un garçon, pourquoi pas à se marier, comme tant d'autres filles de son âge. Son parcours, si difficile, en avait décidé autrement. Dans sa tête, elle pensait fortement à nourrir sa famille, et après, elle verrait bien. De petits boulots, parfois très durs, alimentèrent donc la maisonnée. Lora s'occupait de tenir l'intérieur et d'élever Cécile. Les filles Zilberbogen avaient finalement gardé leurs prénoms francisés. Une grande discussion entre Lora et Elisabeth avait abouti à cette conclusion. Lora pensait que plus jamais elles ne reviendraient en Pologne, donc finalement cela était mieux ainsi pour tout le monde. Elisabeth resterait Elisabeth et Cécile resterait Cécile, Lora, quant à elle, n'en avait jamais changé.

Elisabeth avait trouvé du travail assez rapidement, mais certains immigrants cherchaient pendant des jours, voire des mois, afin de pouvoir gagner leur vie. Le plus dur pour les familles pauvres, c'était le manque de couverture sociale. En Belgique, elle existait, mais ici, il valait mieux ne pas être trop malade. D'une façon ou d'une autre, les familles tenaient le coup, s'entraidaient quelquefois, mais il existait aussi une grande individualité, l'Amérique n'était pas un paradis pour tout le monde, loin de là.

- Ne t'en fais pas, man, on s'en sortira, avec l'expérience, je gagnerai encore plus d'argent, tu verras.

Elisabeth voulait rendre la vie plus belle pour sa mère, elle voulait lui faire oublier ses souffrances passées, mais ce n'était pas chose aisée. Lora lui répondait qu'elle regrettait de la voir se tuer à la tâche alors que, elle, n'arrivait pas à s'insérer dans cette nouvelle société.

- Je voudrais que tu reprennes tes études, comment pourrions-nous faire pour que tu puisses arrêter le travail ? Tout cela n'a aucun sens.

- Je reprendrai mes études plus tard, maman, répondait toujours Elisabeth, n'y croyant pas vraiment elle-même.

Les années passèrent ainsi, Elisabeth continuait à correspondre avec certaines personnes qu'elles avaient connues, surtout à Mazamet. Mademoiselle Maraval, qui était devenue depuis peu Madame Louriou, cette douce institutrice qui lui avait donné tant d'amour. Quelquefois, pense Elisabeth, je me consolais à l'idée que Mademoiselle Maraval était la seule personne à m'aimer, et ce pendant la dure période où elle était éloignée de sa mère malade. Elle avait aussi un échange épistolaire avec Madame Paul Bannes, qui habitait au 17 rue d'Australie à Mazamet, maman de la petite Paulette, fillette de sa classe en cours moyens. C'est ainsi qu'elle apprit le décès de sa petite camarade des heures sombres, en 1960. Elle en fut très affectée. Un évènement triste qui réveillait cette douleur latente, cette coulée de lave qui durcissait en surface mais bouillonnait à l'intérieur. Les quinze ans qui s'étaient écoulés depuis la fin de la guerre n'avaient pu en venir à bout. Même effet sur Lora, qui versa quelques larmes à l'annonce de cette pénible nouvelle.

Au Canada, la saison hivernale est très longue, il n'y a pratiquement pas des printemps. L'été s'impose comme le renouveau de toute chose, les fleurs, les arbres, les animaux, l'éclosion est générale, les humains suivent aussi ce régime changeant.

- Que c'est bon, ce soleil ! Dommage qu'il ne nous accompagne toute l'année pour nous réchauffer de ses doux rayons.
- Oui, dommage, comme tu dis, répond Diane, une amie d'Elisabeth, et de reprendre, en Europe, le soleil est bien plus généreux, c'est du moins ce que m'a raconté ma voisine, dont le père part de temps en temps en voyage d'affaires à Paris ou à Londres.
- Oh Diane ! Si tu sentais les saisons, là-bas, comme le printemps est parfumé, comme l'été est chaud, comme il réchauffe les cœurs engourdis par les frimas de l'hiver. En France, par exemple, les saisons durent le même nombre de mois. Les saisons sont bien découpées, le printemps, l'été, l'automne et l'hiver. Chaque soubresaut de la nature est régi par les saisons, les camélias, il y avait des camélias partout au printemps.
- C'est quoi un camélia ?
- C'est un grand arbuste qui donne au début du printemps des tas de fleurs rouges, enfin, je crois qu'il existe d'autres couleurs, mais moi, les miens étaient plutôt rouges.
- Les tiens ? S'étonne Diane.

- Enfin, bon, pas les miens exactement, cette fleur me poursuit, il y en avait presque toujours où nous sommes allées avec ma mère et ma sœur. Celui du Couvent de Massac entrait presque par la fenêtre de la cuisine.

- Tu as une mine réjouie quand tu parles de la France, pourtant tu as souffert là-bas ?

- Oui, c'est vrai, j'y ai tant souffert, précise Elisabeth d'une voix émue, mais j'y ai connu tant de gens gentils et courageux.

- Tu n'aimes pas parler de cela, je le sens.

- Oui... et non, ou du moins pas longtemps, là je crois que j'ai atteint la limite, souligne Elisabeth le sourire aux lèvres, viens, allons nous promener avant de rentrer, ma mère s'inquiète encore comme si j'avais huit ans.

- Mais quel âge crois-tu avoir ? Ironise Diane, se protégeant déjà la tête dans le cas où les foudres d'Elisabeth s'abattraient sur elle, cette dernière ne supportant pas les moqueries de son amie.

Il y avait de bons moments, il y en avait de mauvais, comme chez le commun des mortels d'ailleurs. Certains jours, Elisabeth se sentait très fatiguée. Son travail dans une librairie de quartier lui plaisait beaucoup. Elisabeth aimait les livres, en parler, conseiller les clients sur telle ou telle lecture. À la maison, elle s'occupait aussi et bien souvent jusqu'à des heures tardives. Le sommeil lui manquait, sa mère avait dû être soignée à nouveau. Le souci pour cette mère malade était incessant, Elisabeth, qui s'occupait aussi beaucoup de sa sœur, croulait sous le poids des responsabilités, mais son attachement aux siens et son dévouement ne lui faisaient pas défaut, bien au contraire, elle en faisait même trop.

- Repose-toi, Elisabeth, conseille Lora à sa fille aînée qui secoue un tapis sur le rebord de la fenêtre de toutes ses forces.

- Après, maman, je finis juste de nettoyer le sol de la salle à manger, répond Elisabeth, qui, en fait, ne tenait jamais compte des avertissements de sa mère.

Comment aurait-elle pu en tenir compte ? Le travail ménager était là et il fallait bien que quelqu'un se dévoue. Cécile aidait bien à la tâche, mais en cette année 55, elle venait de faire ses dix-huit ans et la jeune fille avait bien d'autres choses, plus importantes, à faire pour son avenir.

- Pourquoi tu te sacrifies pour ta mère et ta sœur ? Demande une employée de la librairie.

- Je ne me sacrifie pas ! S'exclame Elisabeth, perturbée par cette remarque très privée.

- Tu as vu ta tête, tu n'en peux plus et cela se voit.

- Ne t'inquiète pas pour ma tête, je m'en sors très bien, rétorque Elisabeth, s'affairant à ranger une pile de livres sur une étagère.

- Bien, moi ce que j'en dis, c'est pour toi, tu vas tomber malade si tu continues.

- Je n'ai pas le choix.

- On a toujours le choix.

- Moi, pas, qui va subvenir aux besoins de ma famille ?

- Très bien, c'est toi qui vois.

- Oui, en effet, c'est moi qui vois, répond d'un ton assez sec une Elisabeth qui au fond sait très bien que cela ne pourra pas continuer bien longtemps.

Elle respire très fort, ingurgite le maximum d'air dans ses poumons, puis se concentre à nouveau sur ces livres qui viennent d'arriver et qu'il faut mettre en rayon avant de les inscrire sur les listes d'entrées de marchandises pour la comptabilité.

Le manque de couverture sociale ruine la famille tous les jours un peu plus. Lora a besoin de plus en plus de soins dont certains sont très lourds, très chers. Elisabeth arrive à récupérer un peu d'argent ça et là, dans les organisations sociales de la ville, mais ce n'est pas suffisant. La vie ne m'aura pas fait de cadeaux, murmure Elisabeth, seule, assise sur son lit.

À quelques mètres de ce lit, devant elle, se dresse une vieille glace posée à même le sol, qu'elle a dénichée dans une brocante. Elle se voit, se regarde, ses cheveux blonds tombent sur ses épaules, elle sait qu'elle plaît aux garçons, certains le lui ont même avoué. Mais non, la vie a décidé qu'Elisabeth Zilberbogen avait une mission, et à l'intérieur de cette mission, il n'y avait pas de place pour l'amour, cet amour à deux qu'elle lit dans les romans. Ses jambes sont blanches mais bien galbées, elle imagine une robe du soir couvrant juste ce qu'il faut de mollet, en satin grenat ou vert foncé, tiens, ou pourquoi pas noir, jouer la tragédie, s'adonner au plaisir de ne rien faire que de plaire, évoluer dans le monde. Une fée qui sortirait du placard, apposerait alors sa baguette magique sur son visage et la petite Cendrillon se transformerait en une princesse conquérante prête à braver toute les cours.

Elle se lève doucement, fait quelques pas vers la petite fenêtre, colle sa tête au carreau et distingue à peine les toits voisins sous la pluie battante. En bas, la cour, oui, la cour est là, coincée entre les maisons et les vieux immeubles, mais ce n'est pas celle-là dont elle rêve, ce n'est pas là qu'elle voudrait vivre.

Elle se couche enfin, s'étire, repose ses vertèbres douloureuses, puis respire plus lentement, plus lentement encore, elle dort...

Cécile était assurée d'avoir une vie plus « normale » qu'Elisabeth, plus en rapport avec ses envies et son âge. Quelques souvenirs trottaient dans sa tête, mais le plus dur, elle ne s'en souvenait pratiquement pas. Elle pouvait envisager un avenir plus serein. Lora et Elisabeth ressassaient bien trop cette mauvaise période de leur vie. Embourbées dans leurs souvenirs si présents encore, elles avaient du mal à se projeter dans l'avenir alors que devant Cécile s'ouvrait un boulevard.

- Tu as écouté la radio ce matin, ils ne parlent que de ça ? Demande Maria, une employée de la librairie où Elisabeth venait de prendre son tour derrière le bureau, la patronne s'étant absentée pour la journée.
- Oh non ! Il y a bien longtemps que je n'écoute plus la radio, le matin, si tu veux le savoir, je dors, enfin, quand je peux.
- Il y a eu une terrible catastrophe à Nicolet.
- Nicolet ?
- Tu ne sais pas où se trouve Nicolet ?
- Non.
- Enfin, là n'est pas la question, des tonnes de terre se sont déversées dans la rivière emportant des maisons et des immeubles sur leur passage, il y a des morts, mais je ne sais plus combien.
- C'est terrible, mais je n'y peux rien.
- C'est tout ce que ça te fait !
- Je suis touchée, bien sûr, que veux-tu que j'y fasse ?
- Rien, justement, on ne peut rien faire, c'est ça mon drame, je voudrais secourir la terre entière, je suis trop sensible.
- Tu crois que moi, je ne suis pas sensible ?
- Non, je ne crois pas ça, mais je crois...
- Vas-y ! Termine ta phrase.
- Non, rien, parlons d'autre chose.
- Termine ta phrase ! Insiste Elisabeth.
- Je... crois que ce que tu as vécu t'a blindée, que tu as une carapace qui te permet de faire face.
- Une carapace, je rêve là, il n'y a pas un être plus à vif que moi.
- Tu le caches bien alors.

- Je ne le cache pas, je me protège, nuance ! Bon et puis ça suffit, mais quelle mouche t'a piquée aujourd'hui ?

- Excuse-moi, mais cette catastrophe m'a rappelé l'incendie de ma maison il y a dix ans.

- Je ne savais pas, compatit Elisabeth.

- C'est rien, tu as raison, d'ailleurs regarde, un client arrive et... il a plutôt l'air charmant.

Elisabeth tourne déjà son regard vers le nouveau venu, tout en faisant une grimace à son amie, comme pour dire, ton air charmant, je m'en fiche.

On parla au Québec du drame de Nicolet pendant plusieurs semaines. Après l'éboulement du 12 novembre, il ne restait qu'un cratère de douze mètres de profondeur sur cent vingt de largeur et deux cent de longueur. C'est l'eau, infiltrée sous la terre, qui avait provoqué cet éboulis, faisant trois morts et des blessés, réduisant à néant les grands pins jouxtant la rivière, les fils électriques, les maisons, l'Evêché, le Palais Episcopal, le poste d'essence, le Collège des Frères…Une véritable catastrophe qui réveilla chez Elisabeth une petite douleur au creux de l'estomac, un pic sensible qui pointait son nez dès qu'un événement triste se produisait. Nicolet se trouvait au bord du Lac Saint-Pierre, entre Montréal et Québec. Ottawa, plus au sud, était assez loin, ce qui expliquait qu'Elisabeth n'en ait jamais entendu parler.

Les années passèrent et Cécile quitta peu à peu la maison. 1960 avait amené un confort pour Elisabeth et Lora, les lois avaient changé et les difficultés financières dues au manque de couverture sociale diminuèrent, les laissant respirer un peu. Malgré un développement désordonné, le système Sécurité Sociale tente plusieurs essais, même si pour le moment, toute planification globale et coordonnée est abandonnée par les gouvernements. Mais, les québécois voient là l'amorce d'un système plus carré et efficace, qui s'affirmerait, sûrement, dans les deux ou trois prochaines années.

Elisabeth n'écoutait pas trop la radio, ce qui n'était le cas, ni de sa mère, ni de Maria, sa collègue de travail, ces deux-là étaient au courant des derniers potins concernant les personnalités.

- Elisabeth, il vient au Québec mais je ne sais pas dans quelle ville. Il faut que nous le voyons, tu te rends compte, il faut que je le dise à ma mère, elle l'adore, c'est la première fois qu'il revient au Québec depuis la fin de la guerre, enchaîne Maria, à vive allure verbale.
- Mais de qui tu parles ? Questionne Elisabeth, étonnée par cet engouement soudain pour, mais pour qui au fait ?
- Mais du Général, le Général de Gaulle vient au Québec les 20 et 21 avril, tu réalises, il faut que ma mère le voit, ah ça oui alors !
- Pourquoi ta mère aime autant le Général de Gaulle ?
- Je ne sais pas, ce qu'il a fait, l'uniforme, qu'importe, cet homme la fascine depuis toujours.
- Et toi, il te fascine aussi ?
- Non, pas spécialement, mais c'est une personnalité, il faut le voir, Elisabeth, il faut le voir.
- D'abord, tu ne sais pas où il va se rendre.
- Peut-être ils le diront aux informations.
- Peut-être, en attendant, ce n'est pas le Général de Gaulle qui va ranger tous ces livres, non !
- Oh, toi alors, il faut toujours que tu reviennes à la réalité, et le rêve alors qu'en fais-tu ?
- J'ai mes rêves à moi, et crois-moi, le Général de Gaulle, avec tout le respect que je lui dois, n'est pas le personnage que l'on trouve le

plus couramment dans mes songes, sourit Elisabeth, qui au fond, essaierait quand même de le voir, ce Général, qui faisait couler autant d'encre dans les journaux et diffuser autant de paroles dans les postes de radio.

Le Grand jour arriva et tout le Québec fêta l'événement. La politique de la France avait une répercussion d'une grande importance au Canada. La musique et les loisirs étaient en train de s'octroyer aussi une grande part du gâteau dans les intérêts des Canadiens, et des Québécois en particulier. Cette année-là, les chanteurs de la vague Yéyé en France comme Johnny Hallyday, Claude François ou Sylvie Vartan, pénétraient les ondes américaines. Certains chanteurs québécois commençaient à percer dans la chanson de façon très nette. Le 5 août 1960, Gilles Vigneault se produit pour la première fois au Québec, où il inaugurait la « Boîte à chansons » créée par Gérard Thibault.

Elisabeth n'était pas trop portée sur les chansons de cette nouvelle vague française, mais les canadiens la touchaient car elle trouvait leurs chansons plus profondes et moins superficielles.

Tous ces bouleversements qui prenaient le dessus sur le passé aidaient beaucoup Elisabeth, mais pour Lora, le spectre du passé était toujours oppressant. Maintenant, Elisabeth savait que sa mère ne s'en débarrasserait jamais.

Au fil du temps, Elisabeth tentait d'effectuer sérieusement un travail d'oubli ou du moins, un travail pour envisager un avenir loin de ces tumultes intérieurs qui la minaient encore aujourd'hui. À trente-trois ans, elle vivait toujours avec sa mère, Cécile poursuivant sa vie de femme et de mère, son jeune âge en période de guerre expliquant qu'elle ait mieux évacué ses mauvais souvenirs. Elisabeth n'était pas poursuivie spécialement par ses tristes souvenirs du temps des camps ou du temps des orphelinats, des différents lieux où elle avait été cachée. C'était la guerre et ça, Elisabeth aurait pu le mettre dans un coin de sa mémoire, mais il y avait une chose qui ne passait pas, le manque de son père.

- Pourquoi tu as ce voile de tristesse qui arrive n'importe quand chez toi ? Ce sont tes souvenirs qui remontent sans cesse dans ta mémoire, questionne Diane devant la mine défaite d'Elisabeth, surtout qu'aujourd'hui, il fait très beau, le soleil brille et les deux amies ont tant à faire, comme les boutiques par exemple, passe-temps favori de Diane qui ne sait jamais que se mettre sur le dos.

- Non, mes souvenirs, j'arrive à gérer, c'est mon père, je ne me remets pas de sa mort et de cette séparation si violente.

- Tu sais, moi aussi, j'ai perdu mon père il y a deux ans, tu le sais, tu m'as tant soutenue au moment de son enterrement, pour moi aussi c'est très dur.

Elisabeth regarde l'horizon, les yeux hagards, sans point précis.

- Toi, tu sais où il est. C'est ça la différence, moi, je ne sais pas où il est, je n'ai plus rien de lui.

- C'est vrai, je peux me recueillir sur sa tombe, je le reconnais.

- J'ai comme l'impression qu'on me l'a volé. Je n'ai aucun endroit où prier, je n'ai aucun endroit où lui parler, communiquer, rien, le néant.

- Je comprends.

- Tu comprends la situation mais tu ne peux pas comprendre ma souffrance, on me l'a volé dans la vie, alors qu'il était heureux, avec nous, en famille. Elisabeth prend un air plus grave, on me l'a volé aussi dans la mort et ça, je ne pardonnerai jamais, on l'a rayé de la planète comme un rat que l'on jette dans un égout.

Voyant le ton sordide que prenait cette discussion, Diane se reprit et proposa à Elisabeth de changer de sujet.

- Au fait, tu n'as pas encore de réponses à ta demande de travail au Ministère des Affaires Extérieures ?

Elisabeth mit quelques secondes à sortir de son état.

- Une réponse ! Non, je n'ai rien reçu pour le moment, mais tu sais, cela m'étonnerait fort qu'ils choisissent une pauvre fille comme moi pour un poste aussi important que secrétaire et documentaliste aux Affaires Etrangères.

- Ecoute, rien n'est perdu, tant que tu n'as pas reçu une lettre de refus, tu dois espérer, après tout, tu es brillante, et cette annonce ne demandait que des expériences en secrétariat, et toi tu as de l'expérience dans ce domaine à la librairie, non !

- Oui, c'est vrai, mais je crois plutôt qu'ils vont embaucher une fille de la haute, une amie d'un Ministre ou quelque chose comme ça.

- Pourquoi auraient-ils passé une annonce, alors ? Courage ! Tout n'est pas perdu à mon avis, attends un peu et tu verras.

- On peut toujours croire au miracle, quelquefois, ils arrivent quand on ne les attend plus.

Les deux amies stoppèrent là leur échange pour s'offrir une ballade en ville et dévorer une glace, même à leur âge, cette petite incartade les ravissait toutes deux, qui avaient gardé une âme d'enfant très prononcée. Diane fréquentait des garçons, mais tombait toujours sur des cas bizarres, ce qui expliquait qu'elle revenait tôt ou tard rejoindre Elisabeth pour lui parler de ses peines de cœur. Elisabeth, elle, ne pensait qu'à s'occuper de sa mère et à travailler. Diane songeait que son amie ne se marierait jamais.

L'année 1966 était bien engagée et Elisabeth rêvait de faire ses premiers pas aux Ministère des Affaires Extérieures. Cette appellation pompeuse la remplissait de joie, elle, la petite juive, la pestiférée, celle que l'on cache. Bonjour Monsieur, oui, mon travail, et bien, je travaille aux Affaires Extérieures, j'ai bien entendu ? Oui, je vous dis, je parle français que je sache, aux Affaires Extérieures. Elle se perdait dans ses pensées, et surveillait tous les jours sa boîte aux lettres, cette fichue réponse finirait bien par arriver un jour.

Quinze jours, c'est le temps que dut attendre Elisabeth pour enfin pouvoir ouvrir cette fameuse enveloppe du Ministère des Affaires Extérieures. Elle la tripotait, la tournait, la posait sur la table, la reprenait, la reposait. Lora, qui voyait bien ce petit manège, lui suggéra de l'ouvrir une fois pour toute.

- Et si la réponse est négative, je ne préfère pas y penser.
- Ah que oui, il faut y penser ! Ce n'est pas une question de vie ou de mort, et, que tu l'ouvres ou pas, la réponse qui se trouve à l'intérieur ne changera pas pour autant.

Elisabeth décide de mettre fin à cette politique de l'autruche qu'elle s'impose depuis une heure maintenant.

- Allez ouvre, et bien, qu'est ce que tu attends ?
- C'est bon, je l'ouvre, s'énerve Elisabeth.

D'une main tremblante et peu assurée, elle déchire le papier de cette enveloppe spéciale avec le tampon officiel du Ministère tant convoité. Elle la tend à sa mère.

- Tiens, regarde, toi, moi, je ne peux pas.
- Que tu es idiote, donne-moi cette lettre qu'on en finisse !

Lora ajuste ses lunettes et lit la précieuse missive. Au bout de quelques secondes.

- Et bien alors, parle, s'impatiente Elisabeth, à bout de nerf.

Le visage de Lora s'habille d'un petit sourire.

- Tu es engagée, ma fille, tu vas intégrer un Ministère, je suis si fière de toi, ajoute Lora les yeux embués de larmes.

- Maman, c'est merveilleux, je suis si heureuse, ma vie va changer, notre vie va changer, s'exclame Elisabeth, envahie par une sensation qui la dépassait. Malgré ses trente-trois ans, Elisabeth, qui d'ordinaire semblait avoir les pieds sur terre, jubilait comme une adolescente, qu'au fond elle était encore parfois, comme tous les adultes auxquels la vie a volé les précieux et constructeurs remparts de l'enfance.

Elisabeth avait précisé être une juive réfugiée et connaître un peu la France, détails qui avaient pesé dans la balance pour qu'Elisabeth obtienne cette place de secrétaire documentaliste. C'est du moins la déduction qu'en firent sa mère et son amie Diane. Les deux pays étant très liés, le passé à l'étranger d'Elisabeth avait dû faire la différence en rapport à d'autres candidatures, peut-être plus à même de correspondre au travail demandé, mais plus stériles concernant certaines expériences concrètes et humaines.

Après quelques semaines d'apprentissage intense au sein du Ministère, Elisabeth était déjà très bien considérée, elle gagnait un peu plus d'argent et cela arrangeait ses affaires familiales. Sa mère s'occupait comme elle pouvait de la maison, entre les visites chez le médecin et ses longs moments de repos. Lora n'était plus la même, les années passant, elle se perdait un peu dans ses souvenirs. Les années de guerre avaient ruiné sa vie, elle avait tenu le coup uniquement pour ses enfants. Maintenant, elle ressassait tout ça dans sa tête et les souvenirs étaient si forts, que quelquefois, ils devenaient plus présents que le présent lui-même. Elisabeth la préservait beaucoup, se dévouant sans compter pour elle, comme pour payer une dette à cette mère qui avait tant souffert, à qui on avait enlevé ses propres enfants.

Juste avant Noël, Elisabeth avait reçu de très beaux cadeaux de ses employeurs, qui semblaient très satisfaits de ses services et surtout de sa gentillesse naturelle. Ils s'apercevaient bien qu'Elisabeth possédait une grande connaissance générale due entre autre à ses lectures, elle aimait savoir ce qui se passait dans le monde. Une petite réception avait été organisée dans un des beaux salons du Ministère et ce soir-là, le climat de vacances de fin d'année ouvrait aux confidences.

- Ma chère Elisabeth, suggère sa patronne, une dame stricte mais honnête et sincère, lui tendant une coupe de champagne, pourquoi ne reprendriez-vous pas les études ? Vous êtes une personne brillante, cela se voit, et je pense que vous pourriez réussir à gravir les échelons. Mais pour cela, il faut de sérieux bagages, pourquoi ne tenteriez-vous pas une licence de lettres à l'Université Anglophone du Canada ?

Elisabeth avait écouté la tirade de sa supérieure, sans trop comprendre où cette dernière voulait en venir. Elle resta bouche bée devant cette proposition, autant surprenante qu'inattendue.

- Une licence, mais... et mon travail ici, qui le ferait ? Bégaye Elisabeth, décontenancée.
- Votre travail vous laisse un peu de temps libre, pourquoi ne pas en profiter et étudier à vos heures perdues ?
- Mais !
- Votre mère, c'est ça, vous pensez que votre mère ne sera pas d'accord.
- Non ! Ce n'est pas cela, mais comment trouverais-je le temps, je m'occupe d'elle énormément, les soins sont importants, elle a besoin de moi, même la nuit, elle fait des cauchemars de temps en temps.
- Vous avez votre vie aussi, il faut penser à vous, on peut toujours s'arranger, de plus, je pense que vous apprendrez très vite, si vous vous y mettez sérieusement, je suis certaine que vous pouvez y arriver.
- Je ne sais pas, répond Elisabeth, un peu assommée.
- Cela n'est pas urgent, prenez le temps de réfléchir, et on en reparlera, n'est ce pas ? Suggère son interlocutrice, s'éloignant pour discuter avec d'autres invités.

C'était les vacances de Noël, Elisabeth avait quinze jours pour réfléchir à cette éventualité qui commençait à faire naître des petites étoiles scintillantes au fond de ses yeux. Elle y avait déjà pensé, reprendre des études de haut niveau, une licence, une maîtrise, bref, montrer au monde que l'on pouvait avoir souffert et rebondir avec panache, avec orgueil, mais un orgueil bien placé, un orgueil acceptable et dont elle pouvait être fière.

Pendant une bonne semaine, elle n'en parla à personne, ni à sa mère, ni à sa sœur, ni à sa meilleure amie, Diane. Elle imaginait la façon dont ce projet pouvait être mené à bien. S'il était viable, avec sa mère, son travail, elle tournait dans tous les sens les tenants et les aboutissants. La conclusion était différente selon les moments. Quelquefois, elle voyait la chose aussi claire que de l'eau de roche, une autre fois, l'idée même du projet lui apparaissait aussi impossible que de gravir la plus haute montagne du monde. Elle finit par en parler à sa mère.

- Si tu te sens capable de tout faire, c'est une bonne chose pour toi, tu aimes tant t'instruire, je sais qu'au fond de toi, c'est ce que tu as toujours voulu.

Même si Lora avait besoin de sa fille, elle voulait le meilleur pour elle, comme elle l'avait toujours voulu d'ailleurs. L'année nouvelle commençait, 1970 verrait donc le début de sa reconquête du monde. Elisabeth avait pris sa décision, elle se remettrait aux études, c'était décidé. Quelques personnes feraient des raisonnements, c'est sûr, elle avait trente-sept ans et ce n'est pas un âge, selon l'opinion, pour reprendre de hautes études. Toutes ceux qui la côtoyaient de près l'encouragèrent dans cette voie, elle se sentait appuyée, sa détermination n'en fut que plus forte.

Elle s'inscrivit en début d'année, les cours ayant déjà commencé, elle prit le train en marche, mais avec son assiduité, elle réussit à redresser le gouvernail. De mois en mois, elle abattait un énorme travail, dans les études, les tâches ménagères et au Ministère. Lora était fière de sa fille qui menait de front tant de batailles, et qui ne se plaignait jamais. Elle prenait ça comme une victoire sur la vie, un pied de nez à la bêtise humaine.

Cette vie trépidante dura trois ans, à l'aube de ses quarante ans, elle était fin prête pour l'examen de dernière année, elle allait peut-être décrocher sa licence de lettres. Elle s'était tant donnée, avait tant travaillé, nuit et jour, enfin, le résultat allait tomber.

- Pourvu que je l'obtienne, confie-t-elle à Diane, toujours là, son amie qui l'avait tant soutenue, et ses voisins, si gentils, qui ne manquaient pas de demander des nouvelles régulièrement.
- Bien sûr, tu l'auras, tu es la meilleure, et puis tu la veux trop cette licence, elle représente plus qu'un diplôme pour toi, déclare Diane.
- Tu as raison, c'est toute ma vie que je joue là, quelle satisfaction pour moi et ma famille !
- Encore deux jours et tu sauras, nous saurons si ton travail a payé.
- Encore deux jours, soupire Elisabeth en soufflant lentement.

Les deux jours qui suivirent furent les plus longs de la vie d'Elisabeth. Le jour J, elle prit le bus et se dirigea vers le grand hall où les résultats de l'année étaient affichés. Diane voulait l'accompagner mais Elisabeth n'y tenait pas. Si son nom n'était pas sur la liste, elle voulait vivre seule sa terrible déception. Déjà, de nombreux étudiants se pressaient pour explorer les fameuses listes. Plusieurs paires d'yeux montaient, descendaient, le long des papiers si précieux, jusqu'au ouf de consolation. Sinon, cette boule qui s'engouffre soudainement dans la gorge, qui empêche l'air de passer. ELISABETH ZILBERBOGEN, là, sous ses yeux, le prénom et le nom, noir sur blanc, la boule qui lui coinçait l'estomac se souleva, retrouva le chemin de la sortie, puis le calme, un délicieux sentiment d'épuisement mérité envahit son corps tout entier. Elle avait obtenu sa licence de lettres, aujourd'hui, enfin, elle était quelqu'un.

Lora atteignait ses soixante-dix ans, elle ne s'imaginait pas vivre sans sa fille. Elisabeth le sentait et ne voulait rien faire qui aurait pu nuire d'une manière ou d'une autre à cet être si cher. La griserie de la victoire passée, elle reprit sa vie normale, moins endiablée, mais tout aussi fatigante. Ses employeurs la félicitèrent, elle eut droit aux honneurs et au respect de bon nombre de personnes au Ministère.

- Moi, si j'étais vous, je ne m'arrêterais pas en si bon chemin, lui avait soufflé sa responsable, vous pouvez passer une maîtrise maintenant, pourquoi pas !
- Mais je viens d'avoir quarante ans, maman va en avoir soixante-dix, non, c'est assez, j'ai réussi déjà quelque chose de très beau.
- Je vous en crois capable, Elisabeth, je sais que vous rêvez de la maîtrise, nous en avions parlé une fois et vous m'aviez laissé entendre que la maîtrise vous tentait vraiment.
- Je crois que ce serait de la folie.
- Comme je vous l'avais dit pour la licence, réfléchissez bien.

Etrange cette poussée vers les études qu'elle ressentait si fort. De plus, des personnes qu'elle respectait, lui ouvraient le chemin, pourquoi s'en priver ? Elle décida de ne pas réfléchir justement et fonça tête baissée vers ce nouveau challenge, obtenir une maîtrise. Le doute la tenaillait néanmoins. Si elle obtenait ce sacre, elle aurait envie de poursuivre avec un doctorat, tous les étudiants, avec une maîtrise en poche, prenaient le chemin débouchant vers un doctorat, pourquoi pas elle ? Même si l'âge ne représentait pas, à ses yeux, un véritable handicap, elle avait quelquefois l'impression qu'elle pourrait être la mère des autres étudiants.

Aussitôt dit aussitôt fait, Elisabeth s'inscrit donc en vue de la maîtrise avec un programme américain. Elle s'occupe toujours de sa mère qui tombe doucement dans une lassitude inexplicable et incurable. La patience et le dévouement, dont fait preuve Elisabeth, qui a fait abstinence de toute vie privée, suscitent la considération et le respect de chacun. Diane et certaines employées du Ministère s'essaient parfois à comprendre et à discuter de ce sujet délicat dont Elisabeth, de toute évidence, n'aime pas parler. Il en est ainsi. Heureusement, Elisabeth poursuit des études et cela la sort de cette routine qui l'enlise peu à peu.

- Si elle est très malade un jour, si je ne peux la soigner, comment ferais-je ? Je n'aurai pas assez d'argent pour la placer dans un hospice et puis, comment s'en occuperont-ils ? Cela me donne tant de soucis, tu sais, Diane.
- Tu ne peux pas toujours te sacrifier pour ta mère, il faudra bien que tu prennes une décision importante pour elle un jour ou l'autre.
- Je n'arrive pas à l'imaginer loin de moi.
- Il faudra bien, si tu réussis dans tes études, toi qui rêves d'être un grand professeur, comment feras-tu ?
- Je n'en sais rien, répond Elisabeth complètement dépitée.
- Tu sais quoi, je crois que tu es une sainte, moi, j'aime ma mère, mais je ne sais pas si je serais capable de faire ce que tu fais.
- Je ne suis pas une sainte, susurre Elisabeth, dont l'action qu'elle mène auprès de sa mère, lui apparaît si évidente.

192

- Tu peux dire ce que tu veux, pour moi, tu l'es, confirme Diane en souriant.

- Arrête avec ça, d'ailleurs, tu vas sourire mais là il faut que j'aille faire quelques courses pour elle.

- Qu'est-ce que je te disais ?

- Bon allez, viens avec moi, enfin si tu as le temps.

- Je viens.

Lora ne fut pas contre la reprise des études de sa fille, mais Elisabeth sentait bien que sa mère ne comprenait pas pourquoi elle s'acharnait ainsi. Elisabeth expliquait qu'elle voulait devenir grand professeur de lettres et qu'ainsi, elle aurait réussi quelque chose pour elle. Elle était bien décidée à reprendre ses livres et son combat d'étudiante. Elle passerait donc cette maîtrise et puis plus tard, dans trois ans, elle verrait bien si elle continuerait avec un doctorat.

Les cours étaient difficiles, les heures bien pleines, de plus, elle travaillait tard, minuit était souvent bien passé quand elle se couchait enfin. Les nuits étaient tourmentées, Elisabeth veillait sur sa mère. Pour les soixante-dix ans de Lora, Elisabeth l'emmena au restaurant. Elle pensa lui faire plaisir, mais en fait, elle ne savait plus vraiment quand elle lui faisait plaisir ou pas, tant Lora était discrète concernant ses émotions, comme elle l'avait toujours été finalement. Elisabeth lui faisait écouter de la belle musique et la plénitude qu'elle lisait dans les yeux de sa mère, lui apportait un peu de réconfort.

L'Université d'Ottawa était très prisée, de nombreux étudiants poussaient leurs études jusqu'au niveau maîtrise et partaient ensuite à l'étranger pour préparer leurs doctorats, Paris était une destination des plus appréciées par ces jeunes étudiants canadiens.

- Tu voudrais partir à Paris pour préparer ton doctorat ? Demande Hélène, une employée très proche d'Elisabeth, Paris, Paris, répète-t-elle plusieurs fois, rien que de dire ce mot, je pars en voyage, les boutiques, la Tour Eiffel, l'Opéra…

- Si je vais à Paris, je ne crois pas que je ferai les boutiques et que j'irai visiter tous les monuments de la ville, renchérit Elisabeth, qui en fait, n'avait jamais imaginé s'expatrier à nouveau des frontières Canadiennes.

- Cela te tenterait, franchement ?

- Maintenant que tu le dis, tiens, revoir la France, en temps de paix, peut-être pourrais-je revoir des amies et des personnes qui nous avaient tant aidées dans les moments difficiles, revoir des endroits aussi ?

- Elisabeth, la guerre est finie, tu ne vas pas ressasser ça toute ta vie, je te parle de partir à Paris et toi, tu penses à revoir les lieux où tu as souffert.

- Ne crois pas ça, je n'ai pas souffert partout, loin de là.

- Si tu y vas, j'essaierai de me payer le voyage pour venir te voir et voir la capitale de la France.

- J'en ai pour deux ans, en admettant que j'obtienne ma maîtrise, qui s'occupera de ma mère ? Ma sœur est mariée, elle doit s'occuper de sa famille.

- Tu sais, tu peux placer ta mère quelque part, juste le temps de préparer ton doctorat et après tu reviens enseigner au Québec, qu'en penses-tu ?

- Pour l'instant, je ne vois pas si loin, j'ai deux ans de cours ici et un examen à passer, la suite, on verra quand on y sera.

- Paris, quand même, voir Paris au moins une fois dans sa vie.

- Tu verras Paris peut-être un jour, hasarde Elisabeth, qui avait assez de cette discussion stérile.

- J'y compte bien.

Cette année 1976 s'annonçait excellente pour Elisabeth. Début juillet, elle aurait sa maîtrise en poche et serait fin prête pour débarquer à Paris, pour obtenir un doctorat et enfin devenir un grand professeur de lettres. Cette fois, elle était pratiquement sûre du résultat, elle avait travaillé d'arrache-pied, tous ses professeurs lui avaient assuré qu'elle décrocherait sa maîtrise.

- Maman, tu veux une tasse de café, je le laisserai un peu refroidir, comme tu l'aimes.

- C'est gentil, ma fille, de t'occuper autant de moi, je sais que tu veux aller à Paris vers le mois de septembre. Il faut que tu y ailles, tu n'as qu'à me placer, puisque tu pars pour tes études, nous aurons quelques aides et puis, quand tu reviendras, tu me reprendras à la maison, si tu le veux, bien sûr.

- Mais maman, bien sûr que je te reprendrai, je ne marierai plus maintenant et je m'occuperai de toi, mais cela me donne beaucoup de soucis de te placer dans un foyer.

- Ils ne vont pas me maltraiter quand même !

- J'espère que non, mais tu sais, je serai si loin.

- Ne t'en fais pas pour ça, va à Paris, et pourquoi tu ne te marierais pas, tu es encore très jolie, tu sais ?

- Tu ne m'en voudrais pas si je partais?

- Mais non, arrête un peu, j'aimerais même que tu rencontres des tas de gens intéressants, peut-être des personnes que nous avons croisées autrefois.

- C'est justement ce que je disais à Hélène quand nous en avons parlé.

- Combien de temps dureraient tes études à Paris ?

- Au moins quatre ans, à la fin du doctorat, il faut soutenir sa thèse, et après c'est fini, j'aurai atteint le dernier obstacle.

- Tu es heureuse d'avoir réussi tout ça, tes yeux brillent comme quand tu étais enfant et que tu avais obtenu ce que tu voulais, je voudrais qu'ils soient toujours comme ça, emplis de bonheur. Mais tu n'as pas répondu à ma question, pourquoi tu ne te marierais pas ?

Elisabeth baisse les yeux, ne répond toujours pas, se dirige vers la cafetière, prépare le café. Se marier, il y a longtemps qu'elle a renoncé, elle n'avait pas croisé le prince charmant, mais s'était-elle seulement donnée le temps de le rencontrer ? Le sujet était brûlant et Lora le savait. Elles burent le café en parlant de choses et d'autres, mais surtout plus de mariage.

Septembre arriva enfin, tout était prêt pour le départ d'Elisabeth en France. Elle avait trouvé un foyer pour sa mère afin que celle-ci soit entourée et ne manquât de rien. Il se disait beaucoup de choses sur ces foyers, du bien comme du mauvais, mais là, Elisabeth était prise à la gorge et n'avait plus le choix. Elle logerait à Paris dans une chambre qu'elle louerait au mois, l'argent d'une bourse l'y aidant. Sur place, se disait-elle, s'il faut travailler un peu, je le ferai, rien ne lui faisait peur, elle en avait tant vu dans sa vie, son expérience lui avait au moins servi à ça. Elle pourrait décrocher un poste de professeur en France, le temps de finir ses études.

Elisabeth calculait et réalisait qu'elle ne serait pas toute jeune quand elle reviendrait, diplôme en poche. L'idée de passer quatre ans loin de sa mère la tenaillait, elle allait tant lui manquer. Les petites discussions après les repas, entendre sa respiration dans la chambre à côté, la porte restant ouverte, surtout l'hiver, afin de chauffer les deux pièces avec le même poêle. Je la prendrai un peu avec moi en France, se dit-elle. Surtout ne plus y penser.

À Paris, le plus difficile, c'était le soir, quand elle cherchait le sommeil après les cours, elle lisait, s'occupait le plus possible. Elle écrivait de temps en temps, elle avait ainsi des nouvelles, notamment par Diane et certaines amies restées au Québec. Sa mère ne se plaignait pas trop et semblait se plaire où elle était. Elle parlait souvent de sa fille, celle qui avait traversé l'Atlantique pour conquérir le monde. Sa deuxième fille, Cécile, vivait toujours au Canada. La cadette était partie de la maison depuis longtemps et avait suivi un chemin plus traditionnel.

Paris était une véritable aventure, entre les visites, les cours qu'elle donnait, ceux qu'elle prenait, Elisabeth ne dormait guère. Parmi ses amies, Marianne, professeur d'anglais qu'elle avait rencontrée à LANCO (Langues et Coopération), se situant, à ce moment-là, au 4, avenue Marceau à Paris. Elle avait assisté à son cours et par la suite, elles étaient devenues des amies. Marianne avait des enfants en bas âge, Elsa les aimait beaucoup. Elle leur préparait des gâteaux pour les fêtes juives, surtout des « hamentachen » et du « cheesecake ». Marianne fut une vraie confidente pour Elsa, bien plus encore. Elle l'aida dans son déménagement, lui trouva un garage permanent pour sa voiture.

Elisabeth s'était faite aussi quelques amies parmi les étudiantes, quelque peu surprises de voir une femme déjà mûre conquérir Paris et le doctorat. Partout où elle passait, Elisabeth forçait le respect. Elle rentrait de temps en temps au Canada pour voir sa mère, ou l'emmener avec elle, la laissant chez des amies espagnoles qui la gardaient à Paris pendant ses cours. Elles habitaient dans le 13ème.

- Tu as un sacré courage, partir sur un autre continent, tout laisser, pour réaliser tes rêves, demande Noëlle Dossin, sa voisine de chambre.
- Des rêves, toute ma vie j'ai essayé de ne pas en avoir, de vivre au jour au jour, comme j'en ai toujours eu l'habitude. Le temps passant, on se retourne sur sa vie et on s'aperçoit qu'on a rien fait de concret. J'ai mis du temps à me décider, mais tu sais, quand je suis partie, plus rien ne m'arrête, répond Elisabeth.
- J'ai vu tout de suite, quand je t'ai rencontrée, que tu étais une personne assidue à la tâche, faut voir comment tu astiquais les carreaux de la chambre, en transpirant comme une fontaine.
- Quand je fais un travail, je m'y donne entièrement, sinon, je ne le fais pas, c'est moi, je suis comme ça.

Noëlle dévisage sa nouvelle amie, avec un brin d'admiration dans le regard.

- Je suis fière d'être ton amie, enfin, si tu veux bien que je sois ton amie.

- Bien sûr, voyons, je crois que c'est plutôt moi qui ai cette chance, j'arrive d'un pays étranger et je me sens beaucoup moins seule depuis que je te connais.

- Je travaille au supermarché, je te ferai tes courses, tu n'auras plus qu'à te laisser faire, je vais te dorloter.

- Et moi, je garderai ta petite fille quand tu travailleras et que je serai rentrée pour étudier, tu es d'accord ?

- Merci pour cette proposition, Mélina est si petite, cela me soulage de pouvoir te la laisser de temps en temps, elle est sage et ne demande qu'un peu de surveillance, précise Noëlle, soulagée d'avoir trouvé quelqu'un qui s'occupe un peu de sa fille, lui permettant par là même de travailler sans se faire trop de soucis.

- Cela me changera, je vis depuis si longtemps avec ma mère.

Les études étaient dures mais Elisabeth se donnait tant que les autres étudiants se demandaient parfois d'où elle sortait. Un caractère aussi fort ne pouvait pas exister sans un passé, un passé très fort aussi, avec ses zones d'ombre. Des questions surgissaient parfois, mais Elisabeth savait plus que quiconque éviter ce genre de confrontation. Son expérience lui avait appris que moins on n'en sait sur vous, moins vous êtes vulnérable, c'est le mystère qui entretient la sécurité et la paix des êtres humains. Le talon d'Achille, voilà ce que certains voulaient connaître, son talon d'Achille, elle devait bien en avoir un, Elisabeth, certains tentaient de le découvrir, mais son silence sur son passé les dissuadait peu à peu à persévérer dans leur enquête.

Elisabeth Zilberbogen était une énigme, et cela resterait ainsi, c'était son bouclier à elle, ne jamais dire pour ne jamais souffrir, encore. D'ailleurs, il lui arrivait même de disparaître, en Suisse, d'aller se faire une petite beauté, elle revenait toute bronzée, reposée et toute blonde. Comme quoi, elle paraissait de temps à autre plus humaine. Elisabeth n'avait jamais pris du bon temps, ces escapades hors frontières lui faisaient un bien fou, la « retapaient », lui donnaient la force de faire face à tous les problèmes. La Suisse, la même qu'elle distinguait depuis la Chaumière, et qu'elle ne pouvait atteindre alors. Aller là-bas était comme une vengeance, un pèlerinage, se dire, cette fois, je suis libre, je suis grande, je peux y aller.

Comme elle avait entrepris des recherches à la Bibliothèque Nationale, rue Richelieu, elle fréquentait une grande amie polonaise. Elisabeth ayant, en grande partie, oublié sa langue paternelle, Halina l'aidait à traduire les textes polonais. Elisabeth était entourée, cela l'aida à tenir le coup. Elle avait perdu la langue polonaise, mais aussi de nombreuses habitudes de la religion juive, elle n'était pas à l'aise à la synagogue. Ses longs séjours parmi les sœurs l'avaient familiarisée avec la religion chrétienne. Il lui était encore difficile aujourd'hui de savoir d'où elle venait vraiment et quelles étaient ses véritables convictions ?

Elle essaya à plusieurs reprises de retrouver des personnes qu'elle avait rencontrées dans ces maisons où elle était passée, les couvents, les écoles, toutes ses recherches restèrent vaines.

- Je ne retrouverai plus jamais ces gens-là, se plaint-elle un soir à Noëlle, venue récupérer sa petite Mélina.

- Ne dis pas ça, il faut persévérer, tu sais, de nombreuses personnes ne veulent pas remuer tout ça, la guerre, les Juifs, il y a eu tant de cachotteries, de traîtres, de non-dits, tu peux comprendre que ces gens-là ne veulent peut-être plus y penser, c'est le passé, tu comprends.

- Non, je ne comprends pas, nous ne sommes plus en guerre, que je sache, pourquoi tant de méfiance, les Allemands ne vont pas venir les fusiller ou je ne sais quoi, s'énerve Elisabeth.

- Calme-toi, cela ne te mène à rien.

- Tu as raison, je suis si fatiguée ce soir, je crois que je monte tout en épingle, je vais me coucher et demain, comme on dit chez nous, il fera jour.

- Ah ! Je te préfère comme ça, demain, oui, demain.

Les lendemains ont succédé aux lendemains, les livres se sont empilés sur le bureau d'Elisabeth, les soirées studieuses défilaient. Plus le jour de l'examen approchait, plus Elisabeth se sentait oppressée. Elle avait l'impression qu'elle ne savait plus rien, que tous les auteurs, les philosophes, avaient bouclé leurs valises définitivement et s'étaient enfuis de son cerveau sans autre forme de procès. Celui-là, c'était l'examen à ne pas rater, le moment suprême, le tournant qu'il fallait prendre pour pouvoir revenir au pays et revoir sa mère, ses amies. Depuis quatre ans qu'elle était en France, bien qu'elle ait fait deux ou trois fois le voyage de retour, vivre auprès des siens lui manquait terriblement. D'ici un an tout au plus, le temps de soutenir sa thèse, si elle décrochait son doctorat, et elle s'envolerait vers le Canada, le précieux papier dans la poche.

- J'ai ma tête qui éclate ce soir, déclare Elisabeth, les traits tirés et les idées de moins en moins claires.
- Arrête maintenant ! Ce n'est pas une heure de plus qui va changer la donne pour ton examen de demain, suggère Noëlle, en rangeant les affaires de sa petite fille dans un grand panier en osier.
- Je crois que tu as raison, répond Elisabeth, juste avant d'émettre un bayement des plus explicites sur sa fatigue montante.
- Bon, le biberon, les carrés de couche, le lait de toilette, le coton, tout y est, c'est parti, ma Poupette, en route. Noëlle saisit sa petite Mélina et commence à se diriger vers la porte, les bras encombrés, elle se tourne une dernière fois vers Elisabeth qui n'avait pas bougé de sa chaise, devant son petit bureau, demain, je penserai très fort à toi.
- J'y compte, bonne nuit Noëlle.

Elisabeth, dans un effort presque surhumain, se lève et embrasse la petite, dont les yeux grands ouverts la fixe comme une chose étrange.

- On dirait qu'elle veut te dire un mot, te faire passer un message.

- Je sais ce qu'elle veut me dire, assure Elisabeth, va au lit, couche-toi et ferme ces yeux, si tu veux qu'ils soient opérationnels dès demain matin.

- Tout ça, tu lis tout ça dans les petits yeux de mon bébé, murmure Noëlle, couvrant de baisers le visage de l'enfant, je me sauve.

Elle croise ses doigts, un dernier regard et hop, la voilà disparue dans l'escalier. Elisabeth ferme la porte à clé, s'adosse un moment sur la porte refermée, à l'intérieur, regarde autour d'elle, voit tous ses livres sur son bureau, ses notes, dessus, dessous, qui dépassent des livres, des cahiers, mais qu'est-ce que je fais là ? Pense-t-elle, alors que maman est si seule, mes amies, mais qu'est-ce que je fais là ? Un grand vide l'envahit soudain, une envie de fuir, comme l'acteur qui ne peut monter les trois marches qui le séparent de la scène. Cette envie de fuir, loin, très loin, le trac, voilà, elle a le trac comme à la veille d'une première.

Elisabeth se déshabille, ses gestes sont machinaux, elle se lave les dents, se couche en essayant de ne plus penser, mais le stress est trop important, une excitation particulière, qu'elle ne peut maîtriser, l'habite. Durant la première partie de la nuit, elle voit s'égrainer les minutes, les quarts d'heure, les demi-heures, les heures. Elle se tourne, se retourne, prend le petit oreiller, qu'elle place sur sa joue, rien n'y fait, elle se lève, va boire un verre d'eau, passe par les toilettes, puis se recouche, sur le ventre cette fois, là, voilà, là, c'est bon, le sommeil arrive, fausse alerte, il repart, elle refait passer le petit coussin sur sa tête de l'autre côté, elle étire ses jambes, passe le pied gauche sur la jambe droite, regarde l'heure, mon Dieu, pense-t-elle, vingt minutes déjà, je viens de la regarder il n'y a pas deux minutes....

Le réveil, la sueur sur la front, derrière la nuque, sa main qui se promène sur la table de chevet et qui ne trouve pas ce foutu réveil pour lui donner le coup de grâce. Un bond, hors du lit, la douche, le petit-déjeuner, non, rien ne passe, un café noir, deux sucres. le pain devient si dur, il se cogne contre la paroi de l'oesophage, il ne passera jamais, pas maintenant. Elle s'habille, elle avait déjà prévu la veille, heureuse-ment, car là, elle tâtonne, ne peut réfléchir plus de deux minutes d'une façon sensée. La clé dans la serrure, elle ferme, elle descend, dehors, elle a froid, il faut qu'elle se calme, c'est son destin qui l'attend...

Quand elle se retrouve devant l'obstacle, Elisabeth se sent comme un cheval fourbu, comme si elle avait, depuis la veille, couru un marathon et que soudain, elle franchisse enfin la ligne d'arrivée. Les deux pieds bien au sol, le calme après la tempête, elle retrouve ses esprits, respire régulièrement, elle est prête. Les philosophes avaient repris leurs places, les citations, les explications littéraires, les réponses... Elle réussit à merveille son doctorat.

Elisabeth mit plusieurs jours à réaliser, que cette fois, elle était au bout, elle avait touché le ciel. Elle envoya une lettre à sa mère, à son amie Diane, à ses anciens employés du Ministère des Affaires Extérieures, fit la fête avec ses amies étudiantes dans la capitale française, Noëlle fut aussi de la partie. La semaine qui suivit, Elisabeth la vécut comme dans un rêve, le monde s'ouvrait à elle. Rentrer au Canada, à elle le professorat dont elle avait tant rêvé au sein de la plus grande Université de Lettres d'Ottawa.

Quatre jours après, la lettre de Diane tomba comme un couperet.

Ma très chère Elisabeth

Je suis si heureuse de ta réussite, tu le mérites, tu as tant travaillé pour en arriver là. J'espère qu'ici, à Ottawa, tu vas pouvoir enfin réaliser ton rêve, enseigner à l'Université. Je ne vais pas te cacher que ta mère ne va pas bien. Elle perd un peu ses souvenirs, sa mémoire lui fait défaut de temps en temps, mais encore, elle me reconnaît. Dès que tu rentreras, il faudra aller la voir, mais je pense qu'elle te reconnaîtra aussi. Il y a déjà plusieurs semaines que je me suis aperçue qu'elle avait ce problème, mais j'ai omis de t'en informer volontairement, ne voulant pas te mettre en souci, alors que tu préparais tes examens en France.

Ne t'inquiète pas, elle n'est pas seule, on la surveille. Mais le personnel n'est pas tout à fait préparé à s'occuper de personnes présentant cette pathologie, ils parlent de la maladie d'Alzheimer, mais je n'en suis pas sûre. Ne t'inquiète pas trop et reviens vite chez toi.

Amitiés
Diane Fadeilles

Elisabeth reste plusieurs minutes immobile, le regard vide, tenant ce bout de papier à la main. Sa mère, juste au moment où sa vie devenait un véritable enchantement. Sa mère adorée aurait la maladie d'Alzheimer, cette terrible perte de mémoire. Je ne peux rester une minute de plus ici, se dit-elle tout à coup. Elle regarde autour d'elle, son petit coin bureau où elle a tant fait souffrir ses neurones, son lit, encore défait, son petit univers depuis quatre ans. Maintenant, l'heure a sonné, elle doit partir. Elle ne peut retenir ses larmes, elle ne pourra pas soutenir sa thèse, son doctorat n'aura plus la même valeur. Chaque étudiant soutient sa thèse, c'est une suite logique, il faudrait qu'elle reste, non, son choix est fait, je ne soutiens rien, je m'en vais, pense-t-elle.

Tout d'abord, réserver l'avion, dire au revoir à Noëlle, Marianne, Halina, réunir toutes ses affaires, avertir Diane pour remettre l'eau et l'électricité à la maison. Cela lui prend la semaine entière. Demain, mardi, elle décolle de l'Aéroport d'Orly pour le Canada.

- Mais tu n'y penses pas, râle Noëlle, partir au moment de soutenir ta thèse, c'est le fiasco du siècle, tu ne peux pas te faire ça, pas après tous les efforts que tu as fournis pour en arriver là.

- La santé de ma mère vaut toutes les thèses du monde, tu peux dire ce que tu veux, je pars demain, ni toi ni personne ne me feront changer d'avis.

Noëlle se tait. Le visage figé par l'incompréhension, elle ne peut pas dire un mot de plus, le mur qu'elle a en face d'elle ne cédera jamais. Elle connaît bien Elisabeth, ce qui l'a sauvée de toutes les souffrances qu'elle a encaissées, c'est son tempérament bien trempé. Là encore, il montre sa face décapante. Noëlle est persuadée que son amie fait l'erreur de sa vie, mais connaissant Elisabeth, elle sait déjà qu'elle ne le regrettera jamais. L'attachement que porte Elisabeth à sa mère est sans limite.

Il fait soleil quand l'avion s'élance sur le tarmac. Il prend de plus en plus de vitesse, elle sent ce moment où l'avion quitte le sol, ce petit pincement au creux du ventre, l'avion continue de prendre de l'altitude. Par le hublot, elle distingue la Tour Eiffel. Adieu Paris, Adieu le France, je ne sais si je reviendrai un jour, pense-t-elle, se retournant vers l'hôtesse.

- Oui.
- Bonjour Madame, bienvenue sur ce vol, je vous demandais si tout allait bien pour vous.
- Oui, tout va bien, merci, marmonne Elisabeth, la tête pleine du Canada, et cette envie, si tenace, d'embrasser la personne qu'elle aime le plus au monde, sa maman Lora.

Dès un pied posé à Ottawa, Elisabeth voulut visiter sa mère. Elle avait changé plusieurs fois de foyers, les exubérances dues à sa maladie n'étaient pas supportables pour certains établissements où le personnel n'était absolument pas préparé à ce genre de symptômes. Cette maladie, dite d'Alzheimer, commençait à peine à entrer dans les discussions des responsables d'Etablissement, des infirmières ou aides-soignantes. Les malades étaient un peu livrés à eux-mêmes. Un certain danger pour leur vie en résultait, ils allaient et venaient à leur guise avec, la plupart du temps, l'impossibilité de revenir sur leurs pas.

Lora avait connu quelques difficultés au sein des deux établissements où elle avait séjourné. Des maltraitances dues plutôt à la négligence qu'à la volonté de nuire. Elisabeth rendit visite à sa mère à l'improviste. Elle eut un entretien avec le directeur de l'établissement, qui ne lui cacha pas que cette maladie était très pénible à gérer pour le personnel, que le cas de Lora demandait un intérêt de tous les instants.

- Que faut-il faire, alors ? Où est la solution ? Questionne Elisabeth, un peu déroutée.
- Si vous voulez que votre mère soit le mieux possible, il n'y a qu'une solution.
- Laquelle ?
- La prendre chez vous, à votre domicile, et vous occuper d'elle à longueur de journée, c'est très lourd, il faut être très résistant, physiquement et moralement, pour tenir un tel rythme.
- La prendre avec moi, mais je comptais bien reprendre ma mère à mon retour de Paris, où est la différence ?
- La différence est énorme, vous avez vu votre mère hier, l'avez-vous trouvée la même qu'il y a quatre ans ?
- Non, mais elle m'a reconnue tout de suite alors que l'on m'avait laissé entendre qu'elle ne saurait même plus qui j'étais.
- Parce que vous l'avez vue dans un moment de répit, d'une minute à l'autre, elle peut vous demander qui vous êtes.
- Mon Dieu ! Soupire Elisabeth, posant ses deux mains sur son visage, comment est-ce possible ? Ma grand-mère était plus âgée et n'a jamais présenté ces symptômes.
- La Maladie d'Alzheimer est une maladie dégénérative reliée au vieillissement, elle engendre un déclin progressif des facultés cognitives. Peu à peu, une destruction des cellules nerveuses se produit dans les régions du cerveau responsables de la mémoire et du langage. Certaines personnes ne l'auront jamais. Par contre, si l'être humain vivait jusqu'à cent cinquante ans, nous l'aurions tous, ou bien la maladie de Parkin-

son, qui elle, dégénère les cellules reliées au système nerveux central, responsables des troubles moteurs. Ces explications sont très théoriques, mais pour aller droit au but, l'état de votre mère n'ira pas en s'arrangeant avec les années.

Elisabeth ne dit rien. Elle est là, assise sur cette chaise, dans ce bureau, face à un homme qui lui explique que sa mère est en train de perdre tous ses repères. La voix du directeur la sort de sa torpeur passagère.

- Je ne vous conseille pas de la prendre avec vous, sinon, vous pouvez dire adieu à toute vie privée… et publique.
- Je vais y réfléchir, je devais enseigner à l'Université, mais je n'ai pas soutenu ma thèse à Paris pour venir rejoindre ma mère le plus vite possible.
- C'est votre choix, mais je ne pense pas qu'arrêter tout soit une bonne solution, du moins pour vous, ajoute-il.
- Vous ne pouvez pas comprendre par où nous sommes passées. Je ne peux pas laisser ma mère à la merci de n'importe qui, je vais réfléchir, m'organiser et je reviens vous voir prochainement.
- Bien, comme il vous plaira, répond le directeur, la devançant en direction de la porte. Nous faisons de notre mieux, mais cette maladie n'est pas encore bien encadrée comme elle devrait l'être.

Elisabeth ne réfléchit pas longtemps, deux jours après, elle avait tout organisé à la maison pour s'occuper elle-même de sa mère.

- Tu ne sais pas où tu mets les pieds, Elisabeth, hasarde Diane, qui l'avait aidée à nettoyer et à arranger un peu l'appartement.
Toutes ces études que tu as faites, ce travail au Ministère qui te plaisait tant, et Paris, tout ça réduit à néant, cela me bouleverse.
- Ne t'en fais pas, je ne l'ai pas fait pour rien, je suis une femme instruite, donc une femme plus forte, qui peut en imposer si un jour on me fait du mal. Je me servirai de mes connaissances pour aller plus loin, pour faire avancer les choses, pourquoi pas dans cette maladie, tiens, monter une association, faire partie d'une association. Il doit bien y avoir d'autres personnes qui, comme moi, se retrouvent dans le même cas, à devoir garder un proche chez eux.
- J'admire ce courage, cette façon que tu as de rebondir, toujours, quoi qu'il t'arrive.

- Moi, je sais d'où ça vient, murmure Elisabeth, le regard fuyant dans le lointain.

- Sache que je serai toujours là si tu as besoin.

- Je sais, je sais, répond Elisabeth, serrant son amie dans ses bras. Aujourd'hui, une nouvelle vie commence pour moi, et d'ailleurs, arrête de m'appeler Elisabeth, c'est trop long, à Paris, une étudiante étrangère me donnait le prénom d'Elsa, je trouvais ça très joli, dorénavant tu m'appelleras Elsa, tu veux bien.

- Heu, oui, Elisa, heu, Elsa ! Je vais avoir du mal au départ, il faudra que tu sois indulgente, répond Diane un peu amusée, malgré la situation dramatique que vivait son amie.

- Tu t'habitueras, on s'habitue à tout, cela ne fera que trois fois dans ma vie, Elzbieta, Elisabeth et aujourd'hui Elsa, Elsa, Elsa, répète comme un jeu Elisabeth, oui c'est ça, je m'appelle Elsa et pour toujours.

De cette année 1980, où Elsa atteint ses quarante-sept ans et Lora ses soixante-seize ans, débute un chemin croix choisi qui va les clouer dans un petit appartement de la banlieue d'Ottawa, à Hull exactement. Le mot « vacances » n'existe plus, plus aucun répit pour Elsa, du matin au soir et du soir au matin, son seul horizon s'appelle Lora Zilberbogen. Les années passant, Lora devient aveugle, incontinente, elle ne peut plus manger seule. Elsa la nourrit à la cuiller, la retourne dans son lit, la nuit, toutes les deux heures, la lave, la change.

Cela fait maintenant huit ans qu'Elsa a laissé ses livres, ses études, abandonnant ainsi sa belle carrière dans l'enseignement pour s'occuper de sa mère à plein temps. Elsa est fatiguée, exténuée même serait le mot juste. Mais ce combat, Elsa n'est pas la seule à le mener, elle côtoie des personnes dans le même cas, dont Carmelle Harrisson, qui mène le même combat pour son mari âgé de quatre-vingt-sept ans. Carmelle doit le raser, le changer, le laver, lui ouvrir la bouche pour y insérer quelques parcelles de nourritures.

Les services auxiliaires dépêchés en demeure par le gouvernement ou quelque agence que ce soit, abandonnent très vite devant la tâche insurmontable. Devant ce grave problème de société, Elsa et Carmelle ont rejoint un groupe de soutiens spécialisé qui se nomme « Chez Nous ». Ceci afin de sensibiliser l'opinion mais surtout le gouvernement pour embaucher des aides qualifiées, acheter des lits appropriés, des fauteuils roulants, des couches, en fait, tout le nécessaire au quotidien pour les personnes qui s'occupent à l'année des malades atteints d'Alzheimer.

Elles font nettement ressortir de leurs propos que le maintien à domicile des personnes souffrant d'une maladie chronique est beaucoup plus économique que l'hospitalisation ou le placement dans une autre institution. Elsa, Carmelle et la dizaine de membres de ce groupe ne reprochent pas à l'Etat de ne rien faire, elles veulent faire comprendre aux responsables que trop de temps se perd dans les dédales de la bureaucratie, alors que l'étude du terrain serait tellement plus utile.

- On y arrivera, insiste Carmelle, avec ton obstination.

- Tu vois, je lutte pour ce groupe comme j'ai lutté contre toutes les difficultés que j'ai rencontrées. Mon passé douloureux, mes études, et aujourd'hui je réalise que mes études, contrairement à ce que me certifiait mon amie Diane, elles me servent, elles me permettent de me battre à armes égales avec les bureaucrates. On ne fait jamais rien pour rien, tout ce que l'on fait nous sert un jour ou l'autre pour forger notre avenir.

- Tu es une sacrée battante, je suis fière de lutter à tes côtés.

- Non, je sais que tu le ferais même si je n'étais pas là, tu es une bonne personne, pour t'occuper comme tu le fais de ton mari.

- Quelquefois, j'ai envie de baisser les bras et puis, le jour se lève, il est là avec son regard implorant et je recommence.

- C'est bien, moi aussi, j'en suis là, maman est tout pour moi, je serai là pour elle jusqu'à son dernier souffle, je prie souvent pour que je ne parte pas avant elle, je ne veux pas l'abandonner.

- Toi, mais tu es solide.

- Pas comme tu crois, j'ai mal à une hanche et il faudra bien que je me décide à consulter, je suis fatiguée, je me sens si lasse parfois.

- Il te faudrait un but, un palliatif, quelque chose qui t'aide à tenir moralement, tu es bien plus jeune que moi, tu as encore des rêves dans la tête, j'en suis persuadée.

Elsa ne répond pas, regarde l'horizon, comme elle le fait à chaque fois que sa mémoire se retourne sur ce passé, cette enfance si triste, cette haine contre ceux qui ont tué son père, qu'elle essaie tant bien que mal de contenir. Elle se retourne, regarde Carmelle dans les yeux, son regard, si bleu, s'illumine, une petite étincelle s'allume là-bas, tout au fond de la pupille.

- Oui, j'ai encore un rêve…

Sixième époque

Retour à Mazamet

La fenêtre ouverte sur l'aire de jeu l'attire. Elsa s'approche doucement. Un léger vent frais caresse son visage. L'hiver est généreux à Hull cette année et laisse quelques moments de répit. La nuit est tombée depuis longtemps déjà, elle devrait se coucher, ses jambes la portent à peine. En passant, elle attrape le verre sur l'égouttoir, ouvre le robinet et le remplit presque à ras bord. Elle s'avance encore un peu, replie son bras gauche sur son épaule droite, elle porte le verre à ses lèvres sèches, appréciant son eau salvatrice autant que tous les champagnes du monde.

Cela fait une demi-heure que Lora s'est enfin endormie. Elle était très mal ce soir, ses intestins ne la laissant pas tranquille. Elsa l'avait bordée, comme chaque soir, avait embrassé ce petit front où les rides s'étaient invitées au fil des ans et avaient remplacé la peau satinée et sublime de sa mère. Sous les draps, Lora paraît si petite, si rien du tout, recroquevillée, sa position du foetus fait penser à l'enfance. Elsa pense, c'est comme si son enfant était là, dans son lit. Elle avait bien le droit de prendre un petit moment de répit avant de dormir à son tour. Dans quelques heures, elle entendrait des gémissements, des petits appels, elle se lèverait, la changerait de place, lui donnerait à boire, reviendrait dans son lit, ne s'endormirait pas tout de suite, attendant inconsciemment un autre gémissement. Un cercle vicieux qui finissait par lui prendre la seule chose qui lui restait à elle, son sommeil.

Mais ce soir n'est pas un soir comme les autres, triste et sans avenir. Elle vient de prendre une grande décision. Elle va revenir à Mazamet, en France, juste pour un temps, revoir ses camarades de classe et peut-être les sœurs, ou les institutrices qu'elle a tant aimées. À Paris, dans le tourbillon des études, Mazamet était trop loin, elle avait autre chose à faire. Aujourd'hui, à part sa mère, rien ne la retenait, et ce ne serait que pour quelques jours.

Depuis plusieurs semaines, l'idée s'était peu à peu imposée. Ce retour, ces échanges, il fallait les préparer, elle ne partirait pas comme ça, à l'aveuglette, pour que son projet connaisse le succès, elle avait un plan. Elle se donnait six mois et plus pour écrire aux journaux qui couvraient les informations en France, plus particulièrement sur Mazamet. Avec la presse, elle était sûre de toucher le maximum de monde, du moins ceux qui étaient encore vivants.

Elle aurait donc l'hiver tout entier, et il est long au Québec, pour réunir le plus de courriers possible. Quant à Lora, elle la laisserait en lieu sûr pendant son séjour en France. Elle trouverait bien un moyen, elle se renseignerait sur la ou les personnes qui pourraient la remplacer, en sachant bien qu'aucune n'aurait sa patience…à part de tomber sur un ange.

Le verre vide dans sa main, le sommeil se fait plus pressant. Elle le pose sur l'évier, se retourne, ferme la fenêtre, se dirige dans sa chambre, fait un brin de toilette devant le petit lavabo, et tombe comme une masse dans son lit, exigu mais confortable. Juste avant de plonger dans les limbes nocturnes, elle entrevoit Mademoiselle Maraval, qui semble lui dire.

- Viens, viens Elisabeth, nous avons tant envie de te revoir, nous aussi, viens, viens, v…i…e…n…s.

Les mois qui suivirent furent consacrés à peaufiner ce projet. Elle commença à rechercher les adresses des différents journaux diffusés dans la ville tarnaise. Elle décide d'écrire au quotidien Régional La Dépêche du Midi, prépare la lettre qu'elle va envoyer à la rédaction afin de commencer ses investigations auprès de ses anciennes compagnes d'école.

Mais un évènement qu'Elsa n'avait pas programmé va mettre de côté les recherches. En ce début d'année 1990, la santé de Lora se dégrade à une telle rapidité qu'Elsa est obligée de l'hospitaliser. Lora souffre de graves troubles respiratoires directement liés à sa pathologie. Au bout d'un mois, le 15 janvier, Elsa est appelée auprès de sa mère mourante. Jusqu'au bout, Lora reconnaît sa fille aînée, malgré le chagrin immense qui torture Elsa, elle a pu amener sa mère jusqu'à la fin d'une façon digne. Devant le corps de cette mère tant aimée, elle a une impression de devoir accompli, l'amour qu'elle lui a porté toute sa vie n'a jamais failli. La douleur qui s'installe chez Elsa, le manque, malgré le dur labeur que cela représentait, sont cruels. Alors, elle se lance de plus belle dans le projet qu'elle avait mis un peu de côté, ce sera une façon de la faire vivre encore un peu, car ces souvenirs-là, ce sont aussi ceux de sa mère, pense Elsa, qui tient là un remède à sa peine.

Libre de toute responsabilité, son temps libre est aujourd'hui propice à se plonger vraiment dans ce dessein de grande envergure qu'elle s'est fixée. Elle rédige une lettre au mois de septembre qu'elle envoie à la Dépêche du Midi à Toulouse : « *N'ayant pas pu réaliser un projet qui me tient à cœur, celui de retourner à Mazamet, pourriez-vous faire savoir à mes compagnes et aux autres Mazamétains (es) qui se rappellent de moi que je serais très heureuse d'avoir de leurs nouvelles...* C'est par ces quelques lignes que commence une longue lettre envoyée à la Dépêche du Midi par Elsa.

Le journal ne tarde pas à la publier, ainsi que les autres journaux locaux.

Dans les articles qui paraissent, les journalistes mentionnent quelques bribes de la lettre qui les a émus comme « *je me rappelle de chacune de mes compagnes sur la photo de classe que je vous ai envoyée, certaines doivent être grand-mères maintenant. J'en garde un très bon souvenir, comme la petite Fabre, elle m'a apporté du pain quand elle a appris que j'avais faim en m'assurant que sa grand-mère m'en donnerait encore. Les autres aussi étaient très gentilles... Malgré les circonstances qui nous ont amenées à Mazamet, je m'en souviens avec tendresse et beaucoup de reconnaissance, grâce à mes petites camarades de classe, à la cuisinière de l'école, aux commerçants, au dentiste, à la police et aux nombreux Mazamétains qui ont essayé d'adoucir ces pénibles années... Pendant longtemps, maman a parlé avec beaucoup d'attachement de Mazamet et de ce que nous devions la vie sauve à la Révérende Sœur Maria et aux autres religieuses de l'Hôpital. Elle citait aussi l'aumônier et des amis qui ont voulu la soulager dans sa douloureuse situation. Il y avait à Mazamet certainement des Français magnifiques. Ici, au Canada, les gens de ma génération ont eu le bonheur de grandir dans des conditions bien différentes de celles que nous avons connues en Europe. Par conséquent, il est difficile, près de cinquante ans plus tard, de partager des souvenirs d'enfance qui sont loin de leur paraître vraisemblables. Cette différence ne s'atténue pas avec les années. Nous avons été marquées par des épreuves douloureuses et aussi par des expériences de générosité exceptionnelles qu'il n'est pas possible d'oublier... ».*

Il est vrai qu'une telle lettre ne pouvait laisser indifférents les journalistes. Tous jouèrent le jeu, parlèrent à plusieurs reprises de cette lettre et de la vie d'Elsa, en mentionnant bien évidemment son adresse au Canada, afin que chacune de ses compagnes, se reconnaissant, puisse lui écrire personnellement. La photo de classe de CM2 de l'Ecole Notre-Dame, publiée dans la presse, rassemblait vingt-quatre petites élèves.

De semaines en semaines, Elsa n'en croit pas ses yeux, sa boîte aux lettres lui réserve régulièrement d'excellentes surprises, des lettres arrivent régulièrement. Devant ce succès, elle écrit encore aux journalistes pour les vœux de l'année 1991 « *quand j'ai posté ma première lettre à votre rédaction, je l'ai fait en pensant au vers de Vigny dans « La Bouteille à la Mer »*, *qu'elle aborde, si c'est la volonté de Dieu, et, à mon grand bonheur, la bonne volonté de la Dépêche du Midi s'est manifestée immédiatement et très efficacement. Je vous suis bien reconnaissante d'avoir ainsi contribué à la réalisation de mon vœu. Grâce à vous, j'ai rétabli de très vieux liens auxquels je tenais si fort. Imaginez mon émotion chaque fois que je vide ma boîte aux lettres et que je vois une enveloppe dans laquelle figure une reproduction de la belle écriture qu'on m'avait enseignée à l'Ecole Notre-Dame. Je me dis, de qui est-ce cette fois-ci ? Après avoir lu l'identification dans la lettre, je cherche le visage sur la photo car quelques-unes m'ont envoyé leurs photos. Certaines n'ont pas changé et je les reconnais très bien…Je vous envoie aussi la liste d'êtres exceptionnels qui nous ont procuré une grande chaleur humaine dans des moments de tourmente. Il est possible que j'en oublie car je présume que des actions ont été accomplies dans l'ombre, qu'ils sachent que je les remercie aussi…*

Elsa, en lançant sa bouteille à la mer, était loin de se douter de l'élan qu'elle allait susciter. Plusieurs élèves de l'Ecole Notre-Dame de l'époque vinrent se faire connaître à l'agence de La Dépêche du Midi de Mazamet. L'une d'entre elles confie au journaliste « *doucement, mes souvenirs reviennent, cela va être très émouvant de toutes nous retrouver* ». Peu à peu, d'autres viennent se manifester, huit en tout, dont l'une qui semble décidée à ne pas en rester là « *Cela n'est pas normal que si peu d'entre nous se soient manifestées, il faut que nous arrivions à mobiliser tout le monde* ».

Ainsi, les élèves d'autrefois battent le rappel. À part quatre ou cinq d'entre elles, qui étaient orphelines, donc pas de la région, toutes sont de Mazamet. Deux sont décédées et une dans un état critique à l'Hôpital. L'une d'entre elles s'est rendue à la Dépêche dire aux journalistes qu'elle n'était pas sur la photo car ce jour-là, elle était malade, mais précise se rappeler d'Elisabeth. Il est vrai que pour toutes ses camarades, Elsa s'appelait encore Elisabeth. Elles sont sur le pont, maintenant, elles attendent la visite prochaine de cette étrange amie ressortie du passé, leur influant par là même une bouffée de jeunesse.

C'est ainsi que s'exprime la petite Fabre, contactée au téléphone par un journaliste, et qui habite à Saint-Etienne (Loire) « *C'est une bouffée de mon enfance qui m'est revenue avec tous les souvenirs heureux et malheureux, j'en ai pleuré. Malgré mon départ depuis pas mal de temps, je reste très attachée à cette ville qui représente mes racines. La lettre d'Elsa m'a rappelé tant de choses. C'est extraordinaire que, malgré les années, le fil ne soit pas rompu. J'avais été éblouie par sa beauté. Une fille blonde avec des yeux bleus fascinants. Elle se tenait souvent en retrait, paraissait triste et c'est aussi ce qui m'avait attirée. Moi-même, je vivais chez mes grands-parents, sans mon père ni ma mère, et ce n'était pas toujours drôle, malgré cela, je garde un bon souvenir de l'Ecole Notre-Dame. Je n'hésiterai pas, si ma santé me le permet, à faire six cent kilomètres pour la retrouver ».*

Parmi les camarades d'Elsa, les plus assidues à l'organisation de cette rencontre furent Mimi, celle qui surveillait la classe quand la maîtresse s'absentait, Anny, Paulette et quelques autres.

C'est ainsi que des deux côtés de l'Atlantique, les camarades de classe en France et Elsa au Canada, travaillent à ce que cette rencontre inattendue, se passe de la meilleure des façons possibles. Elsa trépigne d'impatience, elle a un dossier digne des plus grandes enquêtes, des photos, des lettres, des coupures de presse, des notes. Cet après-midi, elle s'est procurée son billet d'avion, elle atterrira à Toulouse et prendra le train jusqu'à la gare de Mazamet où elles seront toutes là pour l'accueillir. Au départ, Elsa devait dormir à l'Hôtel, puis Mimi et Anny s'étaient proposées pour la loger chez elles. Ce serait plus intime pour Elsa, et au moins, elle sentirait réellement l'intérêt que ses anciennes camarades lui portaient.

Une tasse de café à la main, Elsa est seule ce soir dans cet appartement, seule, dans un monde qui ne sait rien de la vie qu'elle a eue, des amies qu'elle a connues et qu'elle va bientôt redécouvrir. Le voyage est prévu pour le mois de juin, 1991 sera l'année des retrouvailles. Je vais boucler la boucle, comme on dit, pense-t-elle, fixant les notes et les lettres accumulées sur son petit bureau. Je vais les revoir, maman, s'adressant à une photo de sa mère dont elle ne se sépare jamais, je vais revoir ces gens qui nous ont aidées, ces personnes merveilleuses qui ont permis notre survie. Oh maman, comme j'aurais aimé que tu viennes avec moi, que tu les vois, toi aussi, que tu puisses leur dire merci ! Je te prendrai, tu seras là, dans mon cœur et nous nous envolerons vers la France.

Elsa pose la tasse, se regarde dans la glace, elle a changé, des rides, ça et là, rappellent les épreuves et le temps qui passent. Elle repose le cadre avec la photo de Lora, une larme coule sur sa joue et vient mourir sur ses lèvres, laissant derrière elle une traînée salée…

Il faudra des semaines de préparation. Pour Elsa, le voyage, les bagages, les documents à préparer, les photos qu'elle veut montrer à ses camarades d'école. Pour les amies Mazamétaines, préparer l'arrivée d'Elsa, sa chambre, son itinéraire, les repas chez les unes, chez les autres, le repas d'accueil le soir de son arrivée, prévoir des moments libres à lui accorder pour que ce séjour soit aussi agréable que bénéfique. Elsa voulait revoir tant de personnes et tant de lieux liés avec ce passé, dont les moments vécus dans la ville tarnaise, restaient parmi les meilleurs souvenirs de cette triste époque.

Ce matin-là, j'arrive au journal plutôt de bonne heure. Cela ne me ressemble pas, en suivant le couloir, je vois deux journalistes qui travaillent dans leurs bureaux sur leurs dossiers.

- Té ! Te voilà toi, à cette heure-ci, tu es tombée du lit ?
- Je suis pressée aujourd'hui, j'ai deux articles à écrire et plusieurs reportages en vue pour la journée. Moi qui croyais être à moitié en vacances cette semaine, ça tombe plutôt mal.
- Tu les prends quand ?
- Dans une quinzaine, j'ai choisi juillet cette année.
- Et bien, bonne journée, Marie.
- Merci Richard, bonne journée à toi aussi.

Mon bureau est assez petit, sans clim, moi qui ne supporte pas la chaleur pour travailler, ces vacances seront vraiment les bienvenues. Je m'installe, mets un peu d'ordre, et commence à me caler sur un reportage que j'ai fait la veille, une réception à la mairie de Mazamet, une remise de médailles à des récipiendaires concernant une association de bienfaisance. J'apporte ma pellicule à développer à Philippe, en sous-sol, lui expliquant qu'il me faut les photos impérativement pour le soir ou le lendemain matin dernier délai. Philippe n'aime pas les ultimatums, il sourit et me dit.

- Si je peux, tu les auras.
- Tu pourras, je compte sur toi.
Alors que je remonte dans ma fournaise, je croise le rédacteur en chef de mon hebdomadaire.
- Tu peux venir dans mon bureau, une minute ?

Je ne réponds pas et le suis. Encore un contretemps, je n'ai pas que ça à faire. Comment avancer si on m'empêche pour un oui ou un non d'écrire mes articles ? À ce moment précis, il me tape sur les nerfs, en plus, lui, il a la clim dans son bureau, je le hais sur le moment, rien que pour ça.

- Tu es au courant toi de cette juive qui revient à Mazamet voir ses amies, elles étaient en classe ensemble pendant la guerre, un truc pour toi ?

- Quoi ! Mais tu as vu tout ce que j'ai à faire aujourd'hui.

- Mais tu fais juste trois photos, et puis on demandera des renseignements à un autre journaliste, tu l'interviewras un autre jour, mais il faut aller faire les photos à la gare SNCF de Mazamet ce soir.

Je suis énervée, je suis en colère aussi, contre le destin, qui m'envoie ce reportage aujourd'hui alors que j'ai un boulot de dingue. Ce reportage, j'aurais voulu l'apprécier, j'aurais voulu discuter avec cette juive.

- Je sais que tu t'intéresses à ce genre de sujet, c'est pour ça que je t'y envoie, toi.

- Bon, je vais m'arranger, j'irai faire quelques photos, tu dis, à la gare de Mazamet, à quelle heure arrive-t-elle ?

- Vers dix-neuf heures, sois-y avant si tu peux, pour prendre des renseignements auprès de ses amies.

Il était déjà reparti, voilà comment cela se passe au sein d'un journal, il y a ceux qui commandent et ceux qui exécutent, comme partout, en fait. Après une journée épuisante, je reviens chez moi, et je m'arrête donc à Mazamet pour prendre les photos de cette juive qui réapparaissait après plus de quarante cinq ans. Je gare ma voiture dans le parking de la gare SNCF, je prends ma sacoche qui contient mon appareil photo, mon bloc et mon stylo. Je sens tout de suite que quelque chose se prépare, des groupes de femmes, de cinquante à soixante ans à peu près, discutent, s'embrassent, se montrent des photos. Je sais que je suis au bon endroit, je m'approche et je reconnais le journaliste de la Dépêche du Midi.

- Salut, tu viens faire des photos ?

- Oui, ma journée n'est pas encore finie, tu as suivi ce dossier, paraît-il que tu as écrit plusieurs articles à ce sujet ?

- Oui, j'ai suivi toute l'affaire, c'est incroyable ce qu'a fait cette femme. Elle nous a envoyé une lettre pour rechercher toutes ses amies de l'école Notre-Dame où elle a été cachée pendant la guerre, avec sa sœur, je crois que sa mère était au Sanatorium.

Je m'avançai doucement vers un groupe, qui s'ouvrit à mon approche, me laissant un petit passage en guise de bienvenue, me permettant d'entrer tout de suite dans le vif du sujet. Elles me racontent alors comment elles se sont reconnues sur la photo de classe, comment elles ont prévenu le journaliste, comment elles ont écrit à Elsa. L'une me précise qu'Elsa s'appelait Elisabeth quand elle était à l'école, mais que la lettre était signée Elsa. Je pensais, elle a pris un diminutif, tout le monde s'en accommodait très bien. À partir de ce moment-là, elle devint Elsa définitivement.

On nous annonce l'arrivée prochaine du train venant de Toulouse. Nous nous regroupons sur le quai, guettant à l'horizon la grosse machine qui ramène Elsa, après tant d'années. Je n'avais pas lu les articles publiés dans le quotidien régional, plongée dans mes propres reportages, ils m'étaient passés sous le nez.

D'une main légère, Elsa décolle ses cheveux moites de son cou. La cabine n'est pas très aérée, il y règne une chaleur humide. En temps ordinaire, cette situation aurait gêné Elsa, qui n'aimait pas être en sueur. Mais ce soir, rien ne peut assombrir son moral. Plus que dix kilomètres et elle mettra pied à terre à Mazamet, presque un demi-siècle après la tragédie de la guerre. Elle tourne son regard vers la droite, à travers la vitre, elle regarde le nom des villages qu'elle traverse. Celui-là tiens ! Il sonne comme un pèlerinage, le train a ralenti, il entre en gare de Labruguière. Elle scrute ces lettres, accrochées au mur gris. À une centaine de mètres, peut-être plus, peut-être moins, elle a vécu là de nombreux mois avec Cécile, sans sa maman, au cœur de la guerre. Le train ne s'arrête pas. La locomotive relance le convoi, cette fois, la prochaine gare, c'est la bonne, Mazamet. Elle jette un coup d'œil sur sa valise, rangée en hauteur dans le box placé à cet effet, elle se regarde dans la vitre, range ses cheveux, décroise ses jambes, elle est prête.

Les piétinements vont et viennent sur le quai, certaines regardent, croient voir, ne voient pas, il règne une atmosphère de ruche. Les échos de conversation cessent tout d'un coup.

- Il arrive, lance quelqu'un.
- C'est sûr ? Demande une autre voix.
- Oui, oui, regardez là-bas ! La lumière, la grande lumière rouge, elle arrive.
Certaines sont prises d'un trac soudain.

- Pourvu qu'elle nous reconnaisse, et elle, pourvu qu'elle n'ait pas trop changé.

- Arrêtez, vous verrez bien, maintenant, elle est là et nous allons l'accueillir comme il se doit.

Les freins de la machine résonnent dans la gare, des personnes ont le nez collé sur les vitres, essaient de reconnaître les leurs sur le quai. Une jeune fille attend son fiancé, deux autres cherchent des yeux leur père, et puis… Je la vois, grande, belle, presque la même que sur la photo de classe. J'entends à peine les voix qui crient autour de moi.

- C'est elle, là, regardez, elle est debout près de la porte, elle se tient à une barre, c'est elle, oh ! Elle n'a pas changé, qu'est-ce qu'elle est belle !

Je les entends, mais ne les écoute pas. Je la regarde jusqu'à l'arrêt total de train. La porte s'ouvre, elle est là, droite, élégante, enveloppée dans une jupe grise rehaussée d'un chemisier blanc. Il se passe quelque chose, un électrochoc, comme quand on éprouve un coup de foudre pour une personne. Mais là, il n'est pas question d'amour, il s'agit d'autre chose, cette Elsa va me passionner, c'est la seule certitude que j'ai à ce moment précis.

Quand elle descend, ses longs cheveux blonds entourent son beau visage aux pommettes saillantes, illuminant un sourire radieux. Dire que le bonheur se lit sur son visage est bien peu de chose face à la réalité, elle rayonne de joie. Telles des abeilles enveloppant leur reine, les petites camarades, qui sont aujourd'hui pour la plupart devenues des « mamies », dressent une carapace autour d'Elsa, l'embrassant, la touchant comme un ovni tombé du ciel.

- Elsa, que je suis heureuse de te voir, tu n'as pas changé !
- As-tu fait bon voyage ?
- Tu me reconnais, Annie, tu te rappelles, on jouait à la marelle dans la cour.
- Ah oui, je vois !

Elsa ne peut parler, elle est assaillie de tendresse.

- Toi, je vois qui tu es ! Mimi, tes cheveux, ils n'étaient pas comme cela, confie Elsa en l'embrassant très fort, mais d'autres bras l'entraînent déjà de l'autre côté.

- Et moi, tu vois qui je suis, tu te souviens, Marguerite.
- Et moi, Simone.
- Oui, je me souviens de toi...

Il faudra un quart d'heure pour que les mots soient cohérents et que l'exaltation retombe un peu. Je n'ai rien dit. J'ai appuyé sur le bouton déclencheur de mon appareil photo, la descente, l'invasion, il est hors de question pour le moment de lui parler. Je dois partir, on m'a dit qu'elle restait trois semaines, je pense la rencontrer plus tard, j'ai les photos, c'est bon, je vais rentrer.

- Que faites-vous ce soir ? Demandais-je à une personne qui avait l'air de faire partie du « comité d'organisation », une qui s'appelait Anny.
- Nous allons manger chez moi, tout est prêt pour son accueil.
Elles s'éloignent petit à petit de la gare, s'engouffrent dans différentes voitures. Avant de monter dans la mienne, je la croise, je la regarde, elle me regarde, les deux sourires se confondent.

- Bonjour Madame.
- Appelez-moi Elsa.
- On se reverra Elsa, je vous rencontrerai dans quelques jours, je vous souhaite une bonne soirée de retrouvailles.
- Merci, c'est si émouvant pour moi, mais je vous raconterai...

Mais, déjà, les abeilles ont repris le contrôle, elle s'en va, happée par cette foule aimante, cet essaim empressé. Les autres journalistes sont partis. Je suis seule, l'avalanche s'est calmée, il reste le silence, et l'impression bizarre que je n'aurais voulu manquer ça pour rien au monde. J'y pensais fortement avant de m'endormir, passionnée par la Seconde Guerre Mondiale, je tenais enfin ma reine, celle qui avait traversé la guerre, elle était concrète, elle existait et je ne la lâcherais plus.

Anny lui sert un apéritif, le liquide coule dans le verre avec un son délectable. Elsa le porte à ses lèvres, elle a si chaud. La température, oui, mais une autre chaleur l'enveloppe, l'émotion de cet instant tant attendu. Elle reconnaît petit à petit, met un visage, des conversations, des souvenirs exacts sur chaque femme qui se trouve dans cette salle à manger. L'une était à côté d'elle en classe, lui prêtait ses crayons, l'autre partait à l'aventure dans la cour de récréation, chassant les insectes rampants pour les réunir au même endroit, une autre, puis celle-là ou celle-ci.

Soudain, Elsa scrute la pièce, les yeux hagards, comme si elle cherchait une personne particulièrement.

- Tu cherches quelqu'un ? Demande Anny, ayant remarqué cette légère angoisse.

- Oui, mais où est Suzy ? La petite Fabre, elle me donnait du pain. J'aurais tant aimé la revoir elle aussi.

- Pour des raisons de santé, elle n'a pas pu se déplacer, tu as la coupure de presse lorsqu'elle parle de toi ?

- Oui, je ne sais plus qui me l'a envoyée, elle disait qu'elle viendrait, susurre Elsa comme une enfant, qui vient de vivre une terrible déception.

- Nous lui téléphonerons Elsa, tu l'auras au bout du fil.

- D'accord, répond nonchalamment Elsa, qui sait déjà que si la durée du séjour le lui permet, elle ira à Saint-Étienne, il n'est pas question qu'elle reparte sans voir la petite Fabre. Elsa voulait profiter à fond de ces trois semaines, voir le plus de monde et de lieux possible. Son tempérament volontaire ne flancherait pas si près du but.

- À quoi penses-tu ? Demande Anny, soupçonnant le dessein que vient de planifier sa chère amie.

- Je t'en parlerai plus tard.

- Tu veux aller la voir, n'est-ce pas, tu veux aller à Saint-Étienne ?

L'œil brillant, Elsa annonce.

- Oui, je crois que je vais trouver le temps d'y aller.

Anny entend le volcan qui gronde dans la tête d'Elsa.

- Toi, tu n'as pas changé, quand tu veux quelque chose, tu vas au bout.

Elsa lui renvoie un sourire, puis se retourne vers d'autres camarades de classe, la soirée peut enfin commencer.

Les souvenirs, les anecdotes, l'épanchement d'un moment de vie remplissent la soirée. Toutes réunies autour d'Elsa, elles se remémorent ces années, les petites bêtises, pas trop méchantes qu'elles faisaient parfois. Celles que l'on voyait, celles qui sont restées impunies à jamais.

- Merci pour toutes les lettres que vous m'avez envoyées au Canada durant l'année passée, elles m'ont donné encore plus envie de venir vite vous retrouver. La seule lettre qui m'a blessée, quand on m'a appris la mort d'Annie S, à la suite d'une terrible maladie, et encore si jeune. Par contre, j'ai reçu des nouvelles de Paulette, Jeanne et Marguerite. Que c'est bon de vous avoir auprès de moi, même s'il en manque encore beaucoup.

- Nous sommes aussi heureuses et touchées que toi, tu sais, dit Simone.

- Je sais, répond Elsa, lui prenant les mains.

- Je vais peut-être te parler de quelque chose qui peut t'agacer, si c'est le cas, tu me le dis et on change de sujet.

- De quoi pourrais-tu me parler qui ne me fasse pas plaisir ?

- Des camps, à l'époque, tu n'en parlais pas, tu te fermais complète-ment quand les adultes évoquaient ce sujet, je pense que tu as dû tant y souffrir.

Elsa se tut un instant, oui, ce sujet la dérangeait, son amie avait vu juste.

- Je n'aime pas en parler, tu as raison, et surtout pas ce soir, mais je peux vous dire que quand j'ai appris, dans les années 50, que ma tante Milly, ses enfants, dont ma cousine Esther, avec qui j'avais partagé ces atrocités, étaient tous morts, déportés dans les camps de la mort, je n'ai pu le croire et je ne l'accepte toujours pas aujourd'hui.

- Ils sont restés là-bas et toi tu as pu t'enfuir.

- Oui, par miracle, on est venu nous chercher avec ma soeur, mais Milly et son fils sont partis dans un convoi pour un camp de la mort, quant à Esther... La voix d'Elsa se casse, une trop forte émotion l'empêche de parler correctement.

- C'est bon, on arrête, après tout, c'est le passé douloureux, nous n'allons évoquer que le passé de notre école, qui est moins terrible au fond, même si nous étions en temps de guerre.

Elsa se ressaisit, elle regarde ses interlocutrices et dans un ultime effort sur elle-même, ajoute.

- On m'a rapporté qu'Esther est sûrement morte au Camp de Rivesaltes, elle n'avait que dix ans, je ne sais si c'est après le départ de sa mère ou avant. Mais rien n'est sûr, en fait, peut-être a-t-elle été aussi transférée dans les camps avec sa mère, c'est un peu flou, tout ça. La seule vérité est qu'ils sont tous morts.

Anny apporte le plat principal, les discussions s'orientent à nouveau sur les souvenirs communs et le sourire réapparaît progressi-vement sur le visage d'Elsa. La soirée s'achève dans un échange amical qui a redonné du baume au cœur à l'ancienne petite élève.

Ce matin, j'écrirai l'article sur le retour d'Elsa Zilberbogen à Mazamet. Je préfère écrire à chaud, quand les émotions sont encore là, elles ressortent ainsi beaucoup plus sur le papier et l'impact sur le lecteur est d'autant plus fort. Je pense même l'apporter au journal à Castres avant demain soir, avec de la chance, il sera publié dans le prochain numéro. Mais les manifestations étant plus nombreuses courant juin en général, peut-être ne pourront-ils le passer que dans le numéro suivant.

- Si tu ne peux pas me le publier en entier, je préfère que tu attendes la semaine prochaine, proposais-je à Christian, le secrétaire de rédaction.
- Non, je crois que j'ai un emplacement qui fera l'affaire, tu tiens vraiment à le sortir cette semaine ?
- Oui, car elle est encore là, cela me fera une occasion et une raison de l'approcher et de l'interviewer plus longuement, là, en fait, je n'ai fait que relater l'événement des retrouvailles.
- Ok, c'est comme si c'était fait.

Je le remercie et file déjà par les escaliers, reprenant le chemin de Mazamet. Je n'allais sur Castres que pour apporter mes articles sur disquettes et mes pellicules. Localier* (*journaliste attitré à un lieu donné dans une publication*) à Mazamet et Vallée du Thoré, je ne couvrais pas la sous-préfecture. J'étais plutôt fière de mon papier, j'avais réussi à faire passer, du moins je le crois, mon émotion intense ressentie au moment où je m'étais retrouvée en face d'elle. Je pensais, elle a une classe naturelle, un charme et une détermination, qui, même s'ils ne s'affichent pas de prime abord, remontent à la surface et imposent le respect. Elle ne paraissait pas réelle, comme sortie d'un livre, en deçà de la réalité.

Le 25 juin, lendemain des retrouvailles, Elsa se promène sur le marché de Mazamet, autour de l'Hôtel de Ville, en compagnie d'Anny chez qui elle a passé la nuit. Pour la durée de son séjour, ses amies lui ont concocté un emploi du temps digne d'une grande personnalité, le tout précisément planifié. Il fait beau et Elsa savoure cette promenade matinale, juste avant de se rendre chez Marie-Thérèse (Mimi) pour le déjeuner. L'après-midi est consacré à la visite du Plô de la Bise sur les hauteurs de Mazamet, du village médiéval d'Hautpoul et de ses anciennes ruelles remplies d'Histoire de l'Ere Cathare.

Une douche, Elsa et Anny se préparent pour la grande soirée organisée en l'honneur d'Elsa au restaurant *Des Comtes D'Hautpoul* où elle va retrouver Mademoiselle Maraval, invitée pour l'occasion. Bien sûr, il y a les lettres échangées, mais ce soir, Elsa va la revoir, l'embrasser, la toucher, lui dire tant de choses qu'elle a sur le cœur. Elle regarde son image dans le miroir, elle est prête à vivre l'un des plus beaux moments de son existence.

Quelques-unes des convives sont déjà arrivées quand Anny et Elsa descendent de leur voiture, garée sur le parking du restaurant, face à la gare des trains. Elsa se penche pour prendre son sac posé à l'arrière du véhicule. Dès qu'elle se retourne, elle aperçoit au milieu d'un petit groupe, une dame qui semble plus âgée, c'est elle, pense-t-elle immédiatement, c'est Mademoiselle Maraval. Elsa s'approche, un grand silence fait place à toute l'agitation qui régnait quelques minutes auparavant. Elsa continue sa marche lente vers cette femme qu'elle reconnaît malgré le temps qui a passé.

- Elisabeth, c'est toi, tu as toujours le même visage, et tes cheveux, qu'ils sont beaux !

Elsa ne répond pas, elle tombe littéralement dans les bras de son ancienne institutrice, laissant aller ses larmes.

- Allons, ne pleure pas, c'est un moment si troublant, jamais je n'aurais cru te revoir, je suis si heureuse, après tant d'années.

Elisabeth la tient maintenant par les mains, la regarde, une apparition ne lui ferait pas un effet aussi fort.

- Oh ! Mademoiselle Maraval, vous ne pouvez pas imaginer comme vous êtes précieuse pour moi, ce que vous m'avez apporté durant les années que j'ai passées à Mazamet. Le soir, en m'endormant, je me disais que vous étiez la seule personne à m'aimer, et cela me donnait la force de continuer à me battre, pour maman et ma petite sœur Cécile.

- D'autres personnes t'aimaient aussi, heureusement.

- Mais je ne le sentais pas aussi fort, je reste persuadée que c'est vous qui m'aimiez le plus.

- Je t'aimais beaucoup, ça, c'est vrai.

Elsa l'embrasse à nouveau.

- Je suis devenue Madame Louriou, tu le sais puisque nous avons échangé quelques courriers.

- Pour moi, vous serez toujours Mademoiselle Maraval.

Madame Louriou plisse un sourire, plus besoin de mots, tout est dit. Arrivent peu après Michel Bourguignon, maire de Mazamet, l'Abbé Claude Cugnasse (*frère de l'Abbé Gilbert Cugnasse qui fut nommé au rang de Juste, ayant reçu sa médaille pour avoir caché des Juifs à Pratlong*)... Sœur Marie de la Croix (Alias Madame Graviassy) est excusée, âgée de quatre-vingt-sept ans, elle n'a pu faire le déplacement. Une fois les présentations faites, durant l'apéritif, Elsa prononce un petit discours émouvant au cours duquel elle raconte les années de souffrance, atténuées par la douceur des gens présents.

- Sans vous, dit-elle, jamais je n'aurais pu tenir, maman non plus. Vous avez pris des risques, se tournant vers Madame Louriou, beaucoup n'ont écouté que leur cœur, jamais je n'aurai assez de mots pour vous remercier de ce que vous nous avez apporté.

Sentant que certaines allaient se rebiffer.

- Ah non ! Surtout ne me dites pas que c'est normal, humain, ou tout autre chose, tout le monde ne l'aurait pas fait, l'histoire a prouvé malheureusement ce que j'avance. Des Juifs ont été dénoncés, il n'y a rien d'humain là-dedans, j'ai vu des gens inhumains, non, croyez-moi, vous possédez des âmes belles et un demi-siècle plus tard, elles sont toujours aussi belles.

Les applaudissements crépitent. Michel Bourguignon prend ensuite la parole et d'une manière tout aussi touchante, relate à sa manière ces années de guerre mettant en exergue le courage et la gentillesse de toutes les personnes qui ont soutenu les Juifs, et que l'on nomme aujourd'hui les Justes.

Elsa est comme une reine. Entourée de toutes ces personnes, elle se tourne vers Madame Louriou, Mimi et Anny.

- Je l'ai tellement rêvé, tellement idéalisé ce moment, que je n'arrive à croire que je le vis enfin, je ne peux pas croire que je suis là avec vous toutes, c'est le plus beau jour de ma vie, dommage que maman ne soit pas là, elle aurait été si heureuse.

- Elle nous voit de là-haut, je suis sûre qu'elle est très fière de sa fille, précise Madame Louriou.

- Oui, elle est là, parmi nous, vous avez raison, Madame, comme toujours, vous trouvez le mot juste pour réconforter.

La rencontre se poursuit encore un peu, assez tard dans la soirée, puis chacune embrasse très fort Elsa avant de se retirer.

- À partir de demain, je vais rechercher les lieux où je me suis rendue autrefois, retrouver d'autres personnes que nous avons rencontrées ici. J'irai à Saint-Étienne voir Suzy, à Labruguière, je veux des journées bien remplies, il faut que je ramène des tonnes de souvenirs au Canada, confie-t-elle à Madame Louriou, juste avant que cette dernière ne monte dans la voiture qui la ramène chez elle.

Elsa fixe les lumières des phares qui se perdent dans la nuit. Elle sait qu'elle la reverra puisque une journée et un repas sont prévus chez elle dans quelques jours, mais après, elle ne la reverra sûrement plus jamais. Elle sourit, Mademoiselle Maraval, c'est ainsi qu'elle veut se la rappeler, demeure dans son cœur à tout jamais.

Elsa se réveille un peu tard ce mercredi 26 juin, Anny l'a laissée dormir pour qu'elle soit bien reposée avant de continuer son périple mazamétain. Il est neuf heures, quand leurs petits-déjeuners avalés, elles peaufinent la journée à venir.

- Ce matin, je voudrais voir, si tu n'y vois pas d'inconvénients, le journaliste de la « Dépêche du Midi » qui a publié ma première lettre dans son quotidien.
- Je crois qu'il est à Albi, répond Anny, mais nous pouvons partir sur Albi tout de suite, il ne faut pas traîner, on va chez Mimi et son mari va nous accompagner et nous conduire.
- Bien, nous allons sur Albi et nous en profiterons pour visiter un peu la Préfecture du Tarn.
- La Basilique est très belle, nous irons la découvrir cet après-midi, si tu veux bien.

Après avoir rencontré et remercié le journaliste de la Dépêche du Midi, Elsa et ses amis visitent le cloître Saint Salvi. Une promenade au milieu d'une architecture riche, parsemée de petits espaces verts au centre desquels se dressent quelques arbres. Ils longent les arcades d'allure romane avec leurs doubles colonnes accrochées à un mur assez bas. De fil en aiguille, ils finissent par rejoindre la cathédrale Sainte Cécile au centre d'Albi.

- Qu'elle est belle, si majestueuse, elle date de quand exactement ?

- Je ne sais pas, répond Mimi, mais on devrait voir une notice.

- À l'intérieur, il y a des explications sur l'époque de sa construction, regarde, là, elle date du 14ème siècle.

- À mon avis, pas ce réverbère, il a plutôt l'air récent.

- C'est sûr, il ne date pas du 14ème siècle, il semble plus contemporain.

Les discussions vont bon train, ces instants sont si agréables. Ils se promènent encore quelques instants, jusqu'à que les estomacs crient famine. Il est presque une heure et ils ont beaucoup marché. Un déjeuner les réconforte et ils décident de se rendre à Gaillac l'après-midi, plus précisément au Centre de la Croix Rouge. Elsa est très émue de discuter un petit moment avec ces gens qui sont, en quelque sorte, les successeurs de tous ceux qui ont oeuvré pendant la Seconde guerre mondiale. Ils continuèrent leur chemin en direction de Puycelsi, avant de revenir sur Albi où ils rendirent une visite à Monsieur Stheiner, un juif déporté dont Elsa avait connaissance. Ce dernier les reçoit si bien qu'il leur fait une proposition inattendue.

- Je vais vous montrer le monument érigé à la mémoire des déportés à Albi.
- Cela me ferait un grand plaisir, souligne Elsa.
- Alors, je vous accompagne, le temps de fermer la porte qui donne sur la cour et je suis à vous.

C'est ainsi que Mimi, son mari, Anny, Elsa et Monsieur Stheiner se recueillent devant ce haut lieu du souvenir. Sentant qu'Elsa vivait continuellement dans le passé, il eut cette phrase qui se voulait aussi conseillère.

- Ma chère Elsa, il faut essayer de laisser le passé de côté, c'est du moins ce que j'essaie de faire, il faut aller de l'avant.

Elsa ne répond pas, elle hoche juste la tête en guise d'acquiescement, mais ils savent tous qu'elle en est incapable et qu'elle se ronge les sangs avec ce passé trop lourd à porter pour une personne seule. Dans la foulée, ils décident de retrouver les traces du camp de Brens, près de Gaillac. Elsa est déçue, rien, aucune marque du passé, un terrain rempli de ronces, voilà ce qu'il reste de ce camp dans lequel elle jouait avec Esther entre les baraques. Où sont passés la poussière, et les blocs ? Les limites même du camp ne sont plus, rien qui puisse recomposer cet endroit de douleur. Elle pense à Boumama, à sa mère, à Milly, Dora, aux enfants qui n'ont jamais grandi. Un mur de ronce, un spectacle à pleurer. Elle quitte l'endroit au bord des larmes, ses amies la réconfortent, ne pas pleurer, se tourner vers l'avenir, croire en l'avenir, Elsa ne sait pas faire, il est trop tard, beaucoup trop tard.

Le lendemain, le 27 juin, Anny et Elsa se rendent chez Mimi afin de rencontrer Marguerite et sa maman. Ensuite, c'est une belle journée qui s'annonce, Madame Louriou les a invitées, Anny, Elsa, Mimi, les souvenirs, encore et encore, sont disséqués, analysés, le pèlerinage d'Elsa n'en finit pas. Le soir, les embrassades sont synonymes d'adieux avec Madame Louriou, là, cette fois, c'est sûr, elles ne se reverront pas. Mais Elsa a pu la revoir, lui dire son attachement, le principal, son amour pour elle. Le poids qu'Elsa supportait depuis tant d'années avait disparu, elle lui avait dit, toute sa reconnaissance.

Le vendredi 28 juin se propose comme une journée purement Mazamétaine. Cette nuit, Elsa a dormi chez Mimi, et ce sera ainsi jusqu'à son départ. La matinée est consacrée à la visite de la tombe de Manette (une ancienne élève, qu'Elsa portait profondément dans son cœur). La visite du Pavillon Calmette, le fameux Sanatorium où Lora avait séjourné durant des mois, où les fillettes allaient régulièrement lui rendre visite. Quelle émotion ! Revoir le perron, les baies vitrées, parler aux gens, revoir le sol qu'elle avait foulé et foulé encore. À chaque coin de couloir, elle revoit sa mère lui sourire, malgré la fatigue et la maladie qui la rongeaient. Besoin d'un bol d'air, il faut sortir de là.

Plus tard, Mimi, son mari, Anny et Elsa se rendent au magasin de Madame Cèbe dans le quartier des Bausses où elles allaient quelquefois faire des petits achats. Elsa leur avait proposé quelques lieux de pèlerinage sur lesquels elle désirait se recueillir.

- Je voudrais voir la tombe de Sœur Maria, la Révérende de l'Hôpital.
- Nous irons cet après-midi, tu te souviens bien d'elle ?
- Oui, très bien, elle s'est occupée de maman et je ne la crois pas étrangère à notre libération du camp de Rivesaltes, mais nous ne saurons vraiment jamais qui a fait quoi exactement, car les investigations étaient cachées et secrètes.

Elsa est plantée là, devant cette tombe, cette petite parcelle du cimetière où est enterrée l'une des personnes qui a le plus compté dans sa survie, psychique et physique. Après quelques instants de recueillement, Anny lui conseille.

- Allez, viens, maintenant, si tu veux, nous avons le temps de nous rendre à l'école Sainte-Dominique à Labruguière, c'est un endroit que tu voulais voir pour savoir ce qu'étaient devenues les élèves de l'orphelinat.

- Oui, allons à Labruguière, tranche Elsa, s'éloignant de la tombe de Sœur Maria d'un pas alerte, à partir, mieux valait le faire rapidement, laisser le passé au passé, comme l'avait conseillé la veille, Monsieur Stheiner.

La visite de l'école Sainte-Dominique permit entre autre à Elsa de rencontrer trois anciennes élèves de l'orphelinat. Celui-ci se trouvait au château en 1941. Elles se rendent donc au château, derrière l'actuel Syndicat d'Initiative. Elsa retrouve la cour, la fontaine, elle est asséchée, les murs de la façade arrière de l'église, contre lesquels elle discutait des heures avec ses petites amies dont Berthe, qui elle, avait suivi Sœur Vincent à Montolieu, lors de son départ.

- C'est très émouvant, Madame, de vous voir ici, et d'écouter tout ce que vous avez pu vivre en ce lieu, cela a dû être très difficile, souligne une personne des archives de Labruguière.

- Très difficile, assure Elsa.

- En 1961, il y a eu la création de l'ouvroir (*Dans une communauté religieuse, lieu où l'on effectue le travail en commun*), en août exactement, puis dans la même année, la création de l'ouvroir asile, section St Hilaire, en rapport avec l'école St Hilaire avant 1800. Il y avait un abbé Castagné, originaire de Lacabarède.

- C'est un plaisir pour moi de vous entendre me raconter ce qui s'est passé ici après mon passage, c'était il y a si longtemps déjà…

- Je suis passionné par les archives de Labruguière, je serai toujours là si vous avez besoin d'une autre explication sur quoi que ce soit.

- Merci beaucoup, mais nous avons déjà tant abusé de votre gentillesse, nous allons revenir sur Mazamet car nous avons rendez-vous ce soir à vingt heures trente à la salle Ozanan autour d'un dessert avec toute mes anciennes camarades de classe.

- Je suis très heureux pour vous d'avoir pu ainsi remonter le temps.

Elles prirent congé. La soirée qui les attendait promettait d'être très sympathique et une raison supplémentaire de se revoir toutes, encore une fois. Le lendemain, le repos fut de rigueur. Les deuxièmes retrouvailles de la veille et la fatigue des derniers jours avaient eu raison du dynamisme d'Elsa. La coupure fut de courte durée, en effet, dès l'après-midi, Mimi et Elsa se promenèrent dans la ville, remontant la rue Meyer, où se trouvait l'école Notre-Dame, la rue des Cordes qu'Elsa connaissait bien et qui en quelque sorte n'avait pas si changé, le Pont de Caville, qu'elle remontait parfois avec les sœurs, la rue de l'Arnette. En fin d'après-midi, elles firent une visite à Mme Bonnet-Arnaud, la maman de Jacquie). Une journée simple, calme, contrastant avec les souvenirs tumultueux qu'avait gardés Elsa de ces endroits.

Le lendemain, c'était dimanche, le 30 juin, la messe à Notre Dame fit resurgir pour l'enfant juive une drôle de sensation. Les murs lui semblaient plus petits, tout lui semblait plus petit, si petit même, qu'elle se demandait pourquoi elle en fut si effrayée à l'époque. L'Hôtel, qui lui paraissait une place, devenait un petit carré d'où s'élevait une sorte de sérénité, qu'elle n'avait pas senti alors, un calme, le poids des autorités n'étant plus là, elle respirait cette plénitude, elle repensait encore à sa mère.

Madame Durand-Riols, ce nom à lui tout seul signifie le don de soi, l'altruisme le plus total, la main tendue, sans que cela ne soit perçu comme un acte d'héroïsme. Commerçante à Lacaune (Tarn), elle demeure l'une des figures de la Résistance les plus considérées dans la montagne tarnaise. Elsa ne pouvait ignorer le rôle primordial qu'avaient joué cette résistance et son mari tout au long des pires années de l'occupation. Accompagnée de ses fidèles amis, Elsa remonte en voiture les routes sinueuses menant dans ce village sur les hauteurs du Tarn. Voir Madame Riols, pour Elsa, signifie se trouver en face d'une sorte de sauveur, d'un monument. Ce n'est pas elle, à proprement dit, que cette femme hors du commun a sauvée des griffes de l'ennemi. Ce faisant, par elle, Elsa approche tous les Justes, tous ceux qui ont risqué leur vie sans penser, sans réfléchir, seulement pour sauver un bout d'humanité.

Pas de tirade verbale inappropriée, juste une humilité qui ressort de cette femme exceptionnelle qui a reçu la médaille des Justes deux ans auparavant « *J'ai fait de la Résistance parce que j'aimais mon pays et je pensais qu'il fallait faire fuir les Allemands...* » avait-t-elle alors expliqué alors à la presse. En parlant des Juifs, sa simplicité et son action, qu'elle met sur le compte de sa croyance en Dieu et dans la Bible, sont bouleversants « *Je les cachais, je les faisais manger, je les habillais. Mon mari, qui était à la mairie, leur trouvait des papiers, ou leur en donnait des faux, surtout en 1942...* »

Le café, pris en commun, permet de discuter à bâton rompu. Elsa n'éprouve qu'admiration devant une telle personne, elle s'empresse de le lui dire et de le lui redire encore. Madame Durand-Riols parle d'une voix tranquille, même pour raconter comment, une fois l'alerte donnée par la Gestapo, qui investit Lacaune, elle et son mari ont cru leurs dernières heures venues « *Ils sont arrivés et ont fouillé une à une toutes les maisons, la seule chose que nous avions à faire était de prier. Nous avons été exaucés. Les Allemands, divisés en deux groupes, qui avaient commencé leurs recherches par la charcuterie et le marchand de cycles, ont cru chacun que l'autre groupe avait visité notre maison et ils sont partis. Nous sommes restés là, incapables de réagir, Dieu nous avait protégés* ».

En fin d'après-midi, Elsa et ses amis redescendent dans la vallée pour prendre un repas en famille chez Mimi, où ils parlèrent, entre autre, de cette femme héroïque qu'ils venaient de rencontrer.

Le lundi 1er juillet, Elsa et quelques amis déjeunent chez Yvette, une autre élève. L'après-midi, visite des deux petites orphelines de l'école Notre Dame, Annie et Claire, qui sont devenues aujourd'hui des Sœur Clarisses, dont l'une se nomme Sœur Marie-Béatrix. Quelle émotion encore pour Elsa, qui se souvient tant de ces deux petites filles courant dans la cour de l'école !

Un goûter entre toutes les anciennes élèves est organisé chez Simone, une occasion pour se retrouver. Le repas du soir a lieu chez Ginette, la diversité des hôtes ravit Elsa, qui voit là à quel point ses anciennes amies se sont mobilisées pour son retour à Mazamet. Ce soir, il ne faut pas se coucher trop tard, il faut être prête pour le lendemain, le grand rendez-vous officiel, que lui a donné le maire de la ville, afin de l'honorer comme il se doit.

Vers onze heures quinze, Elsa emprunte avec Mimi, suivies de toutes leurs camarades, le bel escalier de l'Hôtel de Ville. Sur le perron intermédiaire, le premier magistrat les attend, sourit, serre des mains, fait signe de le suivre dans la salle de réception. Là, une grande table, sur laquelle est servi un apéritif, ce sera pour plus tard, le groupe entoure déjà Monsieur le Maire qui commence son discours, faisant allusion aux souffrances de la guerre et au bonheur des retrouvailles, qu'il faut garder comme un cadeau du ciel. Elsa est honorée, mais son humilité a du mal à accepter tous ces honneurs. L'apéritif permet de faire retomber le côté officiel et Elsa se détend.

Après un déjeuner chez Mimi en compagnie de Paulette, d'Anny et son mari, l'après-midi est consacré à faire des photos, Elsa en veut le maximum. Ensuite, elle s'occupe de quelques papiers, se rend à la banque, mais aussi à la gare, car une idée ne la quitte pas, revoir la petit Fabre à Saint-Étienne, et profiter aussi du voyage pour se rendre à Lausanne, Valence, le voyage doit durer au moins une semaine.

Le lendemain matin, Mimi et son mari amènent donc Elsa à la gare des trains de Carcassonne. Durant une semaine, Mimi et les autres perdent la trace d'Elsa, qui voyage à travers la France, au gré de ses envies et de ses recherches. Il faut que je me rende à Saint-Étienne, même si je ne peux parcourir tous les lieux que je me suis fixée, calcule Elsa, la joue écrasée contre la vitre du wagon. Le premier soir, après plus de six heures de train, elle débarque à Lyon, où elle passe la nuit à l'hôtel. Elle visite une partie de la ville. Le lendemain, juste avant de reprendre le train en direction de la Loire, Elle a déjà téléphoné à Suzy Fabre qui lui a donné rendez-vous dans un café. Elsa trouve cet endroit de rendez-vous quelque peu insolite, elle pensait voir sa camarade d'autrefois dans un autre contexte. C'est ainsi et même si cette situation la surprend, elle n'en prend pas trop ombrage.

Suzy est là, assise à une table, ronde, en fer blanc, couleur argent. Elsa la devine de loin, elle est un peu voûtée, elle a été très malade. Elsa pense qu'elle ne la retiendra pas très longtemps. Elle s'avance, lentement, examine les cheveux tirés en chignon, l'allure, ne retrouve pas la petite silhouette fine et remuante de cette petite mazamétaine exilée dans la Région Rhône-Alpes.

- Suzy !
- Elisabeth, c'est toi ! Tu n'as pas changé, moi par contre, je parai beaucoup plus vieille que toi.
- Mais non, voyons, tu as changé un peu, c'est normal, et moi aussi, j'ai changé, même si depuis que je suis revenue, tout le monde s'affère à voir en moi qu'une petite fille aux joues rondes et aux cheveux blonds.
- Viens près de moi, assis-toi là.
Suzy écarte une chaise pour son amie.
- Alors ce voyage, qu'en dis-tu, tu es heureuse de l'avoir fait ?
- Oh ! Si tu savais comme je suis reçue là-bas, à Mazamet, même le maire de la ville m'a honorée lors d'une réception.
- Mon Dieu, qui aurait cru ça, toi, cette petite fille juive, cachée.
- Au fait, demande subrepticement Elsa, vous le saviez que j'étais juive ?
- Non, pas sur le moment, le monde des adultes ne nous intéressait pas, tu sais, nous n'avions qu'une dizaine d'années.

Elles consommèrent deux boissons chacune, puis, la voiture qui avait amené Suzy la ramena. Elsa reste seule, avec son destin et son passé qui se croisent là, dans un petit café de Saint-Étienne. Elle aurait voulu la revoir dans d'autres circonstances, parler beaucoup plus de leur enfance, mais peut-être les autres n'étaient-elles pas aussi avides de se remémorer ces souvenirs lointains. Elle sentait combien le poids des années avait laissé des traces, elle eut un petit coup de cafard, et si ce passé n'intéressait qu'elle ? Mais non, mais non, se rassure-t-elle ! Et Mimi, Anny, et les autres, elles la recevaient comme une reine, c'était une preuve, ça, quand même, non !

Partir vite, reprendre le train pour Lausanne, voyager un peu à travers les souvenirs qui sont si présents, trop présents même parfois. Son périple dure une semaine.

Le lundi 8 juillet, elle arrive en gare de Béziers, où l'attendent Mimi et son mari.

- Hou, hou, je suis là ! Crie Elsa sur le bord du quai.
- Alors, Elsa, ce voyage, il s'est bien passé ? Questionne Mimi.
- Dans l'ensemble, il s'est bien passé.

Cette réponse assez brève fait penser à Mimi que quelques moments ne se sont peut-être pas déroulés comme Elsa l'aurait souhaité. Elles n'eurent pas le temps d'en parler longtemps, un incident de dernière minute allait étoffer les conversations.

- Où ai-je mis mon ticket de consigne ? Elsa devient écarlate, elle fouille et refouille ses poches, son sac, rien, mais où l'ai-je mis ? J'ai tous mes papiers à l'intérieur, mes documents, ils sont perdus.
- Ecoute, nous allons demander qu'ils nous les fassent parvenir à Mazamet. Tu es une personne de confiance, il n'y aura pas de problèmes, tente de la rassurer Mimi.

Ils revinrent donc à Mazamet, sans les documents d'Elsa, pour passer la dernière semaine ensemble avant le grand départ pour le Canada. Le mardi 9 juillet, la visite prévue est Montolieu, afin de tenter de retrouver Sœur Vincent, la dernière sœur de l'ouvroir de Labruguière, qui s'était retirée dans ce village en emmenant avec elle la petite orpheline, Berthe, comme le leur avait spécifié le monsieur des archives de Labruguière. Elsa, Mimi et son mari, ce dernier faisant office de chauffeur du groupe depuis l'arrivée d'Elsa à Mazamet, partent donc pour le couvent de Montolieu rencontrer Sœur Vincent et par là même la Mère Abbesse. Le repas du soir chez Anny clôture cette sympathique journée. Elsa, elle, reste inquiète quant à ses documents restés en consigne à Béziers.

Le jour suivant, le petit groupe, maintenant rôdé, se dirige sur Albi pour découvrir les archives départementales. Elsa y cherche des documents sur Sœur Maria, qui s'occupait du Sanatorium, sur le Cardinal Saliège, à qui elle sait aujourd'hui devoir sa liberté de Rivesaltes, et bien d'autres encore. Mimi lui avait envoyé courant janvier de cette année, un livre sur le Cardinal Saliège, un tour de force pour Mimi car ce livre avait été publié en 1957. Ce livre raconte la vie du Cardinal par une personne l'ayant connu, l'Académicien Jean Guitton, ce qui le rend encore plus précieux. « *Je pourrai ainsi faire savoir et signaler qu'il s'agit d'un ouvrage au sujet d'un français courageux dont je suis une des protégées, que j'admire de tout mon cœur. J'ai fait pour toi une copie de la célèbre lettre pastorale. Pour l'époque c'était de la bravoure* ». C'est ainsi que s'exprimait Elsa dans la réponse qu'elle fit à Mimi, datant du 20 janvier 1991.

Cette recherche les entraîne tard dans la journée. Sur le chemin du retour, ils s'arrêtent chez Edith, juive déportée, qui est commerçante à Castres. Le soir, Elsa se trouve un peu rassurée, on a téléphoné de la gare de Béziers pour dire que les documents restés en consigne étaient partis par la poste et devraient arriver dès le lendemain, si tout allait bien. Elsa passe donc une meilleure nuit que la précédente.

Quand j'arrive au journal à Castres ce matin du mercredi 10 juillet, jour de clôture de mon hebdomadaire, le rédacteur en chef me fait un signe, m'invitant à le rejoindre dans son bureau. Je le suis, je pose mon sac et les papiers que je tiens à la main sur une chaise et m'assoit dans l'autre.

- Nous avons reçu ce matin un coup de fil d'Elsa Zilberbogen au journal, elle voudrait te rencontrer, car elle a adoré ton article sur les retrouvailles, celui que tu as fait la semaine dernière.
- Ah bon ! Dis-je toute étonnée, mais fière aussi que mon chef s'aperçoive que je faisais du bon boulot.
- Ça t'intéresse ?
- Plutôt, oui ! Déjà je n'aime pas décevoir les gens qui m'apprécient, mais de plus, j'ai beaucoup de choses à dire à cette personne, elle m'a interpellée. C'est le genre de personne qui ne me laisse pas indifférente, elle amène à la connaître mieux, je suis sûre qu'elle a des tonnes de choses à dire et des plus intéressantes.
- Bon, si je comprends bien, tu y vas, tu vois si tu peux faire un autre reportage, sinon, pas grave, enfin, c'est toi qui vois, je te fais confiance.

Je monte dans mon bureau, le sourire aux lèvres. Alors, l'impression que j'ai eue, quand je le l'ai rencontrée pour la première fois était la bonne, elle aussi, a perçu mon intérêt pour son cas, je crois que nous allons bien nous entendre, pensais-je, envahie d'un petit bonheur intérieur très agréable. Je pose mes affaires et commence à organiser mon après-midi du lendemain en incluant le rendez-vous chez Simone M que je connaissais déjà. Au moins, je serai en terre connue, cela me facilitera le dialogue avec Elsa. Le rendez-vous était convenu à quinze heures, je m'en arrangeai en modulant mes autres rendez-vous ou reportages de la journée.

Dans la soirée, je couche mon interview sur un bout de papier, afin d'avoir une base pour commencer la conversation et surtout ne pas oublier de lui poser les questions qui me tiennent à cœur. En fait, je m'intéresse à cette époque de l'Histoire de notre pays depuis si longtemps, dès l'adolescence, je lisais tout ce qui me passait sous le nez

233

retraçant cette sombre période sur la guerre 39/40. Je ne pouvais trouver mieux, elle sortait du fin fond de mes livres d'adolescente.

Je me gare devant la maison de Simone M. Il fait très chaud. Je me penche pour prendre mon appareil photo, mon bloc et mon stylo. J'ouvre le petit portillon en fer, je le referme derrière moi (plutôt pour gagner du temps, une espèce de trac me prenant soudainement) que pour faire acte de bonne éducation. Je me retrouve devant la porte, frapper ou appuyer sur la sonnette, appuyer sur la sonnette, non, frapper, je frappe, une fois, deux fois, rien ne bouge. Je sonne, ça y est, j'entends un bruit de chaise que l'on déplace, une personne s'avance vers la porte, je vois une ombre, je me retrouve face à face avec Simone M.

- Bonjour Marie, nous vous attendions, Elsa est déjà là.

Bien sûr qu'elle est déjà là, le rêve qu'elle puisse arriver après moi, je n'y pense même pas, j'aurais dû me « pointer » en avance, pour pouvoir m'installer, m'imprégner du décor, mais pourquoi avais-je tant le trac ? Je ne passais pas un examen tout de même ! Le petit couloir et puis, la salle à manger, des fauteuils, l'un est vide, c'est le mien, on me fait signe, je m'assois, et là, je la regarde, enfin, elle est tournée vers moi, me sourit, Elsa est là.

- Vous allez bien ? Me demande-t-elle avec un large sourire.
- Très bien, merci, je lui réponds avec un sourire sorti de je ne sais où.

Simone prend la parole, elle est accompagnée de Mimi, qu'elle me présente, je ne la connais pas, elle a l'air sympathique, ainsi qu'une autre femme, Anny, que je ne connais pas non plus. Bonjour à gauche, bonjour à droite, j'esquisse des sourires, Elsa est toujours là, silencieuse, immobile, elle me fixe.

Puis, la passion prend le pouvoir, elle me raconte, je lui pose des questions, elle me répond, sent l'intérêt particulier que je lui porte, rentre dans mon monde, nous n'en sortirons plus, les autres sont déjà plus loin.

- Un peu plus de café ? Demande Simone.
- Non, merci, plutôt une boisson fraîche, si vous avez, bien sûr.

La discussion recommence, les camps, Brens, et si on y revenait toutes les deux, pourquoi pas ! La symbiose a atteint son paroxysme, c'est sûr je tiens mon héroïne, celle que je cherche depuis toujours, Elsa est déjà pour moi une tête d'affiche, mon amitié pour elle ne faillira plus jamais. Je prends des notes, qu'importe que ce reportage sorte ou non, là n'est pas la question, ce qui est primordial, c'est la sensation que j'éprouve, c'est le fait qu'elle fasse partie de ma vie. Je veux la revoir, ailleurs, je veux aller plus loin, raconter sa vie, dans son intégralité. Pour l'instant, je ne peux lui dire, pas le contexte, mais demain, ou un autre jour, dans une lettre, peut-être, il me faut son adresse, oui, ça, c'est indispensable, elle ne peut partir sans me donner son adresse.

Quand je quitte la maison de Simone M, je sais qu'Elsa a reçu la même émotion en pleine figure, son regard, ce bleu intense, ses yeux me disent déjà avant qu'elle n'ouvre la bouche.

- Il faut se revoir avant mon départ, je veux vous dire quelque chose.
- Faites-moi signe et je viendrai.

Je l'embrasse, un dernier signe de la main, je rentre dans ma voiture, je souffle, il fait si chaud, je ne peux démarrer, pas tout de suite, je sais que je l'ai trouvée, le sourire sur mon visage restera incrusté jusque tard dans la soirée.

La journée commence plutôt bien du côté de chez Mimi en ce vendredi 12 juillet, les documents égarés font leur apparition à Carcassonne, une raison de s'offrir une escapade au cœur de la Montagne Noire. Cette montagne, qui, dès son premier jour à Mazamet, il y a plus de quarante ans, avait marqué Elsa, qu'elle voulait tant la voir de si près. À part cette petite ballade, la journée est calme et Elsa prend le repas du soir en compagnie de Mimi et son mari, discourant de choses et d'autres.

En 1942, le docteur Alquier s'occupait du Sanatorium de Mazamet, Elsa fut très heureuse de rentre visite, dès le lendemain, toujours en compagnie de ses fidèles amis, à l'épouse de ce dernier. Un moment très chaleureux, qui prenait une place de choix dans le parcours d'Elsa et des visites qu'elle avait bien mentionnées à ne pas oublier.

Au retour, le soleil généreux de juillet, leur suggère une promenade avenue de Rouvière, jusqu'au Pavillon Calmette, suivie d'une entrevue avec les malades, le personnel et le docteur Mias. Le dévouement de ce médecin pour les personnes âgées était, à ce moment-là, reconnu de toute la ville. Après une petite visite au magasin Cèbe, elle fut reçue pour le goûter et le dîner chez Jeanne, autre élève de la classe.

Le lendemain, dimanche 14 juillet, jour de la Fête Nationale. Elsa et ses amis prennent une matinée de repos bien méritée. L'après-midi, ils vont faire tout d'abord une petite visite, une de plus, dans ce marathon que s'est imposée Elsa, à une ancienne camarade de classe, Manette. Ils finissent la journée aux « Buissonnets », grande maison de maître, qui accueille des personnes handicapées, tenue alors par des soeurs.

La voiture s'engage dans ce chemin étroit, d'où l'on distingue la grande demeure, au fond, et dont on franchit la magnifique porte en pierre. Certains nomment même cet endroit, le Château des Buissonnets, tant il s'en dégage une véritable élégance. Elsa, avec sa facilité naturelle pour la conversation, ne se fait pas prier pour entamer une discussion animée avec les handicapés, qui, passèrent, eux aussi, à voir leurs visages radieux, un merveilleux moment de détente et de partage. Elsa est partout, auprès de ce fauteuil, plus loin là-bas avec ce garçon, qui lui raconte son histoire, ou encore aux abords du bois, telle une oréade, dont la longue chevelure n'en finit pas de tournoyer dans l'air pur de ce dimanche après-midi. Elle ne veut pas perdre une miette de tout ce qu'elle vit ici, à Mazamet, elle est remplie de gratitude envers ses amis, qui l'emmènent partout où bon lui semble d'aller.

Le grand départ approche, Elsa ne peut se résoudre à s'envoler vers le Canada, elle veut profiter jusqu'au bout de son escapade européenne, se rendre à Paris, puis peut-être en Roumanie. Encore deux jours à passer ici, à Mazamet, auprès de ses amis. Mimi, son mari, Anny, et aussi les proches de Mimi, sa mère, et les autres membres de la famille, qu'elle commence à bien connaître depuis son installation dans leur maison, au bout d'une petite rue bien tranquille.

Lundi 15 et mardi 16 juillet, deux jours pour voir encore, visiter encore. Elsa a émis le souhait de revoir le journaliste de la Dépêche du Midi, pour le remercier encore une fois de son investissement dans cette recherche qu'elle lui avait proposée depuis le début, au moment

236

même où elle lui avait écrit cette lettre, dont elle n'imaginait pas, alors, toute la portée.

La petite équipée part donc ce matin pour Albi. Le journaliste est très sensible aux marques de sympathie d'Elsa, qui le remercie plusieurs fois, avant de prendre congé.

- Vous repartez tout de suite au Canada ? Demande-t-il.
- Non, je vais sur Paris et peut-être en Roumanie.
- Vous êtes une grande voyageuse !
- Oui, j'ai souvent voyagé, quelquefois je l'ai choisi, d'autres, beaucoup moins, répond-elle avec, dans sa réponse, une sagesse philosophique que chacun comprit.

La visite albigeoise se poursuit aux Archives Départementales, visite incontournable pour Elsa, qui n'a de cesse de répertorier, chercher, noter tout ce qui se rapporte à Mazamet, à toute cette époque qui lui tient tant à cœur. À propos de Sœur Maria, elle ne trouve rien d'autre que ce qu'elle ne sait déjà, qu'elle a appris dans une lettre, que cette dernière est décédée à Mazamet le 11 décembre 1964 à soixante-seize ans. Elle sait aussi qu'une rue de Mazamet porte son nom dorénavant. Elle le mérite tant, pense Elsa, elle était si proche des gens et de maman aussi.

- Partez en voiture, j'ai envie de marcher dans Albi, je prendrai le train pour rentrer, je vous ferai signe pour venir me récupérer.

Tout d'abord, étonnés par cette soudaine envie, les trois amis repartirent sur Mazamet, laissant Elsa, face à face avec elle-même. Elle voulait s'imbiber de tout, parler aux gens comme s'ils la connaissaient, retrouver ce passé enfoui à jamais, elle était perdue, en quelque sorte, dans une décennie qui n'avait plus rien à voir avec le passé. Une âme qui serait en recherche, une âme en attente, de quoi, de reconnaissance peut-être, d'amour sûrement. Personne ne sut exactement ce qu'elle avait fait cet après-midi-là, elle avait aussi ses petits secrets, qui faisaient partie intégrante de sa personnalité. Le repas du soir se prit en famille chez Mimi.

Je savais qu'Elsa devait partir d'un jour à l'autre, il fallait se revoir, juste une fois. J'avais préparé un bout de papier comportant mon adresse et mon numéro de téléphone, un petit pont entre elle et moi pour que la coupure n'eût pas lieu. M'adressant à ses amies et camarades de classe, je pus la joindre, lui demander si elle pouvait m'accorder un petit moment dans son emploi du temps que je savais chargé. Elle accepta volontiers et le rendez-vous fut porté au lendemain, le mardi 16 juillet en fin de matinée, à la gare des autocars, en plein centre de Mazamet.

Elsa rejoint Mimi dans la cuisine, pour lui signifier que la journaliste de Tarn Infos voulait la revoir.

- La journaliste que j'ai rencontrée chez Simone veut me voir demain matin, j'avoue que j'aimerais la revoir aussi une dernière fois pour lui donner mes coordonnées, c'est possible ?
- Bien sûr, demain, de toute façon c'est le dernier jour.

Mimi n'y vit aucun inconvénient et il fut décidé que l'entrevue aurait lieu juste avant de partir une dernière fois sur Labruguière. Elsa voulait revoir encore quelques personnes là-bas dont une certaine Maria. Elsa était tant en demande qu'elle sortait souvent déçue de ses recherches, voulant trouver peut-être ce qui n'était plus. Vers dix-sept heures, le petit café avait un goût de nostalgie, le départ commençant à hanter les esprits. Un dernier goûter chez Paulette, un dernier repas chez Mimi, qui avait fait tant pour elle, ainsi que son mari, en l'accompagnant au gré de ses démarches et de ses investigations. L'air ambiant, lui-même, sentait l'adieu, l'adieu à Mazamet, qu'elle ne reverrait sûrement jamais, l'adieu à ses amies, dont certaines, déjà âgées, ne la reverraient pas, l'adieu à son enfance dont elle venait de refermer la porte. Elle irait sur la tombe de sa mère, lui dire, lui raconter, qu'elle l'avait fait, qu'elle avait eu la santé et le courage de le faire.

Ce matin, je vais la voir et après commence l'aventure, tout savoir, sa vie, comment elle est arrivée là, d'où vient-elle ? Tout se mélange dans ma tête. Je prends mon sac, mon appareil photo, mon bloc, et surtout mon bout de papier où est notée mon adresse. Les lettres, ce qui va nous réunir, les lettres que nous allons échanger, par lesquelles nous allons vraiment faire connaissance.

J'arrive vers onze heures, avant même de garer ma voiture, je la vois, son petit sac à la main, qui tourne et m'attend. Elle ne me voit pas, du moins pas encore. Je me gare juste devant la grande porte vitrée de la gare des autocars, je lui fais un petit salut de la main, ça y est, elle m'a vue, elle sourit, comme au premier jour, debout derrière la porte du train.

- Bonjour Marie. Elle m'embrasse.

- Bonjour Elsa, je suis très heureuse de vous voir car je voulais vous donner mes coordonnées avant que vous ne partiez de Mazamet, je compte bien, si cela ne vous gêne pas, que nous échangions des courriers.

- Bien sûr, je ne demande que ça, rester en contact avec le plus de monde possible ici, et vous aussi, bien entendu, elle ne s'arrête pas, elle parle, elle parle sans respirer.

- Venez, lui proposais-je, nous allons entrer et boire quelque chose, pour parler, nous serons mieux.

Nous entrons, nous nous asseyons à une table, près de la porte.

- Que voulez-vous boire ? Demande une femme, avec une drôle de voix, comme emplie de lassitude.

- Que voulez-vous ? Demandai-je à Elsa.

- Une citronnade.

- Moi aussi, répétai-je à la serveuse.

- Deux citronnades, alors ?

- Oui, c'est ça, merci.

- Bien, il faut que je vous montre des photos que je vous ai apportées, se reprend-elle. Elle sort une enveloppe beige de son sac, et en tire plusieurs photos, des photos d'enfants blonds.

- C'est ma petite sœur Cécile et moi quand nous habitions à Varsovie.

- Que vous êtes mignonnes, toutes les deux ! M'exclamai-je, et c'était vrai, on aurait dit deux anges.

- Sur celle-ci, nous sommes avec ma mère devant le perron du Sanatorium.

Son sourire disparut, elle tenait une autre photo avec une famille toute entière.

- C'est votre père et votre mère ? Demandai-je, un peu gênée et mal à l'aise, je sentais bien que la vue de cette photo lui faisait mal.

- Ici, balbutie-t-elle, c'est mon oncle et ma tante Milly, et là, me montrant une petite fille, c'est Esther, ma petite cousine, nous étions du même âge. Elle est morte aussi, comme les autres, vous connaissez l'existence des camps d'internement, ceux où l'on parquait les Juifs. De certains d'entre eux, les Juifs ont été déportés vers Drancy, puis en Pologne, vous saviez que c'était des Français qui faisaient ça.

- J'ai lu beaucoup de choses sur la déportation des Juifs mais j'ai encore tant à apprendre, je ne connaissais pas Rivesaltes, j'avais entendu parler des camps de Gurs ou Rieucros.

- Et Brens, vous connaissez, c'est juste à côté de Gaillac ?

- Gaillac, je connais, mais Brens, jamais entendu parler.

- Cela ne m'étonne pas, nous y sommes allés avec Mimi, son mari et Anny, plus rien, il n'y a plus rien. À la mairie, ils n'ont pas su me renseigner, c'était une petite jeunette, elle ne pouvait pas savoir. Il faudrait faire quelque chose, un mémorial, quelque chose d'important, je ne sais, mais que le monde sache ce qui s'est déroulé à cet endroit.

- Il n'y a rien ! Lançai-je d'un air révolté.

- Voyez, c'est ça que j'aime en vous, vous prenez la chose autant à cœur que moi, vous avez des parents juifs ?

- Non, pas du tout, prononçai-je, surprise par cette drôle de question, pourquoi me demandez-vous cela ?

- Parce que je ne connais pas beaucoup de personnes qui s'intéressent et qui connaissent autant de choses sur la Shoah, sans être juif pour autant.

- Le sort des Juifs d'Europe touche de nombreuses personnes, certaines plus particulièrement, peut-être parce qu'elles ont lu sur le sujet et savent de quoi il en retourne, rétorquai-je.

Nous bavardions ainsi, quand Midi sonna.

- Il faut que je parte, je vous promets de me renseigner sur Brens afin d'en savoir plus, je vous écrirai…

Nous nous embrassons, presque déchirées de cette séparation, nous avions tant à nous dire, tant à faire ensemble. Nous partîmes chacune de notre côté, certaine l'une et l'autre, que cette entrevue ouvrait sur les prémices d'une grande amitié.

Ce mercredi matin, le 17 juillet, Elsa se lève, décidée, cette fois, elle part aujourd'hui, elle a le billet de retour sur Toulouse, Elsa pense qu'elle a suffisamment abusé de ses hôtes.

- Mimi, aujourd'hui, c'est le grand jour, je m'en vais, je prends le train de midi, vous pourrez m'y conduire.

- Comme tu veux, mais tu sais que nous te recevons avec plaisir.

- Je sais, répond Elsa, avec un sourire qui en dit long sur la reconnaissance envers cette camarade de classe qui l'a reçue chez elle, comme un membre de sa famille.

- Nous avons été très heureux de t'avoir parmi nous.

- Tu diras au revoir à tout le monde, cela me ferait trop de peine et me chagrinerait.

- Je n'y manquerai pas, certifie Mimi, une pointe d'émotion dans la voix.

Elsa ne s'étend pas, elle remonte dans sa chambre, afin de boucler ses bagages. Elle range les notes sur les recherches qu'elle a entreprises, depuis quelques semaines, sur les enfants victimes de la Shoah. Un dernier regard, empli de tristesse, parcourt la pièce. Ne pas pleurer, pas de regret, tout a été fait, et même plus encore.

Certaines sont là pour le dernier moment, sur le quai de cette gare, où trois semaines auparavant, Elsa apparaissait telle une icône. Elle parle, la cascade de mots cache mal son émotion, les yeux bleus se délavent de temps à autre, tentent de retenir cette eau qui déborde malgré tout. L'intérieur est en train de fondre, Elsa, fidèle à elle-même, se bat pour retenir cette effervescence, prendre le contrôle, encore une fois, comme elle sait le faire, à chaque fois qu'elle est dos au mur, garder la tête haute.

On s'embrasse, on se congratule, on se dit merci, vous aussi, merci pour tout, merci tout court, merci, merci, merci… Le train entre en gare, imposant, froid, toute la dureté de l'instant se fond dans la ferraille grise, d'où transparaissent quelques taches de rouille, de petites formes gangrenées, qui sont autant de bleus au cœur.

- Je ne vous oublierai pas et je penserai souvent à vous avec tendresse et nostalgie.

- Nous ne t'oublierons pas non plus, dit Mimi, l'embrassant une dernière fois.

- Profite bien de ta famille, c'est si précieux, la famille.

Un coup de sifflet retentit dans le silence de cette mi-journée d'été. La même scène, à l'envers, la même femme, la même porte de train, le même train, qui part, à l'envers… Adieu Elsa, Adieu…

Épilogue

Les villages semblent courir, les morceaux de verdure s'empressent, défilent, étalant leur beauté éphémère. Un dégradé de vert, de marron, de gris, s'offre à nouveau derrière la vitre, danse sur une rengaine qu'elle reconnaît. Le train compresse tout derrière lui, le rouleau ne fera plus demi-tour. Elsa regarde dans le compartiment, une dame avec un enfant, un monsieur qui lit le journal, elle cale bien son dos sur le siège décoloré, elle part, elle quitte encore, c'est son lot, laisser derrière.

Hull le 25/10/1991

Chère Marie-Thérèse (Mimi)

« Je crois avoir dit déjà que j'avais prolongé mon séjour à Paris, puis je me suis dirigée vers la Roumanie. Malheureusement, pour différentes raisons, je ne suis pas allée plus loin que Budapest. J'ai rejoint Paris avec l'intention d'aller à Bucarest par une autre voie, mais le lendemain de mon retour, j'ai été prise d'un malaise, et je suis revenue au Canada début septembre. Depuis, j'ai été débordée de travail, avec des alternances de grande tristesse. Je ne faisais que remettre ma correspondance. Je ne peux pas dire que je vais vraiment mieux, mais mon séjour à Mazamet m'a laissé des souvenirs qui m'inspirent beaucoup dans ma vie. Vous m'avez si bien reçue, tous, vous avez fait en sorte que mon séjour soit merveilleux... ».

Mimi lit la lettre d'Elsa, l'automne est bien là, dehors. Les feuilles se parent de leurs plus belles couleurs, de cendre et de souffre. Elle sent bien qu'elle ne la reverra pas. Elsa a eu le courage de venir à tant à Mazamet, pense-t-elle, convaincue, qu'avec les autres camarades de classe, elles avaient toutes fait ce qu'il fallait faire.

En effet, Elsa avait bien poursuivi son voyage sur Paris. Elle avait rencontrée une nouvelle fois son amie Marianne, qui, au temps de l'université, l'avait tant soutenue, comme l'avait fait aussi l'amie de longue date, Noëlle. Mais la fragilité de son état général avait eu raison de la poursuite de ce voyage qu'elle avait initié pour plusieurs mois. Elle avait dû se résoudre à rentrer.

Elsa se raccroche à ce voyage à Mazamet. Elle montre à un échevin de ses amies les coupures de journaux, l'album photos que lui ont offert ses petites camarades mazamétaines.

- Vous avez vu ça, si ce n'est pas une merveille, comme elles se sont appliquées à me fabriquer cet album !
- Il est très bien fait, et surtout, pour vous, il a une valeur si particulière.
- Vous ne pouvez vous imaginer à quel point, répond Elsa à l'échevin, pressant l'album contre sa poitrine, comme un cadeau de Noël, je peux vous parler d'un projet qui me tient à cœur ?
- Mais bien sûr, quel est-il ?
- J'aimerais qu'il y ait des échanges entre les gens d'ici et ceux du secteur de Mazamet, ils seraient reçus chez nous et nous chez eux, hésite Elsa, scrutant la réaction de l'échevin, qui, tout sourire, semblait acquiescer cette proposition.
- C'est très intéressant, une bonne idée, c'est certain, je vais m'en occuper, promis, mais vous le savez, les élections vont bientôt avoir lieu, je dois attendre d'être réélue à Ottawa pour ça.
- Je suis certaine que vous serez réélue, affirme Elsa affichant une réelle confiance.
- On verra bien, répond l'échevin en levant légèrement les mains en signe de doute, il faut attendre le 18 novembre, après nous aviserons.

Elsa se sent très fatiguée, une fatigue latente, qui s'incruste jours après jours. Elle s'occupe, notamment de personnes âgées autour de chez elle. Elle pense souvent à sa mère, qui en partant, a cessé d'une certaine manière de souffrir, mais dont la perte reste pour Elsa insurmontable.

Ce jour, elle feuillette le livre écrit par le maire de Mazamet, Michel Bourguignon, sur la ville tarnaise. Elle pense à l'amour que cet homme devait avoir pour sa ville, afin de la rendre si belle. Les photos sont superbes, certaines prises par la famille de l'élu depuis plusieurs générations. Elles ont eu une riche idée de m'offrir ce livre qui s'apparente à un véritable plaidoyer pour cette ville du Tarn, pense-t-elle, nostalgique. Cette ville qui l'a accueillie, l'a nourrie, l'a sauvée d'une mort certaine, il y a plus de quarante ans.

La semaine dernière, elle le présentait à des connaisseurs, qui l'avaient trouvé vraiment bien fait. Elle le tourne dans ses mains, l'ouvre puis le referme, ce lien avec Mazamet, l'attendrit et la peine en même temps. Le souvenir de ce séjour est merveilleux, si merveilleux, qu'il fait monter en elle un sentiment de manque, l'assurance de l'impression qu'elle ne reverra jamais cette ville. Ce soir, elle décide d'écrire à cette journaliste, avec qui elle a plaisir à échanger.

Bien Chère Marie

Merci de votre lettre, vous semblez si touchée par ce qui m'est arrivé. Cela ne va vraiment pas, je dépéris vite. J'aimerais tant que vous écriviez mon histoire, comme un récit, mêlant histoire et événements personnels. J'ai les moyens de venir en France pour travailler avec vous, ils pratiquent de bons prix en ce moment, mais c'est la force qui me manque, je me sens dépassée à l'idée de partir en voyage, n'importe où. Je ne sais pas comment j'ai fait auparavant, mais maintenant, je laisse tout s'accumuler, rien ne s'accomplit, pourtant, j'ai des projets, vraiment cela ne va pas. Je ne peux pas faire d'enregistrements sonores, je vais vous écrire régulièrement pour vous raconter le maximum. Il faut écrire cette histoire, comme un devoir de mémoire. Un journaliste de Radio Canada est venu chez moi pour une entrevue. Il m'arrive même que l'on me demande d'intervenir dans les écoles primaires et secondaires...

J'ai encore reçu une lettre d'Elsa ce matin, elle tient vraiment à ce que j'écrive son histoire. Il faut que je me lance, que j'aille au Canada, mais je ne peux pas en ce moment, ma situation de famille ne me le permet pas, que faire ? Les questions fusent dans ma tête, comment faire ? On va pratiquer par courrier et par téléphone, quand j'aurai réuni assez de détails, je me lancerai.

Les mois s'écoulent, rien ne se passe. je n'ai plus de nouvelles... Que faire, mettre ce projet de côté, m'y mettre plus tard quand j'aurai moins de travail ? Mais Elsa, comment va sa santé ? Pourra-t-elle tenir le coup encore longtemps ? Ma vie continue. De temps en temps, des nouvelles arrivent. Mais le temps passe inexorablement, ce projet me parait utopique, il faut que je me fasse une raison, je n'écrirai jamais la vie d'Elsa.

De son côté, Elsa pense la même chose, ce projet est en train de s'échapper, happé par la vie de chacun, par la distance, par le manque de temps aussi. Elle écrit à Mimi, toujours si vivace dans son esprit. Elle lui parle de ce moment unique et privilégié dans sa vie, ce retour, ces retrouvailles, elle demande des nouvelles du maire. Elle lui mentionne son arthrose, qui la gêne pas mal. Elsa boite maintenant et se fatigue vite. Il y a plus d'un an qu'elle est revenue de Mazamet. Elle lui a spécifié dans une lettre « *pour voyager, ce sera plus difficile que l'année dernière, je me félicite d'être venue chez vous juste à temps, que veux-tu, moi, je vieillis...J'écris par là même un courrier à Madame Louriou, j'espère qu'elle va mieux car j'ai appris qu'elle avait été malade* ». Après cette lettre datant de septembre 92, les nouvelles du Canada se font plus rares.

Elsa n'a plus le courage d'écrire, les mauvaises nouvelles de Suzy Fabre l'ont accablée. Dans un courrier datant de décembre 1994, elle avoue à Mimi ne pas aller bien du tout, il est question de prothèse à une hanche, de l'arthrose dans l'autre, quelque chose au pied que l'on ne peut identifier. Elle précise avoir de plus en plus de difficultés à conduire à cause de sa vue qui baisse. Elsa tombe en morceaux, d'après ses propres mots.

L'hiver 94 est froid et long, comme tous les hivers canadiens. Elsa sait qu'elle ne repartira jamais en Europe. La boucle est bouclée, elle a fait ce qu'elle voulait faire, ce rêve d'aller revoir ses amies, sa ville, car Mazamet restera sa ville de cœur, comme elle aime à le dire, elle a pu le réaliser. L'écriture de son histoire lui paraît aujourd'hui bien mal engagée. Elsa doute, pourquoi raconter son histoire à elle ? Au fond, d'autres enfants juifs ont encore plus souffert, puisqu'ils ne sont jamais revenus. Depuis des mois, Elsa travaille à rassembler les histoires de ces petites vies fauchées par la barbarie nazie. Mais rien n'est classé, elle est submergée par les papiers, les notes. Alors, son histoire à elle, elle n'y croit plus.

Quatre ans ont passé. L'année 1998 n'annonce rien de bon pour Elsa. Son moral ne va plus du tout. Elle se sent dépérir très rapidement. Tout lui semble insurmontable. Elle a perdu sa meilleure amie d'université, décédée du cancer du sein. D'autres personnes ont cette maladie autour d'elle. Elles sont plus jeunes qu'elle, mais alors, la fin est si proche, tout s'en va. Elle ne sait si elle pourra voyager à nouveau à travers le monde.

- Il faut que je me cherche une maison de retraite où je pourrai finir mes vieux jours, quand j'aurai perdu mon autonomie, dit-elle à une voisine.
- Vous n'avez personne ?
- Je ne me suis jamais mariée.
- Je sais, oui, votre maman…

- Je ne m'associe vraiment à personne, même si je m'occupe de personnes invalides, seules au monde, un jour, ce sera mon tour et je préfère anticiper.

Enfin, une lettre d'Elsa, je n'y croyais plus. Je la pensais très malade ou peut-être morte, cela fait pratiquement deux ans que je n'ai rien reçu du Canada. Une question me harcèle, pourquoi ne suis-je pas allée là-bas ? Les raisons familiales, certes, je sens le poids du temps qui a fait son travail. Nous avons raté le coche, et je sens que j'ai une part de responsabilité dans cet état de fait.

Ottawa le 19 avril 1999

Bien chère Marie,

…Je sais que vous êtes très occupée avec bien des choses. Je voudrais que vous goûtiez de nombreuses satisfactions. J'espère que tout le monde va bien chez vous. Les nouvelles que nous recevons des Balkans sont très déplorables. Tant de victimes innocentes, ainsi que dans d'autres parties du monde dont on ne parle pas. Ceci aussi est si décourageant. Je garde précieusement les ébauches que vous m'avez envoyées, il y a plusieurs mois, il y a tant à raconter, tant à raconter…

Elsa

Je ne recevrai plus aucune lettre d'Ottawa. Elsa a cessé de m'écrire. Cette lettre est la dernière. Dernier sursaut de cette amie, exilée au Canada, qui a vécu une vie hors du commun, vouée aux autres. Elsa aurait dû vivre en Pologne, entourée des siens, grandir à Varsovie. La vie en avait décidé autrement, son destin s'est mélangé à celui de milliers d'autres juifs qui ont supporté toute l'horreur de la haine antisémite.

Dix ans ont passé, je n'ai toujours pas de nouvelles. Puis, via Internet, j'effectue des recherches sur Elsa afin de découvrir si je peux en savoir plus, si elle est toujours là, quelque part. J'apprends, entre autre, qu'elle est membre de plusieurs associations, dont L'Association des Fils et Filles de Déportés Juifs de France, basée à Paris et présidée par Maître Serge Klarsfeld. Celui-ci, depuis des années, au côté de son épouse Beate, lutte pour rechercher les anciens nazis et aussi pour la mémoire de la Shoah. J'apprends aussi qu'elle milite contre la torture (Nonviolent Peaceforce Canada) et contre la guerre. Lors d'une réunion à Ottawa, elle n'hésite pas à prendre la parole pour donner son témoignage « *je n'ai pas choisi mon origine, j'ai été persécutée parce que j'étais juive, je n'ai jamais oublié la séparation d'avec mes parents et la famille et aussi la faim dans les camps et tout le reste, je n'avais rien fait pour mériter ça. Donc pour moi, j'ai survécu et c'est pour la paix et non pour la guerre* ».

Ainsi, je recommençai à espérer, je retrouvai sa trace…

Et puis un jour, je reçois la nouvelle en pleine figure. Des personnes la connaissant m'apprennent sa mort depuis 2003. Cela faisait sept ans qu'elle n'était plus et je n'en avais jamais rien su. La peine passée, une rage d'écrire s'empare alors de moi. Je me fais un devoir d'écrire enfin, presque vingt ans plus tard, la vie de cette femme exceptionnelle, cette incroyable amie, cette confidente, cette enfant perdue.

Je m'y attelle alors avec une fougue et une énergie sans mesure. Je réunis des tas de documents, ainsi que les confidences qu'elle m'a confiées, tous les témoignages de ses amies. Je reprends mon bâton de journaliste pour faire des enquêtes, retrouver les gens qui l'ont connue, notamment sur Mazamet. De nombreuses personnes m'aident à reconstruire le puzzle de son parcours. Puis, deux petits « miracles » se produisent. Cécile, sa sœur, puis Marianne, son amie d'université, arrivent de nulle part en pleine écriture par la magie du web et me fournissent de précieux renseignements.

Un travail de plus d'un an, une impression du devoir accompli, soulagée, et pourtant si peinée qu'Elsa ne puisse pas lire, ne puisse pas participer à ce rêve auquel elle avait tant aspiré. J'aurai toujours au fond de moi le regret de ne pas l'avoir réalisé plus tôt. Mais où qu'elle soit, Elsa est toujours parmi nous, elle a dorénavant toute l'éternité pour lire son histoire.

Mémoire

À Brens, se dresse la stèle dévoilant une femme aux mains liées regardant vers le ciel. Les travaux de l'Association pour Perpétuer le Souvenir des Internés des Camps de Brens et de Rieucros (l'APSICBR) n'a de cesse de lutter contre l'oubli.

À Rivesaltes dans les Pyrénées Orientales, différentes stèles ont vu le jour grâce à un même élan, alliant de nombreuses personnes qui ont œuvré pour l'aboutissement et l'installation de ces marques du souvenir. Parmi eux, Christian Bourquin, Président du Conseil Général des Pyrénées-Orientales, Philippe Benguigui, Président de l'Association ZACHOR pour la Mémoire, Maître Serge Klarsfeld, Président de l'Association des Filles et Fils des Déportés de France, et bien d'autres, qui s'activent encore aujourd'hui avec acharnement pour que ce lieu de mémoire collective ne soit pas détruit. Ceci afin que le camp de Rivesaltes devienne un musée pour les générations futures, une façon pour que la France rende justice à tous ceux, qu'elle a, durant une part de son histoire, tout simplement… abandonnés.

www.ingramcontent.com/pod-product-compliance
Lightning Source LLC
Chambersburg PA
CBHW052030020726
47501CB00004B/1336